J・M・クッツェー

続・世界文学論集

田尻芳樹訳

みすず書房

ESSAYS ON WORLD LITERATURE – Volume II

by

J. M. Coetzee

続・世界文学論集■目次

一、本書は、J・M・クッツェーの評論集のうち次の二つから訳者の田尻が評論を選択して独自に編集したものである。底本は以下の通りである。

Inner Workings: Literary Essays 2000–2005, Harvill Secker, 2007.

Late Essays: 2006–2017, Harvill Secker, 2017.

一、論じられている作者の生年順に機械的に配列した。

一、引用文献のうち邦訳のあるものは原則として使用し出典を明記したが、文脈の関係などで訳文を変更した場合がある。出典を明記していないものは田尻による訳である。

「……」は原則としてクッツェーによる中略、あるいは訳文におけるその対応箇所である。

一、［　］はクッツェーによる補足、〔　〕は田尻による補足である。

ヨハン・ヴォルフガング・フォン・ゲーテ『若きヴェルターの悩み』

一七七一年の春、教育と財産のある若者ヴェルター（これは姓で、名は不明）がドイツの小さな町ヴァールハイムに到着する。家庭の事情（遺産相続）のためだが、不幸な恋愛から逃れるためでもある。故郷の友人ヴィルヘルムに彼は長い手紙を出し、自然に親しみながら暮らす喜びについて、また、文学の趣味を分かち合える当地の美人シャルロッテ（ロッテ）との出会いについて語る。

ヴェルターにとって不運なことに、ロッテは有望な若い官吏アルベルトと婚約している。アルベルトとロッテはヴェルターをこの上ない友情で遇するが、ロッテに愛を打ち明けられない欲求不満はぐんぐん耐えがたいものになってゆく。ヴェルターはヴァールハイムを去り、やや離れた所にある公国の外交関係の職に就く。ここで、出自が中産階級であるため外交団向けのパーティーから立ち去るように言われるという屈辱的なあしらいを受ける。彼は辞職し、何ヶ月か放浪した挙句、宿命的にヴァールハイムに戻ってくる。

ロッテとアルベルトはもう結婚している。ヴェルターに望みはない。彼のヴィルヘルムへの手紙は途絶し、名のない編者が登場して、日記と私的な書類からヴェルターの最後の日々の記録を綴り始める。というのも、もはや出口はないと結論づけたヴェルターは、ロッテとの最後の取り乱した逢瀬の後、アルベルトの決闘用の銃を借りて自殺してしまったからである。

英語では『若きヴェルターの苦しみ《サファリング》』や『若きヴェルターの哀しみ《ソロウ》』として知られている『若きヴェルターの悩み』は一七七四年に出版された。ゲーテは友人に次のような梗概を送っている。

> 私が提示するのは、深く純粋な感受性と真の洞察力に恵まれた若者です。彼は熱っぽい夢に我を忘れ、空想に埋没し、最後には、不幸な情熱、とりわけ満たされぬ恋によって破滅し、自分の頭を銃弾で撃ち抜くのです。[1]

この梗概で注目に値するのは、ゲーテが自分自身と主人公の間に置こうとしているらしい距離である。かの主人公の話は重要な意味で彼自身のものなのに。彼もまた、手に入れられない女性と恋に落ちる自分には自滅的衝動が潜在しているのではないかと暗鬱に自問した。彼もまた、実行する勇気はなかったけれど自殺を考えた。彼自身とヴェルターの決定的な違いは、彼が自分を苦しめる悩みを診断し追放するのに芸術を頼りにすることができたのに対し、ヴェルターは単に悩みに耐えるしかなかったということである。トーマス・マンが言ったように、ヴェルターは「創造的な天分を差し引いた若きゲーテ自身」なのだ。[2]

二つのエネルギーが『ヴェルター』の形成に流れ込んでいる。一つはこの小説に悲劇的な情念の力を与えている告白のエネルギー、もう一つは政治的エネルギーである。情熱的で理想主義的なヴェルターは、歴史の胎動に敏感で、不活発な社会秩序の刷新を見たくて仕方がない新しい世代のドイツ人の最良の部分を代表している。不幸な恋愛が彼を自殺へとせきたてたかもしれないが、より深い原因は、ドイツ社会が彼のような若者たちに、後にゲーテが「だらだらと退屈な市民生活」と呼んだもの以外の何も差し出すことができなかったことにある。[3]

『若きヴェルターの悩み』は熱狂的に読まれ、その若い作者はもてはやされた。無認可の版や翻訳がたくさん出た（ゲーテの時代の作者は海賊版に対する保護をほとんど受けなかった）。やがてゴシップ出版が小説の登場人物が「本当は」誰なのかを突き止めた。ロッテはヴェッツラルの執政官の娘シャルロッテ・ケストナー（旧姓ブフ）、アルベルトはヨハン・ケストナーで、もちろんヴェルターはゲーテ自身である。

ケストナーは当然ながら、友情が裏切られたと感じて立腹した。ゲーテは自分の本は「真実と嘘の罪のない混交」だとしおらしく弁解した。[4] だがケストナーは、自分の妻は客人に対して小説の中でのように親密になったことはないし、自分もゲーテが描いているようなお高くとまった人間ではないと

1　*Goethes Werke*, ed. Erich Trunz (Munich: Beck, 1951–68), vol. 6, p. 521.

2　Thomas Mann, ‘Goethes “Werther”’, in Hans Peter Herrmann (ed.), *Goethes ‘Werther’: Kritik und Forschung* (Darmstadt: Wissenschaftliche Buchgesellschaft, 1994), p. 95.〔「ゲーテの『ヴェルター』」（『ゲーテ全集』別巻）、山口知三訳、潮出版社、一九七九年、一八頁〕

3　Johann Wolfgang von Goethe, *Dichtung und Wahrheit: The Autobiography of Johann Wolfgang von Goethe*, trans. John Oxenford, 2 vols. (London: Sidgwick & Jackson, 1971), vol. 2, p. 212.〔『詩と真実』（『ゲーテ全集』第十巻）、河原忠彦、山崎章甫訳、潮出版社、一九八〇年、一二六頁〕

4　*Goethes Werke*, ed. Trunz, vol. 6, p. 522.

不満を言い続けた。

　芸術と人生がどうしようもなく混同されるスキャンダルの渦にゲーテが巻き込まれてしまったとしても、それは彼自身の責任だった。彼は作者としての自分自身と登場人物ヴェルターの間にアイロニックな距離を維持するつもりだったが、ほとんどの読者にとってそのアイロニーは繊細に過ぎた。死者が残した文書の集成という形をとるテクストなので、『ヴェルター』には導きの糸となる作者の声が欠けている。読者は当然、「編者」が後で登場するまでは唯一の話者であるヴェルター自身の視点に同一化した（ヴェルターの手紙へのヴィルヘルムの返信は採録されていない）。ヴェルターの言語の過剰や、彼のロッテに対する理想化された見方とロッテのしばしばコケティッシュな振る舞いの間のずれは、きわめて注意深い読者にしか気づかれなかった。『ヴェルター』は、ゲーテとケストナー夫妻についてのモデル小説としてだけでなく、ロマン派的自殺の是認としても読まれた。

　一七八八年から八九年に書かれた『ローマの悲歌』第四歌の出版されなかった草稿で、ゲーテは終わりのない尋問――ヴェルターのような人物は本当にいたのか？　あれはみな真実なのか？　ロッテはどこに住んでいたのか？――から逃れたことを感謝している。「何度私はあれらの馬鹿げたページを呪ったことだろう／若い私の苦しみを大衆に暴露したページを」と彼は書いている。「もしヴェルターが私の弟で私が彼を殺したのだとしても／彼の悲しい幽霊の復讐に追われるこんな状態ほどひどくはないだろう[5]」。

　死んだか殺されたかした後戻ってきて彼に取り憑く双子あるいは兄弟としてのヴェルターのイメージは、死を目前にしたゲーテによって書かれた「ヴェルターへ」という詩の中に再来する。ゲーテと彼のヴェルターとしての自己の間には、振り子のように行きつ戻りつする複雑な、生涯全体にわたる関係があった。ヴェルターはゲーテが生きるために分離し放棄せねばならなかった自己なのだという説がある（ゲーテはあの小説が出現した源としての「病的状態」について語った）一方で、ヴェルターは、ゲーテが代償を払って犠牲にした彼自身の情熱的な側面であるという説もある。ゲーテはヴェルターだけでなく、彼が世に送り出したヴェルターの物語にも取り憑かれていた。後者は書き直されるか、もっと完全に書かれることを要求したからである。ゲーテは様々な機会にもう一つの『ヴェルター』を書くか、『ヴェルター』の前編を書くかする計画について語った。しかしどうやらヴェルターの世界に戻る道を見出せなかったらしい。一七八七年に行った改訂でさえ、見事ではあるが、外側からなされたものであり、最初にあったインスピレーションからは離れている。[6]

ヴェルターと彼のロッテの物語は、一七七二年のクリスマスの日のヴェルターの死とともに終わる。しかしゲーテと彼のモデル、シャルロッテ・ブフの物語はもう少し続いた。一八一六年、六十三歳の未亡人になっていたシャルロッテは、ゲーテの住むヴァイマルを訪れ彼に連絡を取った。再会の後、彼女は息子に宛てて書いた、「わたしは一人の老人に初対面をしたとも言えますの。その老人は、それがゲーテその人であることがわかっていなかったら、そして、それがわかっていても、わたしには

5　Johann Wolfgang von Goethe, *Erotic Poems* (London: Oxford University Press, 1988), p. 125（拙訳）.
6　*Conversations with Eckermann*, 2 January 1824.

決して快い印象を与えることのない老人だったのです」。この不機嫌な言葉に遭遇したトーマス・マンは書き留めた、「この逸話をもとにして……長編小説をすら書くことができるのではないか、と私は思う」[7]。

一九三九年、マンは『ヴァイマルのロッテ』を出版した。国民の想像力の中でフィクションの人物と分かちがたく混同され、今や神話の領域に属しているカップルの一八一六年の再会をドラマ化したのである。ゲーテはこの上なく無礼である（「婆さんもなんとか我慢して、私をそっとしておいてくれられなかったろうか?」）。気が進まぬまま彼はシャルロッテと彼女の娘を豪邸に招待し、娘の方により多くの注意を向ける。シャルロッテの頭が神経の失調ゆえに震えるのを見て取ると彼は几帳面に眼を閉じる。シャルロッテの側も、なぜ昔ゲーテを拒絶したのかを回想する。それは、彼が「目的も安らぎも知らない非人間」に見えたからだった[8]。

芸術の持つ現実を変容させる力に関するこの小説において、芸術家ゲーテ——あるいは芸術家を宿す外形としての人間——は、彼のモデル、シャルロッテ・ケストナー夫人の後塵を拝する第二の地位しか占めない。ヴァイマルにおける彼女は、とうとう彼女が真にそうであるもの、つまりドイツの恋人、美しい、黒い目をした『ヴェルター』のヒロインになることができるのだ。彼女が来ているという噂は街にセンセーションを引き起こす。ファンが彼女を一目見ようと旅館の外に陣取る。彼女は自分の名声に酔いしれる。

自殺する決意をしたヴェルターは、死後にロッテに渡されるよう別れの手紙を書く。けれども最後にもう一度だけ本人と会いたい願望に逆らえない。
ロッテは取り乱した若者に会って困惑する。どう扱おうか途方に暮れた彼女は、彼が貸してくれていた原稿を取り出し、読んでくれと頼む。彼は自分がドイツ語に翻訳した『オシアン作品集』を朗読し始める。それは、若いスコットランド人教師ジェイムズ・マクファーソンが、ゲール語を話すスコットランド人によって何世代も口承されてきた、三世紀の詩人オシアンの叙事詩だと彼が主張するものの断片を、リズミカルな英語散文に訳したものである。
ロッテはその詩に感動して涙を流し、ヴェルターも同じく涙する。二人は手を触れ、抱き合い、彼は彼女にキスしようとする。彼女は身をもぎ離す。「これが最後です、ヴェルター。もう二度と会いません」と彼女は叫び、急いで部屋を後にする。[9]
ヴェルターによるオシアンの朗読は決して些末事ではない。何ページにもわたって古代の詩人たち

7　Thomas Mann, 'Goethes "Werther"', in Herrmann (ed.), p. 101.〔「ゲーテの『ヴェルター』」(『ゲーテ全集』別巻)、二二四頁〕シャルロッテ・ケストナーの手紙は以下に引用されている。Thomas Mann, *Lotte in Weimar*, trans. H. T. Lowe-Porter (London: Secker & Warburg, 1947), p. 330.〔『ワイマルのロッテ』(下)、望月市恵訳、岩波文庫、一九七一年、三〇三頁〕
8　Mann, *Lotte in Weimar*, pp. 280-1, 25.〔『ワイマルのロッテ』(下)、二一八頁、(上)、四五頁、「目的も安らぎも知らない非人間」とは『ファウスト』第一部からの引用でもある〕
9　Johann Wolfgang von Goethe, *The Sorrows of Young Werther*, trans. David Constantine (Oxford: Oxford University Press, 2012), p. 103.〔『若きヴェルターの悩み』(『ゲーテ全集』第六巻)、神品芳夫訳、潮出版社、一九七九年、九四頁〕

が、死んだ英雄を嘆いて声を上げているのだ。オシアン趣味は、初期ロマン派的感性の、嘲笑するのがたやすい特質である。けれども事実は、十九世紀に入ってだいぶ経つまで、オシアンの詩は北方ヨーロッパ文明の偉大な叙事詩として広く受け入れられていたのだ。スタール夫人はオシアンを「北のホメーロス」と呼んだ。[10]

スコットランドにおけるオシアンの叙事詩の再生は、他の国民創生的叙事詩の再生——あるいは発明——に拍車をかけた。イングランドの『ベーオウルフ』、フィンランドの『カレワラ』、ドイツの『ニーベルンゲンの歌』、フランスの『ローランの歌』、ロシアの『イーゴリ軍記』などである。

マクファーソンは（彼をダンテとシェイクスピアに並べたウィリアム・ハズリットには悪いが）大詩人ではなかったし、献身的な詩人でさえなかった。オシアンのプロジェクトが終わると彼はスコットランド高地を去ってロンドンに行き、歓迎された。次いで新しいイギリス植民地西フロリダのペンサコラに船で行き、総督付きの職員として二年間を過ごした。イングランドに戻ると政界入りした。死んだときは裕福だった。

古代史家としてのマクファーソンも怪しいものだった。彼による古代スコットランドの多くがガリア人、ゲルマン人について書いたタキトゥスの盗用だった。彼の描く野蛮な戦士は、武勲の誇りを倒れた敵への寛容さで抑制するなど、十八世紀の感性ある紳士のように振る舞う。それでも彼は天才的な革新者だった。彼のオシアンの熱狂的な人気は、新しい、自己主張するナショナリズムの勃興を指し示していた。ヨーロッパの各民族が、民族的独立だけでなく、自分たちの言語、自分たちの文学、そして自分たち独自の過去をも要求したのである。

マクファーソンの最も鋭い読者はウォルター・スコットだった。オシアンの詩は明らかに、そうだと主張されているもの、つまり、三世紀の盲目の詩人の言葉ではないが、現代において、「ヨーロッパ中で詩に新しい音調を与える……ことができる詩人」をもたらしたことをスコットランドは誇りに思ってよい、とスコットは述べた。[11]

マクファーソンの顕著な業績は、ぶつかり合う刀や泣き叫ぶ女の話だけでなく——もっと興味深いことに——神話的ではないにせよ古代のイギリスの過去に詩人と英雄が話していたのに近いと納得できるような新しい詩的な言葉をも世間が待ち望んでいることに、誰よりも早く気づいたことだった。脇へ追いやられたのは、古代の作者に「イングランドに、しかも現代に生まれていたら話していただろうような英語」を話させる、つまり、古典を分別ある現代の言葉で書くというジョン・ドライデンの理想だった。[12] それとは逆に、マクファーソンの英語は、困難な翻訳作業によって伝えられる粗野な外国語原文の、ときに荘重だがしばしば単に風変わりな響きを持っている。

イギリスにおいてオシアンの詩は真贋論争によって味噌がついた。これらの詩を思い出し朗誦でき

10　Ehrhard Bahr, 'Unerschlossene Intertextualität: Macphersons "Ossian" und Goethes "Werther"', *Goethe-Jahrbuch* 124 (2007), p. 179.

11　Quoted in Dafydd Moore, 'The Reception of *The Poems of Ossian* in England and Scotland', in Howard Gaskill et al. (eds.), *The Reception of Ossian in Europe* (London: Continuum, 2004), p. 31.

12　John Dryden, 'On Translation', in Rainer Schulte and John Biguenet (eds.), *Theories of Translation* (Chicago: University of Chicago Press, 1992), p. 26.

たスコットランド高地人が本当にいたのだろうか、あるいはマクファーソンがこれらをでっち上げたのか。マクファーソンはゲール語原文を公表するのを嫌がるように見えたため、自説を弁護することにならなかった。

ヨーロッパ大陸では真贋論争は問題にならなかった。一七六七年にドイツ語に翻訳されたオシアンは巨大なインパクトを与え、大量の模作を生み出した。若いゲーテは完全に心を奪われ、『オシアン作品集』に見出したスコットランド・ゲール語の実例を直接ドイツ語に翻訳するためにゲール語を独習したほどだった。初期のシラーはオシアンの影響に満ちているし、ヘルダーリンはオシアンを何ページも暗誦した。

オシアンはちょうどヴェルターのような若者が有頂天になりそうな種類の詩である。だが、『ヴェルター』におけるオシアンの引用が、作者の精神ではなく、ヴェルターの精神を反映するように配置されていると言えるかどうかはきわめて微妙な問題である。ゲーテは、『ヴェルター』の最初の稿を、夢遊病者のような状態で四週間で書き上げたと述べた。彼を疑う理由はない。しかし、そんな離れ業ができたのも、日記、手紙、彼自身のオシアンの翻訳など、すでにあった一群の材料をテクストに取り込んだからである。美学的に言えば、これほど短い小説にオシアンを途方もなく大量に引用したのは誤りである。ヴェルターが朗誦している間に動きが止まってしまうのは、朗誦が実際に成し遂げること、すなわち、感情の熱を上げ、ヴェルターとロッテに涙を流させることに比して、あまりに高価な代償である。

ゲーテのオシアン趣味はやがて収まった。世間がもしヴェルターのオシアン熱をオシアンへの支持だと受け止めるならば、考え直してもらいたいと彼は言った。ヴェルターは正気のときにはホメーロスを称賛し、狂気に陥ろうとするときオシアンを称賛しているのだから。[13]

十八世紀中葉のドイツは、一人の皇帝に名目上支配された様々な大きさの領邦のゆるい連合体だった。政治的にはまとまりを欠き、争いによって分裂していた。文化的には方向性を持たなかった。宮廷文学はフランスから輸入されていた。

一七七〇年頃、若い知識人が「疾風怒濤」の名の下に結集し、窮屈な社会慣習とフランスの文学モデルの双方に反旗を翻した。彼の世代にとって、とゲーテは言った、「フランス人の生活様式はあまりに型にはまって、品がよすぎたし、その文学は冷たく、批評は否定的で、哲学は難解でしかも不十分に思われた」。「厳粛な憂愁」を持つイギリス文学の方が彼らの好みに合った。彼らはシェイクスピア（特に『ハムレット』）とオシアンを崇拝した。文学的信条として彼らはエドワード・ヤングの『独創論』を頼りにした。そこでは偉大な魂、天才が半分神的な創造力を使って経験を芸術に変容させるのである。[14]

「疾風怒濤」は、模倣に対する独創、古典的なものに対する近代的なもの、学識に対する霊感、規則に対する直観の強調において、また、哲学的汎神論、天才崇拝、中世への回帰において、盛期のロ

13　Henry Crabb Robinson, *Diary*, vol. 2 (1889), p. 432.
14　Goethe, *Dichtung und Wahrheit*, vol. 2, pp. 110, 208.〔『詩と真実』（『ゲーテ全集』第十巻）、四七頁、一二三頁〕

マン主義を先取りしていた。ゲーテは周縁的なメンバー以上のものではなかった。ヴェルターの方がこのグループの追随者を代表している。

「疾風怒濤」は長続きしなかった。その社会的基盤はあまりにも小さかったのである。だが、後の経歴の紆余曲折にもかかわらず、ゲーテはこの運動の核心にあった志を捨てなかった。それはつまり、行動と思考の化石化した規範を覆す新しい国民文学を築き上げることだった。ヴェルターという人物を通じて「疾風怒濤」を解剖しながら、彼は『ヴェルター』においてその新しい国民文学への実り豊かな貢献をしたのだった。

若いゲーテへの最も強い哲学的影響はヨハン・ヘルダーで、ゲーテは彼の『民族歌謡』に自分のオシアン翻訳を収めている。ヘルダーにとって言語の精神は民族の精神である。したがって国民文学のどんな刷新も土着の源泉にさかのぼらねばならない。ここでもイギリス人が、マクファーソンのオシアンと、一七六五年のトマス・パーシー主教の民謡集『イギリス古詩拾遺』によって導き手となった。

ゲーテが若かったころのドイツでは、小説を真面目な文学形式と見なすのにまだためらいがあった。だがゲーテは早くから、リチャードソンやルソーによって完成された多角的視点を持つ小説の可能性を理解していた。他方、スターンからは無意志的記憶の断片を浮かび上がらせることによって内面を照らし出す技巧を吸収した。『ヴェルター』の最初の部分は、スターンの移り気な語りのスタイルをありありと示している。

ルソー、特に『新エロイーズ』のルソーは、「疾風怒濤」のフランス同時代文学批判の輝かしい例外だった。慣習に対する個人の感性の権利、そしてもっと一般的に、理性に対する感情の特権化への訴えと単純に読まれたルソーの小説は、涙が出るような感動の喜び《トレーネンフロイデ》をドイツの公衆に提供して人気があった。ゲーテにとってそれは、一人の登場人物が徐々に自分を暴露することを基盤にして語りをいかに進展させるかを実演していた。

『若きヴェルターの悩み』は多くの優れた翻訳者を惹きつけた。過去の作品はいつでもそうだが、ゲーテの翻訳者は翻訳の言語がどのように原文の言語と関係すべきかという問題に直面する。たとえば一七七〇年代の小説の二十一世紀の英語訳は、二十一世紀のイギリス小説のように読めるべきなのか、原文の時代のイギリス小説のように読めるべきなのか。

『ヴェルター』――一七七四年の初版――は一七七九年に最初に英語訳された。疑いの余地はあるが、翻訳者は通常、経済学者トマス・マルサスの父ダニエル・マルサスだとされている。今日の基準で言えば、マルサスの『ヴェルター』は受け入れられない。フランス語の『若きヴェルターの情熱』からの重訳であるばかりでなく、おそらくマルサスが読者公衆を不快にするのを恐れて、カットした部分があるのだ。それでも、マルサスの訳は、ゲーテの時代のイングランドで『ヴェルター』がどのように読まれたかに関する手がかりを与えてくれる。

最初の手紙の中でヴェルターは前の女友達について触れ、最近の英語訳に従えば、次のような修辞疑問を発する。「かわいそうなレオノーレの胸に本物の情熱《パッション》が生じていたとしても……僕の責任だろうか?」一七七九年のマルサス訳ではこうなっている。「彼女の心を支配した優しさ《テンダーネス》に関して私は責められるべきだろうか[15]」。

われわれは恋愛感情《テンダー・パッション》の領域を扱っているのであり、問題の単語は情熱《ライデンシャフト》である。情熱《ライデンシャフト》はその語のあらゆる意味で「情熱《パッション》」だが、「情熱《パッション》」とは何か。なぜマルサスは「情熱《パッション》」を控え目な「優しさ《テンダーネス》」に変えたのか（あるいはなぜ彼が基にした仏訳者はそれを「優しさ《タンドレス》」に変えたのか）。次のように推測できるだけである。マルサスにとって、問題の若い女性の心に侵入するあいまいな感情は、彼女が読者にほとんど知られていないことを考えると（実際全小説内で彼女はここしか出てこない）、燃えるようなものではなく従順なもの、突飛ではなく恒常的なものである可能性が高く（あるいはその方がより適切であり）、したがって「優しさ《テンダーネス》」と訳すのが最善となる。

われわれはすぐさま、マルサスは情熱《ライデンシャフト》を誤訳したと言いたくなるかもしれない。だが彼は故意に「優しさ《テンダーネス》」を選択したとしか思えない。彼はここで文化の翻訳を行っていると言う方が公平だろう。この翻訳は、感情の規範（ある状況で心の中に何を感じるか）と品のある談話の規範（ある状況で何を言い、何を言わないか）を含む社会の文化的規範に彼が埋め込まれていることと不可分なのである。

そういうわけでこれが結論である。われわれが恋愛感情《テンダー・パッション》の作動を観察し、情熱《パッション》が支配的になっているのを見る所で、一七七〇年代の教育あるイギリス人は優しさ《テンダーネス》を見たのである。われわれの二十一世紀流のゲーテ理解に忠実だが、一七七〇年代の読者も安心したであろうような『ヴェルター』の翻訳など、達成不能な理想なのだ。

15 Goethe, *The Sorrows of Young Werther*, trans. Constantine, p. 5; *The Sorrows of Werter*, trans. Daniel Malthus (London, 1787), p. 1.〔『若きヴェルターの悩み』（『ゲーテ全集』第六巻）、七頁が該当するが、ここはクッツェーによる二つの引用を直訳した〕

ハインリヒ・フォン・クライスト——二つの物語

ハーフェル川のほとりに、十六世紀の中ごろミヒャエル・コールハースという名の馬商人が住みついていた。さる学校教師の子に生まれた身で、……もっとも誠実味が感じられて、しかも同時にもっとも慄然たる恐怖に陥れた人物である。……美徳とされる一つの点で極端に走りさえしなかったなら、世間の人も間違いなくこの男を感謝の念で思い起こしたことだろう。つまりはその正義感こそ、この男を盗賊に変え、人殺しに変えてしまったのである。[1]

ハインリヒ・フォン・クライストの物語「ミヒャエル・コールハース」はこのように始まる。一八〇四年に下書きを書いてから一八一〇年に完成させるまでにこの作品を何度も書き直したクライストはあるとき、コールハースを形容する言葉を「並はずれていて恐ろしい」から「〔商いにおいて〕誠実で、しかも同時に恐ろしい」に変えた。実際、作品全体がこのパラドックスの上に成り立っている。

1　Heinrich von Kleist, *The Marquise von O – and Other Stories*, trans. David Luke (London: Penguin, 1977), p. 114.〔『クライスト全集』第一巻、佐藤恵三訳、一九九八年、沖積舎、二五三頁。以下、クライスト作品からの引用の後に同書の頁数を記す。〕以下、ルークによる「ミヒャエル・コールハース」の翻訳を使用する。

コールハースに何が正しく何が正しくないかを語る生まれつきの感覚は、同時に彼を、自分を疑うことのない自信家に、そして自分になされた不正に対する仮借なき復讐者にするのである。

物語はコールハースを穏やかな男から叛徒に変える運命的な出来事で始まる。男爵でありユンカー〔プロシアの貴族的地主〕であるヴェンツェル・フォン・トロンカがザクセンに入る道に非公認の通行料徴収所を設置し、馬商人コールハースから馬二頭を不当に要求する。トロンカの部下はそれらの馬を瀕死状態まで酷使する。コールハースの馬丁が止めようとすると、情け容赦なく殴られる。

失った馬の補償を求めてコールハースは几帳面に法的手続きに従うが、法の執行は彼の影響力を超えた政治勢力の意のままであるという事実に直面せざるを得なくなる。コールハースは政治的動物ではないし、商人階級なので、大地主に楯をつく立場にもない。彼は内なる声が行動を導く純粋な正義の領域にいる方が居心地がいい。この内なる声が彼に武器を取るように命じる。彼が妻そしてマルティン・ルターに説明するように、もし彼に法的権利がないのなら彼は無法者で、社会の外部にいるのであり、社会に対して自由に宣戦布告していい。

個人の良心は神への直接的接触につながるというプロテスタントの観念をコールハースは極端なまでに推進する。神はクライストの小説世界に現前しないので、われわれはコールハースの事例に即して、審問されざる正義感が人間の領域でどのような結果を生むのかを追うより他ない。コールハースは不満分子の一団を集め、自分になされた不正を正すという大義の下、ザクセンの田舎でテロを起こし、ヴィッテンベルクとドレスデンに放火する。占領した城の中に設置した「臨時世界政府」の座から、彼は法令を発布し始める。最初、当局は彼の行動を単なる盗賊のように扱ったが、彼が徐々に支持者を惹きつけるにつれて、彼が民衆蜂起を起こしかねないことを認識するようになる。

結局、地上的な意味で効力ある正義がブランデンブルク選帝侯によってもたらされる。コールハースは馬を元通りの状態で戻されるべし、そしてユンカーは罰せられるべし、という判決を彼は下したのだ。だが、同時に、反乱を起こした罪でコールハースは極刑に処せられるべしという判決も下した。この判決を、正義の下僕であるコールハースは異議を唱えることなく受け入れ、処刑人の一撃に首をさらすのだ。

「ミヒャエル・コールハース」はクライストが生前に出版した八つの短い小説の一つである。彼はこれを物語《エアツェールンク》と呼んだが、今日では中編と呼ばれるだろう。つまり、単一の行動、単一の主人公、単一の話題に関する中くらいの長さの作品である。馬商人である主人公の周辺の登場人物たちのサークルをもっと詳しく造形し、彼の社会的出自と、彼の破壊行為の詳細にもっとスペースを与えれば、「ミヒャエル・コールハース」はたちまち二倍の長さになっただろうと容易に想像できる。言い換えれば、クライストが書いた高度に凝縮された中編よりも拡張的なスタイルを持つ長編小説として容易に想像できるのだ。

だが拡張性はクライストの長所ではなかった。小説のために彼は、きわめて個性的な、簡潔で快速調の散文スタイルを発展させた。彼の散文についてトーマス・マンは言っている、「鉄のような、完全に非抒情的な即物性へと押しこまれた激情は、もつれた、瘤だらけの、重すぎる文章を放出」している。[2] 先へと駆り立てる力は決してゆるむことはなく、身体的描写や情景設定のための時間はない(したがって、彼の物語の登場人物がどんな外見をしているかに関する情報はほとんどない)。焦点はつねに、何が起きるかに合わせられている。

この凝縮した語りの様式は、クライストの新聞寄稿者としての経験にも、彼の演劇実践にも由来している。クライストの物語は、語り手が凝視する中で最近起きたばかりの事件の簡潔な要約のように読める。それが最終的に、強烈な直接性という効果を持つ。「語りながら次第に思考を練りあげていくことについて」と題されたエッセイの中でクライストは、われわれが話す文は心の中で定式化した思考を言葉にコード化したものであるという観念を疑問視している。そうではなく、思考は、言葉の流れとともに、行ったり来たりを絶えず繰り返しながら形を持つのだ、と彼は述べる。このエッセイはクライストの散文のパラドクシカルな性質を突き止めるのに役立つ。情景は鋼鉄のような正確さを持った言葉で把握されるが、同時にそれはわれわれの眼前で展開しているように思われるのだ[3]。

一七七七年に生まれたクライストは、一八一一年十一月二十一日に、三十四歳で自らの命を絶った。家族との不幸な関係、貧乏、国家への絶望、自分の芸術への自信の喪失などすべてが関係していたとは言え、彼の自殺は最終的には哲学的行為だった。つまり自己の自律性の表現だった。

クライストの短い生涯に関する事実は次のようなものである。彼は著名な軍人の家族に生まれ、軍人としてのキャリアを歩む運命にあった。十四歳でプロシア陸軍の初等伍長となった。しかし七年後、軍隊生活の野蛮さにうんざりして退役した。家族には、勉強が必要なのだと説明した。名目上公務員になる準備をしながら、彼は広範囲に旅行し、結局勉強を捨てて作家としての不確かなキャリアを歩み始めた。その過程で、啓蒙思想を受け継いだ彼の世界観の基礎は、ヒュームとカントの新しい懐疑主義哲学と出会って動揺した。

彼は戯曲を書くようになり、そのいくつかは上演された。野心的な芸術批評誌を編集したが、十二号で終わった。新聞を編集し記事を書いたが、これも失敗した。そして物語を出版した。これらすべての試みにおいて、彼は家族とプロシア国家の寛大さに依存した（彼自身は金銭感覚がまるでなかった）。家族は――彼と近かった異母姉でさえ――彼をますます遠ざけるようになった。スキャンダラスな最期――それを家族は家名を汚すものと見なした――の後、家族は自分たちに都合が悪いことが書いてある彼からの手紙をすべて廃棄した。

私生活では、クライストは家族サークルの中の若い女性と長く婚約していた。彼の手紙（彼女の手紙は残っていない）に、二人の間に情熱があったことをうかがわせる証拠はない。実際、彼の生涯にはいかなる情熱的関係の記録もない。多くの女友達がいて、自殺したときも末期癌に苦しむ女性と心中したのだが。

クライストは成人となった後ずっと、ヨーロッパの地図を描き変え、各国民にフランスをモデルにした行政を押し付けようとするナポレオン・ボナパルトの大いなる計画の影の下に生きた。彼は激し

2　Thomas Mann, 'Preface', *The Marquise von O – and Other Stories*, trans. Martin Greenberg (London: Faber, 1960), p. 14.〔「ハインリヒ・フォン・クライストとその小説」、手塚富雄訳、『トーマス・マン全集』第九巻、新潮社、一九七一年、六二四頁〕

3　Heinrich von Kleist, 'On the Gradual Formulation of Thoughts while Speaking', in *Selected Prose*, trans. Peter Wortsman (New York: Archipelago, 2010), pp. 255–63.〔『クライスト全集』第一巻、四四六―四五四頁〕

くナポレオンを憎むようになり、誰かが彼の頭に銃弾を撃ちこむ日を待望した。

クライストが自殺したころ、プロシアは事実上フランスの属国のようなものだった。プロシア軍がフランス軍の進撃から逃走した一八〇六年イエナでの軍事的敗北は、彼に深い恥辱を感じさせた。彼のプライドは、自分がベルリンで編集していた新聞が、フランスの新しい主人を敵に回すのを恐れたプロシアの検閲官によって牙を抜かれたときに、さらなる打撃を与えられた。彼は反フランスのレジスタンス集団と付き合い、きわめてナショナリスティックな戯曲『ヘルマンの戦い』を書いた。そこでは、プロシア人が古代ゲルマン人の例に習って侵略者に対して武器を持って立ち上がることを提案している（この戯曲は生前には上演されなかった）。また愛国的な汎ゲルマン的新聞『ゲルマニア』をウィーンで発行する計画を立てた（これは実現しなかった）。

クライストの物語は今日では少なくとも彼の戯曲と同じくらい高く評価されているが、彼自身は散文フィクションを劣った芸術だと考えていた。彼が小説を書き始めたのは、単に自分が編集していた雑誌のページを埋めるために過ぎなかった。友人たちによると彼はこの格下げに屈辱を感じていた。それでも、彼の物語は丹念に作り上げられていて、その構造は単純と言うには程遠い。原則として、語りはおおむね不可視あるいは隠れた語り手によって実行されるが、伝達される出来事の語り手による解釈は必ずしも決定的なものと受け止めなくてもよい。単純な例を挙げれば、「ミヒャエル・コールハース」の語り手はあるときコールハースの宣言文を「病的でねじけた誇大妄想」と非難するが、これは別の個所で、誇大妄想は単に正義への情熱の裏返しに過ぎないと言っていたのを忘れているのである。（p. 143〔二八六頁〕）実は、クライストの物語には確固たる地盤、つまり、われわれ読者が足場を確保して安心できる究極の場所がないのである。

彼の手紙からうかがえる初期のクライストは、奇妙に自己満足した若者だった。ルソーとフランス啓蒙思想家を読んで人生の計画《レーベンスプラン》を立てるという考えを学び、それは彼自身の教育《ビルドゥンク》だけでなく、婚約者ヴィルヘルミーネ・フォン・ツェンゲの（彼の指導による）教育も含んでいた。そのような計画に導かれて二人は理想的な一貫性を持った人生を送れるだろうと彼は彼女に言った。

もしクライストのねらい通りになっていたなら――理性の光の下での美徳の追求に捧げられた人生のプロジェクトを計画し、そして実行することに成功していたなら――彼はわれわれが知るような作家にはなっていなかっただろう。彼のよく計画された人生が脱線したのは、イマヌエル・カントによる認識論的革命に彼がもろに直面せねばならなかったからである。それはつまり次のような思想である。自己自身の外部の世界だけでなく自己自身に関する最終的な知も到達不可能である、なぜなら、知りうることは、精神の生得的能力によって限定され条件づけられているからである。

だが、合理的な人生の計画《レーベンスプラン》という観念そのものを突き崩した一八〇一年のいわゆる「カント危機」は、クライストの生涯のはるかに複雑な進路変更のごく単純な表現に過ぎない。その進路変更の原因は一部しか分からないが、ともあれそれは、彼がしきりに自分を適合させようとしていた将来性のない人格《ペルソナ》のモデルから彼を解放するという効果を持った。また、時代を代表する偉大な懐疑的精神の持ち主に彼を変貌させるという効果も持った。つまり、啓蒙が提起した人間のモデルをテストするるつぼとして自らの芸術を利用する作家となったのだ。

クライストの成熟期の作品に出てくる人物たちは、相反する力と衝動に引き裂かれている。同じことがクライスト自身にも言える。そこで彼の政治姿勢を明確にすることは難しくなる。一九三〇年代に彼は、自由主義の敵、そしてプロシアの愛国者としてナチスに歓迎された。対照的に今日では、貴族政治に対する過激な批判者として読まれている。実は、成熟期のクライストはあらゆるシステムに、それこそ人生の計画《レーベンスプラン》というプロジェクトの基底にあるシステム化する精神に、懐疑的なのだ。けれども同時に、彼は若いときの理性、明晰さ、秩序への熱意を完全に失いもしない。彼がどんな特定のイデオロギーにも当てはまらないくらいあいまい（あるいは矛盾している）と見なされるのは驚くべきことではない。

思い出すことができない事情で妊娠してしまった女の物語「O侯爵夫人」のネタをクライストがどこで仕入れたかははっきりとは分からない。モンテーニュからかもしれないし、ベルリンの新聞からかもしれない。もっと重要なことは、彼がネタに対してしたこと、つまり、それを元々の低俗な社会的コンテクスト——そこでは単にきわどい滑稽な逸話として読まれただろう——から、もっと高尚な社会的コンテクストへと翻訳したことであり、この操作が作品の受容をはるかに問題含みなものにした。「この作品の筋を言うだけでも、すでに、それを道徳的な人々から追放することになろう」と批判的な書評は書いた。[4]

スキャンダラスな筋の主人公は、一点の曇りもない評判を持つ貴族の未亡人O侯爵夫人で、彼女が不可解にも妊娠してしまうのだ。両親に家を追い出された彼女は、子供の父親に名乗り出るよう促す広告を新聞に出す。名乗り出れば結婚するという約束である。指定された日に一人の男が現れる。それはロシアの伯爵で、彼女が完全に気絶していた間にたまたま彼女をレイプし、その後恋に落ちたのだった。気が進まないながらも約束に忠実に、彼女は彼と結婚する。

この語り直された物語には、われわれが次のような疑問を持ち始めるや否や、欠落が出現し始める。伯爵は本当に侯爵夫人をレイプしたのだろうか？　さらに、この「本当に」は何を意味するのか？　起きたか起きなかったかした事件は舞台の外で、語りの中の明確に確定された空白の間に起きたのである。また、当事者とみなされる一人が、意識を失っていたため何が起きたのか起きなかったのか分からないと主張しているのである。そしてもう一人の当事者は、それが確かに起きたと主張する外的な動機〔彼女と結婚したい〕を持っているのである。だがさらなる面倒が次の疑問から生じる。人が性交をしたかどうか分からないということは可能なのか？（この最後の問題は、クライストの時代のドイツにおける医学と法学では、女性は性的に興奮しない限り妊娠できないというのが通説だったため、とりわけ意味深い。）

すでに一八〇七年に、クライストは似たような問題を提起する戯曲『アムフィートリュオン』を書いていた。言葉にできないほどの官能的至福の夜、徳高いアルクメーネは誰かによって妊娠させられる。彼女は相手を夫だと思うが、後にそれは夫の姿を借りた神ユーピテルだったと分かる。アルクメ

4　Quoted in Mann, 'Preface', trans. Greenberg, p. 20.〔トーマス・マン「ハインリヒ・フォン・クライストとその小説」、六二九頁〕

ーネの身体的感覚だけでなく彼女の内奥の心までもがベッドをともにした相手の正体を教えてくれないのなら、彼女は何に確信が持てるというのだろう。自分が自分であることさえ彼女は確信できるのだろうか。

侯爵夫人の物語を語る語り手は、妊娠の原因は超自然的かもしれないこと（子供は「原因が謎深いだけにかえってほかの人間よりも神聖に思われる」と、クライストは一八一〇年に物語を改訂したときに書き加えた）、そして誰がやったのかという凡庸な謎の下にはより深遠な謎があることを間接的に示唆している。[5] これらの深みをほのめかしてからクライストはそこを離れてしまう。だが、子供の父親という謎に対して物語が提示する幸福な解決の背後で、侯爵夫人のぼんやりと不安な様子が、彼女は一見属している喜劇的ジャンルに本当は属していないかもしれないことを暗示している。

クライストが成熟期に達したのは、シラーとゲーテの支配するドイツ文学が絶頂を迎えていたときだった。ゲーテとクライストは会ったことはなかったが、二人の間には不運な衝突があった。ゲーテが劇の演出家としてクライストの戯曲の一つを上演したが、ひどくやじられたのである。責任はゲーテにあった――質の低い演出だった――が、クライストはすぐにかんしゃくを起こした（ゲーテに決闘を挑もうとして周囲が引き留めなければならなかったと言われている）ため、ゲーテの支持を失った。

二人の間の悪感情には政治的理由もあった。ゲーテはプロシアのナショナリズムに共感せず、ナポレオンに関しては矛盾する態度をとった。彼からすれば、ドイツ人が文化的に自律した領邦のゆるい連合体の中で生き続けることは悪いことではなかった。だが二人の劇作家の間の敵意の究極の根源は、クライストの、ゲーテを乗り越えようとする誇大なエディプス的野心だった。

クライストに敵意を持ったゲーテだが、それでもクライストの戯曲の構成法について鋭い洞察を示し、それは彼の小説にも当てはめることができる。クライストは重要な出来事を舞台の外に置き、そしてそれらの出来事の余波を基盤にして劇を展開させる傾向があるとゲーテは言った。ゲーテはその結果を「不可視の演劇」として批判した。[6]

「O侯爵夫人」の演劇は実際不可視である。侯爵夫人の妊娠、そして物語の筋をもたらすものが何であれ、それは舞台の外（つまり語りの外側）で起きるだけでなく、侯爵夫人自身にも知られずに起きる（ように見える）。クライストの独創性は、起源となる出来事の不可視性と不可知性が語りを駆動するような作品を作り上げたことにある。そして舞台上の人物たちは、何が起きたのかを理解しようともがくのである。

---

5 Kleist, 'The Marquise of O – ', in *Selected Prose*, trans. Wortsman, p. 121.〔『クライスト全集』第一巻、四四頁〕

6 Quoted in Nancy Nobile, *The School of Days: Heinrich von Kleist and the Traumas of Education* (Detroit: Wayne State University Press, 1999), p. 148.

ウォルト・ホイットマン

一八六三年八月、第百四十一ニューヨーク義勇軍の兵卒イラスタス・ハスケルが、ワシントンDCのアーモリー・スクウェア病院でチフスで死んだ。その後しばらくして彼の両親は見知らぬ者からの長い手紙を受け取った。「私は［イラスタスが］助かるのを切に望んでいました」とその差出人は書いていた。

他のみなも同様でした――彼は看護人たちに大切に扱われていましたから……いく晩も私は病院で彼のベッドの脇に座りました……――彼はいつも私がそこに座るのを好みましたが、決して話はしませんでした――私はあれらの晩を決して忘れないでしょう。それは奇妙で厳粛な情景でした、まわりに病人やけが人がベッドに寝ている中で……この愛しい若者がすぐそばにいるのです……彼の過去は知りませんが、気品ある若者だということは知っていますし、理解しました――私が非常に強い愛着を持つはずの人だと感じました……

この手紙を差し上げるのは、彼をしのんで少なくとも何かをしたいと思うからです――あのように死ぬなんて彼の運命は苛酷なものでした――彼は、記録も名声もなく、まったく知られずに死んで行っても文句も出ない、何千もの知られざるアメリカの若者の一人ですが、私は彼らの中に本当に貴重で高貴な人間を見るのです……かわいそうな愛しい息子よ、君は私の息子ではなかったけれども、あそこで君が病気で死んで行く短い間、君を息子として愛しているように感じたのです。

手紙には「ウォルト・ホイットマン」と署名され、ブルックリンの住所が書かれていた。[1]お悔やみの手紙を書くことは、兵士の世話係としてホイットマンが自らに課した義務の一つに過ぎなかった。ワシントンの病院を巡回しながら、彼は兵士たちに、新しい下着、フルーツ、アイスクリーム、煙草、切手を贈った。また雑談し、慰め、キスし、抱擁し、死の間際にはその死を安らかなものにしようとした。「これらの愛しい、負傷し、病み、死んで行く若者たちの大群ほど私の感情を根底まで完全に、また（今のところ）恒久的に虜にしたものはない」と彼は書いた。「私は病院で愛情を覚え、それを死ぬまで忘れないだろうし、それは絶対に変わらないだろう。[2]」

一八六二年から一八六五年の間に、ホイットマンは、彼の計算ではおよそ十万人の兵士の世話をした。彼の干渉はどこでも歓迎されたわけではないが――「あの忌まわしいウォルト・ホイットマンが、私の若者たちに悪と不信心の話をしに［来る］」とある看護師が書いている――出入りを拒まれるこ

1　Walt Whitman, *Memoranda During the War*, ed. Peter Coviello (Oxford University Press, 2004), pp. 167-8.
2　Quoted in Paul Zweig, *Walt Whitman: The Making of the Poet* (New York: Basic Books, 1984), p. 339.

とは決してなかった。今日なら、ポルノ作家の評判もある中年の男が病棟に入りびたり、魅力的な若者のベッドからベッドへ渡り歩くことが許されただろうか、数人の警備員によってすぐに出口まで連行されたのではないか、といぶかしく思われるところだ。[3]

ホイットマンはワシントンでの経験をメモに取り、それを新聞記事や講演に書き換え、一八七六年には『戦時備忘録』というタイトルで限定版を出版した。これはまた『自選日記』（一八八二）の一部となった。『備忘録』のすべてが直接の経験から書かれているわけではない。ホイットマンはフォード劇場でのエイブラハム・リンカン暗殺を目撃したかのような劇的な記述をしているが、実際には彼はそこにいなかった。だが彼はリンカンと特別な関係にあったと信じていた。二人とも背が高かった。ホイットマンはリンカンが通りを通るときにしばしばそこにいて、群衆の頭越しに、人民に選ばれた指導者が世界の未公認の立法者〔シェリーが『詩の擁護』で詩人をこう定義した〕を認め会釈を返したと確信していた（シェリー同様、ホイットマンは自分の天職について高邁な考えを抱いていたのである）。

若いころホイットマンは骨相学という新しい科学に強く魅せられていた。標準的な骨相学のテストを受け、「恋情性」と「粘着性」で高い点を、言語能力では平凡な点を取った。この得点を誇りに思った彼は『草の葉』の宣伝のためにそれを公表した。

骨相学の用語では、恋情性は性的情熱を、粘着性は愛着、友情、同志愛を指す。この区別はホイットマンの人生のエロス的側面において重要になった。この区別が他の男性に対する彼の感情に名前と、事実上のまともさを与えたのである。これはまた彼の民主主義の観念に実質を与えもした。性的なカップルに限定されない種類の愛として、粘着性は民主的共同体の基礎を構成することができるのである。ホイットマン的民主主義とは大文字で書いた粘着性であり、戦場に行進して出ていく若い兵士の中に彼が目撃し、後に彼らを看護したときに自分の心の中にも感じた同志愛とよく似た友愛の国家的ネットワークである。『草の葉』の一八七六年版序文に彼は書いた。「未来の合衆国を……生きた結合体へと最も効果的に接合し、織り合わせ、打ち固めるのは、すべての若者に潜在する同志愛、男同士の美しく健全な愛着の熱烈で公認された発展と……それに直接、間接に随伴するものに他ならない。」[4]

ホイットマンにとって、粘着性は単に昇華された恋情性ではなく、自律的なエロスの力だった。ホイットマンが夢みた合衆国の最も魅力的な特質は、市民が国家の利益のためにエロスを昇華することを要求しないということだ。この点で、それは十九世紀の他のユートピアと異なっている。

ホイットマンは高度に粘着的だっただけでなく、彼が書いたものによれば、高度に恋情的でもあった。「ぼくは花婿をベッドから追い出して花嫁のかたわらにあり、／夜もすがら腿と唇を彼女に強く押しつける。」彼の恋情性が正確にどんな肉体的形式をとったかという問題を、ホイットマン学者たちは近年ますますおおっぴらに議論するようになった。（*LoG*, p. 65〔『草の葉』（上）、酒本雅之訳、岩波文庫、一九九八年、一九〇頁。以下、引用の後に同書の頁数を記す。〕）

戦後ホイットマンは若い男たちと注目すべき恋愛関係を持ったが、そのうち二人が特に重要である。

3　*Memoranda*, p. xxxviii.

4　*Leaves of Grass: Reader's Edition*, ed. Harold W. Blodgett and Sculley Bradley (New York: New York University Press, 1965), p. 751. これ以降 *LoG* と略記。

ワシントンの鉄道の車掌ピーター・ドイルと、印刷屋の見習いハリー・スタフォードである。ドイル――ほとんど文盲で、ホイットマンによれば『草の葉』を「狂った話と難しい言葉が意味もなくからまった大きな塊」だと思った――との関係は、ホイットマンをかなり悩ませたようだ。ノートの暗号化された記述で彼は自分自身に忠告している。

この今から、完全に、永久に諦めるんだ、［ドイルを］こうやって熱っぽく、揺れ動きながら、無益に、惨めに追い求めるのを――あまりに長く（本当にあまりに長く）がんばった――何という屈辱……彼女《ママ》を眼にしたり会ったりするのを避けろ、話も説明もだ――この今からずっと、どんな出会いも避けるんだ。

（自分の書類を検閲する過程でホイットマンは丹念に罪深い男性代名詞を抹消し、女性代名詞に差し替えている。[5]）

ハリー・スタフォードとの関係はもっと穏やかなものだったらしい――ホイットマンはほとんど四十歳も年上だったのだ。ホイットマンはスタフォードの家族に受け入れられた。彼らの農場に金を払って滞在し、泥風呂の後で泉に入るという朝の儀式――すべて大声で歌いながらだった――をゆっくりと実行することができた。

一八五九年のいわゆるライヴ・オーク詩を自伝的に読むならば、一八五〇年代終わりにも重要な恋愛関係があったらしく思われる。それによってホイットマンは、自分の他の男に対する感情は永久に隠してはおけないと悟った。「壮健な肉体をそなえた人がぼくを愛し、ぼくも彼に首ったけだ、／ところがその彼をめがけてぼくの内部に今にも噴出しかねない凶暴な何かが住んでいる、／それを言葉で語る勇気はない、これらの歌のなかにさえ、ない。」（*LoG*, p. 132〔三二八頁〕）

草稿として残っている形では、十二のライヴ・オーク詩はこの恋愛関係を語っている。しかし出版に当たってホイットマンは尻込みし、「カラマス」という題の大きな詩の集合の中に順序を変えてばらばらに配分した。「カラマス」は全般的に見て、恋情性よりは粘着性を祝福している。

おそらくは戦略的な理由でホイットマンは、自分が女性と情事をしていると思われるのを好んだ。ニューオルリンズやその他の場所に結婚せずに生ませた子供がいるという噂を流しさえした。女性たちは間違いなく彼を魅力的だと感じた。そして「ぼくは充電されたからだを歌う」の詩人が異性愛セックスの快楽を知らなかったとは信じがたい。「愛欲に満ちた花婿の夜が身を横たえて待つ夜明けのなかへ優しく確実にはいりこみ、／嬉しげに身をゆだねる昼のなかへうねるようにはいりこみ、／抱き締める昼の甘美な肉の割れ目に沈む。」（*LoG*, p. 96〔一五八頁〕）

『草の葉』のエロティックな部分、特に、ユーモラスな機知の言葉が容易に自慢と誤解されるナルシシズムと露出症が出ている部分に、ホイットマンの多くの友人たちが困惑した。彼が最も恩恵を受けた年長の同時代人ラルフ・ウォルドー・エマソンがまさにそうだった。エマソンは始めからホイットマンの天才を認め、ホイットマンが自分の本の宣伝のために彼の名を厚顔無恥にも利用したときで

5　Justin Kaplan, *Walt Whitman: A Life* (New York: Simon & Schuster, 1980), pp. 313, 316.

さえ擁護した。だが、一八六〇年版では性的なものを抑制するように、という彼のゆるやかな助言は無視された。

『草の葉』に対する同時代の反応に関してわれわれを驚かせるのは、顰蹙を買ったのがカラマス詩のホモエロティシズムではなく明らかに異性愛と分かるセックスだったということだ。このためにボストン地方検事が、一八八一年版から怪しい部分を削除しない限り法的措置を講じると宣言するに至ったのだ。

このときまでにホイットマンは、特にイギリスで、ゲイ知識人の間にかなりの追随者を持っていた。合衆国ツアーでオスカー・ワイルドはホイットマンを訪ね、唇にキスをしてもらったと主張した。エッセイストのジョン・アディントン・シモンズはホイットマンに、カラマス詩の隠れた主題は男との恋愛だと認めるよう圧力をかけた。だがホイットマンは、おそらく恐れよりも抜け目のなさから、断った。それらの詩はそのような「おぞましい暗示」を含んでいないと彼は冷たく答えた。「そんなものは私は拒否するし、断罪すべきものに思える」[6]。

ホイットマンの時代の読者は、われわれが普通考える以上に男同士の性愛に――あまり露骨に表現されない限り――寛容だったのだろうか。「充電されたからだ」の詩人は、暗黙のうちにゲイだと認知されていたのだろうか。「ぼくは男ばかりか女の詩人でもあり、……／ぼくは更けゆくやさしい夜の道づれ、／夜のなかば抱きすくめられた大地と海に呼びかける。／ぴったりと寄りそえ胸も露わな夜よ――ぴったりと寄りそえ、養い育ててくれる母、こうしがたい魅力をそなえた夜よ、／南風の吹く夜――大きな星がほんのいくつか輝く夜よ、／こくりこくりとまどろむ夜――狂おしく赤裸な夏の

夜よ。」(*LoG*, p. 49〔一五二―一五三頁〕)

一八五五年版『草の葉』の再版の後書きで、デイヴィッド・レノルズは、カラマス詩を無視しながら一八八一年版の異性愛セックスを告発したアンソニー・カムストック(猥褻文書に反対する運動家)をからかっている。今日では明白に思える同性愛の基層をカムストックはどうやって無視できたのか、とレノルズは問う。「答えは、同性愛が今日と同じようには解釈されていなかったからだ。」「[ホイットマンの]〔若い男との〕関係の性質が何だったにせよ、詩で同性愛を歌った部分のほとんどが、そのような愛の健康さを強調した当時の理論と実践から外れたものではなかった。」[7]レノルズは彼の本『ウォルト・ホイットマン』でも同じ主張を繰り返している。

ホイットマンは明らかに女性と一度か二度恋愛をしたが、若い男との激しい関係を何度も続けたロマンティックな同志というのが彼の主な特質だった。相手の男たちのほとんどがその後結婚し子供をもうけた。彼の若い男たちとの肉体関係の性質が何だったにせよ、詩で同性愛を歌った部分のほとんどが、そのような愛の健康さを強調した当時の理論と実践から外れたものではなかった。[8]

6　Quoted in Kaplan, p. 47.

7　*Leaves of Grass: 150th Anniversary Edition*, ed. and with an afterword by David. S. Reynolds (New York: Oxford University Press, 2005), p. 101.

8　David S. Reynolds, *Walt Whitman* (New York: Oxford University Press, 2005), p. 118.

同じように用心深い調子で、ジェローム・ラヴィングは一九九九年の伝記で、ピーター・ドイルは「ホイットマンの愛人だったかもしれないし、そうでなかったかもしれない」と書いている。「二人の関係の内密の詳細を知ることは不可能である。」ハリー・スタフォードに関しては、「［スタフォード］とのホイットマンの関係に関する今日のわれわれの見解は……実際の事実以上に、ホイットマンが持っていたかもしれない同性愛的傾向に対する今日的関心を反映しているかもしれない。[9]」

レノルズもラヴィングも問題を単純化し過ぎているように私には思える。ラヴィングが「内密の詳細」と呼び、レノルズがもう少し注意深く、若い男たちとの「［ホイットマンの］肉体関係の性質」と呼んでいるものは、次の一つのことを指示しているに決まっている。つまり、ホイットマンと若者が二人きりのときに、恋情性の器官で何を行ったかということである。カムストックを笑い者にできるなら、それは彼が、カラマス詩の荘厳な粘着性の表現に潜む恋情的内容を愚かにも見逃したからである。

検閲官の味方をすることなく（とはいえ、レノルズがしているようにカムストックを「頬ひげを生やして腹が出ている」と馬鹿にするのは的外れである——ホイットマン自身頬ひげを生やし、かなり腹が出ていた）、次のように主張できないだろうか。カラマス詩に立腹しなかった読者の中には、男同士の親密さがどんなものでなければならないかに関する先入観によって盲目にされていたからではなく、その親密さの恋情的内容が何なのか自問する必要を感じなかったから恋情的内容を見逃した者がいたかもしれない。すなわち、親密さに関する彼らの観念が、男たちが性器で何をするのかという問題に還元されなかったから見逃したのかもしれない[10]。

ヴィクトリア朝人はある種の考え、とりわけ「性の実態」に関する考えを抑圧するよう教えられ、しまいには空気そのものが性的抑圧で曇ってしまったというのは、ヴィクトリア朝以後の紋切型である。だが抑圧を呪うのはフロイト的戦略の一部であり、ジークムント・フロイトが両親の世代との個人的な戦争で作り上げた武器の一つである。フロイトには悪いが、他人——両親の場合でさえ同じだ——の私生活について空想するのを控えたとしても、それらの空想を抑圧したり、われわれの心的生活において抑圧の結果——悪名高い抑圧されたものの回帰——を引き受けたりする必要などまったくない。たとえば、他人がトイレに行くとき何をするかについて「内密の詳細」や「実際の事実」を熟考することを控えたとしても、われわれはそれによって心的代価を支払うことはない。

つまり、ホイットマンの恋愛詩の同時代の読者はそれらの本当の内容を見逃したと信じることは、ホイットマンの読者についてよりも、何かの「本当の内容」が何を意味しているかについての単純な観念について、多くのことを明らかにしているかもしれない。

ホイットマンがいかにして同性愛の詩を書きおおせたかという問題に関するピーター・コヴィエロの応答は、ラヴィングやレノルズよりも繊細だが、最終的にはやはり的を外している。カラマス詩と『備忘録』の底流にある愛情は「親密な関係の既存の分類法では捉えられない」とコヴィエロは書い

9 Jerome Loving, *Walt Whitman: The Song of Himself* (Berkeley and Los Angeles: University of California〔Press〕, 1999), pp. 297, 299, 376.

10 Reynolds, *Walt Whitman*, p. 101.

ている。

これらの愛情に関しては、役に立たない苦しい解釈がこれまでたくさんあったと思う。それらは部分的には、関係——同性愛関係を欲望するもの——を、ホイットマンの時代にはなかった仕方で時代錯誤的に記述したくないという願望から生じている。しかしこの善意のためらいから、ホイットマンの兵士たちとの関係を捏造された純潔で覆い隠すようであってはならない。（そうしてしまうと第一に、性的逸脱に関するもっと露骨に懲罰的な言語が広く流通する以前の時代の……十九世紀半ばの男性に許されていた比較的自由な態度を忘れることになる。）[11]

十九世紀半ばの男性は、確かに、二十世紀半ばの男性が持たなかった自由を持っていた。彼らは公共の場でキスができたし、手をつなぐことができたし、最も深い愛から生まれた詩を互いに書くこともできた（テニソンの「イン・メモリアム」がその例だ）し、同じベッドに寝ることさえできた。そうしても社会から追放されたり、法によって罰せられたりすることがなかった。しかし、コヴィエロが暗黙裡に言っているらしいのは、そのような行動が罰せられなかったのは、誤解されなかっただろうから、もっと正確に言えば、明かりがついたときに、恋情性の器官を使っての不純ないたずらの印だと解釈されなかっただろうから、ということだ。

代わりに問うべきなのは、そもそもそのような行動は解釈されたのだろうか、つまり純潔か不純かの審問に付されたのだろうか、ということだ。物事を単に見えるがままに受け取るという性質を持ったある種の洗練、語られない社会的合意に統御された洗練というものがある。ヴィクトリア朝の先祖たちにわれわれが認めない恐れがあるのは、この種の社会的知恵であり、それを機転と呼んでもよい。
　一八八〇年のしばらく後に、異性愛対同性愛という新たなパラダイム、コヴィエロが「性的逸脱に関する懲罰的な言語」と呼ぶものの一部が、性科学（「科学的」）文献から日常言語に入り、性愛の諸形態に関する主要な区別として支配的になったということに関して研究者は合意しているようだ。だが、その前にあったパラダイムがどんなものだったかに関してはもっと不明確である。ジョナサン・ネッド・カッツは、ヴィクトリア朝初期に支配的だった区別は、性科学的ではなく、情熱的か官能的か、高いか低いか、愛か情欲かというような道徳的性質のものだったと述べている。男性同士あるいは女性同士の情熱的関係は、より高い、愛に属するものである限り審問に付されることはなかったのである。[12]

　ホイットマンは一八一九年に生まれ、急進的な民主党支持者の家庭で育てられた。生涯彼は、自作農と独立した職人からなるアメリカを信じていた。このようなジャクソン的社会理想は、世紀半ばまでに、新しい産業経済が定着し、土着の職人階級――旧世界からの移民たちは言うまでもなく――が工場の賃労働者に変えられていくにつれ、ますます空想的なものになった。

11　Introduction to *Memoranda*, pp. xxxvi-xxxvii.
12　Jonathan Ned Katz, *The Invention of Heterosexuality* (New York: Dutton, 1995), pp. 43-47.

一八四〇年代と五〇年代初め、ジャーナリスト、新聞編集者として、ホイットマンは民主党政治に急進的な側から関与した。しかし、一八五五年までに、奴隷制に関する民主党のあいまいな態度に幻滅し、政治から足を洗った。彼の政治的信条の本質はもう固まっていた。つまり、周囲の世界は変わるかもしれないが自分は変わらない。

奴隷制には反対だったとは言え、人種に関する見解でホイットマンが時代に先んじていたというのは言い過ぎだろう。彼は奴隷制廃止論者であったことはなく、実際、廃止論者の「おぞましい熱狂」を声高に非難した。[13] 南北対立の要点は、西部の新しい州への奴隷所有の拡張だった。奴隷制はその効果において反民主主義的であり、また、彼の見るところでは奴隷制経済は独立した自作農の経済の対極だったため、ホイットマンは奴隷所有者に対する戦争を支持したのである。彼は、民主的秩序の中に黒人が正当な位置を占めるために戦争を支持したのではなかった。

戦後の南部の状態も彼が祝福できるものではなかった。再建の「測り知れない退廃と侮辱」を嘆き、「獣と変わらない黒人の支配」を、続けさせてはならないものだと慨嘆した。奴隷制が彼の世紀にひどい問題をもたらしたとするなら、と『備忘録』の一八七六年の注に彼は書いている、「合衆国における自由な黒人の大群が、次の世紀全体に、もっとひどい、もっと複雑な問題をもたらすとしたらどうなのか。」アメリカにおける黒人の「問題」に対する最善の解決はどこか別の場所に彼らの居場所を作ることだろうという戦前の提案を彼は繰り返しはしなかったが、それを撤回することもなかった。[14]

「ぼく自身の歌」と「仕事を賛える歌」にある、仕事をするアメリカ人を称える長いカタログは、それゆえ、『草の葉』が最初に世に出た一八五五年においてさえもう現実を反映していなかった、日常の労働生活の多様性に傾斜したものである。「大工が板の削りぐあいを調整している、……／航海士が捕鯨ボートのなかで気持を引き締めている、／紡績女工が大きな紡ぎ車の唸りに合わせてうしろへ退いたり前へ出たり、／農民が……カラスムギとライムギを眺め、……」だが、ホイットマンが国家の未来として映し出そうとするのはこのようなヴィジョンである。アメリカの詩人、国民詩人であるために、彼は、すでに過去へと後退しつつある自分の世界観を、人間の労働の市場と、競争的個人主義のイデオロギーにますます牛耳られている現実の上位に置かねばならなかった。（*LoG*, p. 41〔一三六頁〕）

この困難な課題を前にしてひどく目立つのがホイットマンの楽観主義である。死ぬ日まで彼は、共和国を生んだ力、彼が民主主義と名づけた力は勝利するだろうと信じていたようだ。彼の信念は、民主主義は人間理性の表面的な発明品の一つではなく、エロスに根ざし絶えず発展する人間精神の一側面であるという確信、彼の政治への関心が弱まるにつれて強くなったそういう確信に由来していた。「［民主主義は］その真の要諦がまだ眠っている言葉であると何度言っても言い過ぎにはならない……それは偉大な言葉であり、その歴史はまだ書かれていないと私は思う、なぜならその歴史はまだ実現されていないからだ。」[15]

ホイットマンの民主主義は、男が女に対して、女が男に対して、女が女に対して、だがとりわけ男

13 Quoted in Kaplan, p. 133.
14 *Memoranda*, p. 126.
15 Whitman, quoted in Kaplan, p. 337.

が他の男に対して抱く広い意味でエロス的な感情に賦活される市民的宗教である。このせいで、彼の詩（散文は別だ）に表現される社会的ヴィジョンは広範囲に及ぶエロス的色彩を持つのだ。詩はある種のエロス的催眠によって務めを果たす。全員の全員に対する、多かれ少なかれ恵み深く、多かれ少なかれ無差別な愛情が君臨する世界に読者を引き込むのだ。「揺籠から」のような詩における死の呼び声ですらエロス的魅惑を持っている。

　中年になるまでにホイットマンが予言者と賢人のオーラに包まれたこと（流れるようなあごひげが役に立った）、そして彼が詩の称賛者というより弟子たちを惹きつけたことは驚くべきことではない。その弟子たち、ホイットマン主義者たちは、現代生活への不満、宇宙的なものへの憧憬、より多くのより良いセックスへの願望によって結ばれていた。伝記の中でラヴィングは、ホイットマンはアメリカに追っかけファン《グルーピー》という現象をもたらしたとさえ述べている。彼が引用するコネティカット州ハートフォードのスーザン・ガーネット・スミスなる女性は、ゲイであるホイットマンに突然手紙を書き、彼女の子宮が「清潔で純粋」であり、彼の子を宿す用意ができていると伝えた。「天使たちが玄関を守ります」と彼女は保証している、「私たちの、そして世界の最も貴重な宝物をあなたが宿しに来るまで。[16]」

　その間、ユリシーズ・S・グラント大統領の下で合衆国は、金ぴか時代の制御の利かない金もうけと見せびらかしへと沈んで行った。ホイットマンはこれらすべてを十分にはっきりと眼にした。それでも、カムデンの賢人の役割に従い、ポール・ツヴァイクが「凍った楽観主義」と呼ぶ精神で、彼は、粘着的民主主義の勝利に関する宇宙的予言――それにはヘーゲルを読んだことが貢献したようだ――

を発し続けた。[17]

ホイットマンの受けた正規の教育は粗略なものに過ぎなかったが、彼を無教養だとか知的に偏狭だとか考えるのは間違いだろう。生涯のほとんどにわたって彼は自分の時間を自由に使う達人で、その時間を雑食性の読書に使った。労働者の振りをしたがったにもかかわらず、彼が荒くれ者と好んで呼んだ連中と同じくらい芸術家や作家とも付き合った。新聞記者時代には、哲学や社会評論の堅い本も含めて何百もの本を書評した。彼は主要なイギリスの書評紙を追い、ヨーロッパ思想の最新動向に明るかった。一八四〇年代には――変化を求める他の多くの若者たちと同様――トマス・カーライルの虜になり、カーライルによる資本主義と産業主義の批判をまじめに検討した。一八四八年のヨーロッパにおける革命の失敗はひどいショックだった。最も深い影響を与えられた一方でその負債を認めるのが彼にとって最も難しかった二人の同時代作家は、アメリカ人エマソンとイギリス人テニソンだった。

アメリカの文化的自律性を主張し、鼓吹しさえしたにもかかわらず、彼はイギリスで意気揚々と講演旅行をする考えに強い魅力を感じていた。そのような旅行をしなかったのは、イギリスに支持者がいなかったからではなく、イギリスでは娯楽の形式としての著名人の講演が合衆国でほどはやらなか

16　Loving, p. 259; Kaplan, p. 329.
17　Zweig, p. 343.

ったからである。イギリスで出版するために彼は、『草の葉』のきわどい部分の削除に同意したが、そんなことは合衆国では決して許さなかった。

詩を集成すること、全詩集を出すことは、生前に書いたすべての詩をもう一度出版することを意味しない。通例、古い詩を改訂したり、もう認めたくない詩を黙って外す権利が認められている。全詩集とは、自分の過去に形を付ける便利な方法なのだ。

ホイットマンは始めから、『草の葉』は、彼の自己認識が変化するにつれて成長し変化する、進行中の全詩集となるだろうと意識していたようだ。全部で六つの版が出て、その多くは、ホイットマンが新しい詩をすでに出た版に織り込んだため、中身が異なっている。六つのうちどれがベストなのか、どれを他の版を差し置いて読むべきかは判断が難しいし、ある意味でそんな問いは間違っている。なぜなら六つの版は、ホイットマンが誰であったのかについての六つの定式と再定式を表しているからである。一つの単純な例を挙げれば、一八五五年には彼は「ウォルト・ホイットマン、アメリカ人、荒くれ者の一人、一つの宇宙」だったのに、一八八一年には「ウォルト・ホイットマン、一つの宇宙、マンハッタンの息子」になっていた。[18]（「[ホイットマンが]一つの宇宙だとは、われわれの虚をつくニュースである。一つの宇宙とは正確に何であるのか、好奇心に満ちた世間に［彼］が早いうちに教えてくれると信じている」と一八五五年版の書評でチャールズ・エリオット・ノートンは書いた。[19]）

学界での一般原則では、作者の最後の改訂、彼（女）の最後の言葉を決定版と見なす。だが、最後の改訂が前の版より劣っている、さらには前の版に背いているという批評的合意があるような例外的ケースもある。だからわれわれは、ワーズワースの自伝的詩『序曲』の一八五〇年の改訂版よりも一八〇五年版の方を好んで読むのである。ほぼ同様に、ホイットマンの初期の詩を最初に出版された形態で読む方がいいと主張してもよいかもしれない。なぜなら一八六五年以降ホイットマンは、より多くの読者を獲得しようとして、「詩的なもの」（つまりテニソン的なもの）に向けて改訂する傾向があったからである。

ホイットマンは『草の葉』の第六版を決定版にするつもりだった。一八八一年に出版されたこの版は、猥褻を理由に告訴すると脅され販売中止になった。ホイットマンは自分でフィラデルフィアに新しい出版社を見つけたが、そこでは、突然の悪名のおかげで驚くほどよく売れた。

この第六版は、テーマ別に分けられ番号が振られたおよそ三百の詩を含んでいる。その核は、十二の詩から成っていた一八五五年版から生き残ったもの——主に「ぼく自身の歌」と後に題された長い詩——に、「ブルックリンの渡しを渡る」（一八五六年に追加）、「いつまでも揺れやまぬ揺籠から」と恋情的な詩（一八六〇年に追加）、「先頃ライラックが前庭に咲いたとき」と「軍鼓の響き」詩（一八六七年版の様々な増刷本に追加）が加わったものである。

この核は大きくない。ホイットマンは自分の詩の再評価、改訂、再配列、改題、再発行に大変な労力を費やした。また後年には、『草の葉』には大聖堂のような隠れた構造があり、彼の全人生はそれ

18　Reynolds, ed., p. 17; *LoG*, p. 52〔一六〇頁〕

19　Reynolds, *Walt Whitman*, p. 117.

に向けての追求だったのだと好んで繰り返した。それにもかかわらず、ホイットマンは、専門家以外には、一つの偉大な本、アメリカの新しい詩のバイブルの著者としてよりも、いくつかの単一の詩の著者としてつねに認知されるだろうと思われる。

ナサニエル・ホーソーン『緋文字』

一六九四年、マサチューセッツの町セイラムの行政官たちは、姦通を犯罪とする法案を可決した。その罰は次のようなものであった。罪を犯した男女は、首にロープを巻かれてさらし台の上で一時間座る。次に鞭で激しく打たれる。その後は、目立つ色の布で作られ衣服に縫いこまれた縦五センチの大文字Aを、死ぬまで身につけていなければならない。

ナサニエル・ホーソーンは、ニューイングランド入植地初期の記録を探っている間にこの風変わりな事実に行き当たった。罪の印を烙印のように負う刑に処せられ、町の人々の非難のまなざしにつねにさらされながら日々の生活を送る女性について物語を書いてみるのは、彼にとって格別に興味深いことだった。家系からすると彼はニューイングランドの名士と言ってよかった（マサチューセッツの最初の入植者の中にすでにホーソーンなる者がいた）が、彼は自分をこの伝統に対する裏切り者だと考えていた。もっとも、彼の創造したヒロインと違って、それと分かる印を帯びていたわけではないので、見抜かれることはなかった。

彼のノートを見れば分かるように、ホーソーンは、道徳の取り締まりに対してほとんど共感を抱いていなかった。罪深さという点では、性にまつわる侵犯よりも、ニューイングランドに見られる清教徒気質の非人間的冷酷さの方がはるかにひどいと彼には思われた。とりわけ、牧師による気遣いという名目の下に他人の私生活に介入するという形でこれが現れた場合が問題だった。

『緋文字』のプロットは、彼の二つの関心事を組み合わせて作られた。一つは、真理を担う者が追放された後の運命。もう一つは、同情心を計画的に排除する科学的精神が、人間心理の探究に介入すること。前者はアメリカ社会の批判者としての彼の自己意識に、後者は作家という彼の使命に関わっている。

『緋文字』を書き始めたとき、ホーソーンは四十歳代半ばだった。それまで出した文学作品は乏しく、子供向けの物語を別にすれば、たった二冊の短編集だけだった。文学の世界では、彼自身の皮肉な言葉で言えば、「穏やかで、内気で、優しく、極度に繊細で、あまり押しが強くない男」、また、古風な趣きがあるから「ホーソーン」を筆名にしたらしい、道楽で文学に手を出す者として知られていた。[1]『緋文字』も最初は短編として書かれたが、書いている途中で完全に夢中になり、長くなった。七ヶ月という短い期間に完成し、一八五〇年に出版した。創造的エネルギーはこれで涸渇することはなく、次の二年のうちに、『七破風の屋敷』、『ブライズデール・ロマンス』という二つの長編が続いた。

出版社は、『緋文字』は本にするにはやや短いと思った。ホーソーンは促されて、「税関」という気ままな序文を付け加えた。それは、彼がセイラム港の税関の主任行政官だったとき、税関の建物のほこりをかぶった片隅の古文書類の中に、一つの小包を発見した経緯を語っている。中には虫に食われていたが立派な赤い布が入っており、それは金色の糸で縁を飾られ、Aの形をしていた。このように

「税関」は、小説の萌芽がひらめいた瞬間を劇的に語っている。これはまた、小説自体よりも明確に執筆の目的（あるいは目的の一つ）を説明している。

思い出すかぎり古くから、その最初の先祖［アメリカのホーソーン家の初代］の姿は、家族の伝承によって暗くおぼろな威厳をそなえて、私の子供心に浮かんだ。それはいまなお私につきまとい、過去に対して、町の現状との関連ではほとんど感じない、一種の望郷の念をいざなうのである。この謹厳で、髭を生やし、黒いマントをまとい、山高帽をかぶったご先祖さまのおかげで、私にはこの地に住むいっそうの権利があるように思われるのだが、この先祖はあんなにも昔に、聖書と剣をたずさえてやってきて、あんなにも堂々と未踏の道を歩き、戦士としても平和の徒としても、あんなにも異彩を放ち――それゆえ、いまだに名も顔もほとんど知られていない私などより、よほどこの地に固執する権利があるように思われる。彼は軍人で、立法者で、裁判官であった。彼は教会の指導者であった。彼は、良きにつけ悪しきにつけ、清教徒の特質をすべて備えていた。クエーカー教徒の例もあるように、彼はまた厳しい迫害者でもあった。クエーカー教徒たちは彼らの伝承のなかでわが先祖を記憶している……

彼の息子もまた迫害の精神を受けつぎ、魔女の殉難［一六九二年の魔女裁判］では名をとどろかせ、その血が彼に汚点《しみ》を残したと言っても差し支えあるまい。その汚点はあまりにも深くしみ

1　Nathaniel Hawthorne, Preface to 1851 edition of *Twice-Told Tales*.

込んだので、チャーター通りの墓地にある彼の古く枯れた骨は、くずれて完全に土に還元していなければ、いまだに汚点をとどめているにちがいない。

こういう私の先祖たちが生前の残虐行為を悔い、天に許しを請うているのか、あるいは、また別の世界で、重い罪のあがないに呻吟しているのか、私にはわからない。それはともかく、筆者たる私は、彼らの代表者として、ここに彼らの咎を一身に引き受け、彼らが招いた呪いが――わが仄聞するところからしても、また過去の長い年月にわたる、わが一族［ホーソーン家］のわびしい惨状から判断しても、存在しているものと憶測される呪いが――今後は消えてなくなることを祈るばかりである。[2]

作家は執筆の背後にある深い動機をいつも語れるわけではない。しかし、明らかにホーソーンは、『緋文字』の執筆が、受けつがれた罪を認知し、自分と清教徒の先祖の間に距離を置くための贖罪行為であると信じていたし、読者にもそう信じてもらいたかった。

批判の声も上がった（一八五一年一月の『チャーチ・レヴュー』の書評者は、これを「清教徒の牧師が、彼の管轄下にある弱い女性とむかつくような情事をする話」と呼んだ）が、『緋文字』はすぐに、合衆国の若い文学の金字塔として認められるようになった。[3] 出版後三十年して、ヘンリー・ジェイムズはこれを、ヨーロッパのまなざしに対して誇りを持って差し出すことができる作品、「質的に抜群……［だが］完全にアメリカ的」な作品と讃えた。[4]

『緋文字』の中で、清教徒気質の冷酷さを体現する人物はロジャー・チリングワースである。彼は触れるものすべてを冷却《チル》する。まだイングランドにいたとき若いヘスター・プリンと結婚していたが、（微妙な暗示によれば）閨房での夫の務めを果たすことができていなかった。何年も経った後でもヘスターは、彼に触れられたことを思い出すと身震いする。

チリングワースは、作品の最初の場面で登場し、姦通の証拠である子供を抱きながらさらし台の上にいるヘスターを観察する。すぐに彼は、牧師アーサー・ディムズデールが父親だと推測する。そして、ディムズデールの内面の秘密に忍び込み、彼の健康を気遣う振りをしながら、こっそり彼の力を吸い取ってしまうことで復讐を遂げる。

チリングワースは、ホーソーンの創作方法の「アレゴリー的」と呼ばれる要素の実例である。彼を造型するためにホーソーンは、マシュー・ルイスの『破戒僧』やチャールズ・マチューリンの『放浪者メルモス』のような人気のあるゴシック・ロマンスに依拠したけれども、チリングワースは、愛のない科学的心理探究の根底にある、魂の高潔さへの無関心の生きた例として意図されているのだ。

2　Nathaniel Hawthorne, 'The Custom-House', in *The Scarlet Letter*, eds. Sculley Bradley et al. (New York: W. W. Norton, 1978), p. 11. 〔『完訳　緋文字』、八木敏雄訳、岩波文庫、一九九二年、一九—二〇頁。以下、引用の後に同書の頁数を記す。〕

3　Review by Arthur Cleveland Coxe, reproduced in Hawthorne, *The Scarlet Letter*, eds. Bradley et al., p. 257.

4　Henry James, *Hawthorne*, ed. Tony Tanner (New York: Macmillan, 1967), p. 109. 〔「ホーソーン」、小山敏三郎訳、『ヘンリー・ジェイムズ作品集』第八巻、国書刊行会、一九八四年、八二頁〕

もう一人の、より複雑な「アレゴリー的」人物は、ヘスターとディムズデールの娘パールである。パールは作品の道徳体系の中でいくつかの役割を果たす。まず、恋人たちによって主張された個人の自律という理想を象徴する必要がある（彼女のひどく突飛な行動と孤独を恐れぬ態度はここに由来する）。また、結果がどうであれ真実を肯定するという原理を象徴せねばならない（ヘスターが緋文字を捨てることを許さなかったり、ディムズデールに告白を促す彼女の態度はここに由来する）。最後に、緋文字の精神を体現せねばならない（彼女の華美な服装はここに由来する）。最初の二つの役割はかなり対立するし、緋文字は、われわれが知っている以上のものをいつも象徴する（これは作品の重要なポイントである）ので、パールの全体像を把握するのはとりわけ難しい。テクストのどの時点でも、彼女が果たしている機能を理解するには、彼女をばらばらの役割に分解するしかない。ホーソーンがときどき彼女に付与する感傷性も鼻について、彼女の足を引っ張る。

作品の他の主要登場人物であるディムズデールとヘスターは、まったく「アレゴリー的」には造られていない。もっとも、ディムズデールにはアレゴリカルな特徴が接木されている。特に胸に手を当てる仕草がそうで、その胸には彼独自の緋文字が痛々しく刻まれているのかもしれない。

小説『緋文字』はアレゴリーではない——つまり、この物語の要素が、何か別のパラレルな領域で起きている別の物語の要素ときちんと対応しているわけではない。けれども、アレゴリー的精神で読まれることに依存してはいる。実際、背後にあるアレゴリー的読解のユダヤ・キリスト教的伝統がなければ、これは簡素でちっぽけな寓話に過ぎなくなるだろう。われわれがアレゴリー的世界を動いていることを示すのは、ヘスターの人生の出来事よりもむしろ緋文字そのものである。緋文字は意味を持つことの記号である。それが何を意味しているのか、姦婦《アダルトレス》なのか天使《エンジェル》なのか、芸術家《アーティスト》でもあるのか、という問題は、それがそれ自身の外の何かを意味しているという事実に比べれば重要ではない。また、この文字の意味は流動的で、それを生み出した者が意図したことをいつも意味していなくてもよいというひどくアイロニックな事実――作品全体がこの事実の上に成り立っている――と比べれば重要ではない。

ヘスターは、罪と恥の印として押し付けられた記号を引き受け、自分だけの努力によってそれに別の意味を与える。その別の意味は、彼女の同胞たる市民たちにも読者にも明らかにされない。それはヘスターだけのものであり、必ずしも明らかにされなくてよい。同様に、『緋文字』――この三文字の標語 ***The Scarlet Letter*** はこの後つねにホーソーンという人物と結びつけられることになる――と題された本を書くという、多大なエネルギーを要する営みがホーソーン自身にとって何を意味したのかも分からない。けれども、ヘスターと初期の清教徒社会の関係は、ホーソーンと彼の時代のニューイングランドの関係に重なり合うということは推測できる。

ヘンリー・ジェイムズ――彼が一八七八年に出したホーソーンに関する本は、特に当時の彼自身の小説家としての野心について語っている点で、アメリカの文芸批評の古典となった――は、『緋文字』に対しても、また実際ホーソーンの小説作法全般に対しても完全に肯定的ではなかった。ジェイムズの批判の核心にはアレゴリーへの嫌悪がある。「アレゴリーは、わたしの感じでは、全く想像力の比較的軽い働きのひとつである。……それが、いわば第一級の文学形態であるように思ったことはかつてなかった。」（***Hawthorne*, p. 70**〔「ホーソーン」、七六頁〕）

ジェイムズはここで、ホーソーンの短編に対して同様に否定的な書評を書いたエドガー・アラン・ポーを反復している。「アレゴリーの擁護には」とポーは書いている、「言うべき立派な言葉などほとんど見当たらない……最もよい状況下でも、〔アレゴリーは〕芸術家にとって世界中のアレゴリーすべてにも勝るあの効果の統一性に、いつも干渉してしまうのである」[5]。

ホーソーンは『緋文字』にもその他の長編小説にもノヴェルという語を使わなかった。彼が好んだのはロマンスという語だった。この語を使うことで、チャールズ・ディケンズのようなイギリスの小説家に見られる社会組織の密度の濃さや社会関係の複雑さに憧れてもいないし、それらを描いてみる気持ちもないということを示したのだった。

ジェイムズは、ホーソーンとその時代——つまりジェイムズ自身より一、二世代前——のどんな野心的なアメリカの作家も陥っていた苦境について詳しく論じている。

> ホーソーンが、もっと濃密で豊かで暖かいヨーロッパの眺めに接した後年になって、感じたに違いないのだが、こういった主題のためには、実に数多くのものが必要なのである——小説家が豊富な連想を作りあげるには、歴史や慣習の非常な蓄積、風習や典型の非常な複雑さが必要なのである。(*Hawthorne*, p. 55〔「ホーソーン」、六〇頁〕)

ここには先行者に対する一定の同情があるが、一定の優越意識もある。それはトゥルゲーネフやフローベールの門弟となったコスモポリタンが辺境の先祖に対して持つ優越意識である。その優越意識が今でも有効かどうかはかつてほど明らかではない。西部の辺境（フェニモア・クーパー）、清教徒のニューイングランド（ホーソーン）、遠方の海（メルヴィル）を舞台にした「ロマンス」が、ジェイムズが書くことを学んでいた「ノヴェル」と比べて本質的に劣っているようにはわれわれには見えない。『緋文字』が出た次の年、メルヴィルは『白鯨』を出版した。これは野心とスケールにおいて当時のアメリカの小説の中で最も壮大であり、ホーソーンと同じくらい遠慮なくアレゴリーに手をつけている。メルヴィルはホーソーンの十五歳下の友人で、彼を高く評価していた。『緋文字』が出たのと同じ年にメルヴィルは、名目上は書評だが、実際は、「牧師の黒いヴェール」、「ウェークフィールド」、「若いグッドマン・ブラウン」など初期の不思議な短編を題材にホーソーンの精神を探究した評論を出版した。清教徒の過去とのホーソーンの取り組みは、どのくらい真実で、どのくらい深く感じられていたのか、と彼は問う。単に小説の題材として風雅で新奇だから引きつけられたのだろうか。それとも彼の書き物机は、受けついだ悪魔と彼がひそかに格闘する競技場だったのか。

ホーソーンは単に画趣をそそるから清教徒の過去に依拠したのだという疑惑は、一八四〇年代にすでに話題になっていたが、その非難を最も明確に定式化したのはジェイムズだった。

ホーソーンの精神にある罪意識の、このほとんど独特に〈導入された〉性格ほどふしぎで興味ぶ

5　Edgar Allan Poe, review（1847）of *Twice-Told Tales* and *Mosses from an Old Manse*, reproduced in James McIntosh, *Nathaniel Hawthorne's Tales: Authoritative Texts, Backgrounds, Criticism*（New York: W. W. Norton, 1987）, pp. 333–4.

かいものはない。それは単に芸術的あるいは文学的目的のためにそこに存在しているようである。彼は清教徒の良心を十分に認識していた。それは彼の生得の遺産であった。それは彼に再生されていた。みずからの魂を探って見た彼は、そこに清教徒の良心を見出した。しかし、それと彼の関係は、単に知的なものと言ってよかった。その関係は、道徳的でも神学的でもなかった。彼はそれをもて遊び、絵の具として用いた。彼はそれを形而上学者の言う客観的に扱った。彼は……例のごときいつもの犠牲者のように、それによって平静を失ったり、不安になったり、取りつかれたりはしなかった。……〔彼の〕主題で彼を楽しませたものは、その絵画的美しさ、その色彩の豊かな暗さ、その明暗の対照であった。(*Hawthorne*, p. 67-8〔『ホーソーン』、七三―七四頁〕)

メルヴィルもまたこの重要な問題、つまりホーソーンの道徳的誠実さの問題について考えている。最初は彼の反応は不確かである。

ホーソーンの魂のこちら側で、小春日和の陽射しがきらめいているにもかかわらず、あちら側は――物質界の球体の半分が暗いのと同じように――黒さに、それも一〇倍も黒い黒さに、覆われているからだ。……ホーソーンがこの黒さの秘儀を、おのれの光と影におけるみごとな効果を生みだす手段として、たんに利用しただけということなのか。あるいは彼のなかに、おそらくは当人も知らないかたちで、清教徒的陰鬱のような特質が実際にひそんでいるのか。――この点は、私にも完全にはわからない。

だが、もっと決然として彼は続ける。

しかしながら彼のなかにある、黒さが有するこのおおいなる力が、〈生得的堕落〉や〈原罪〉といった、あのカルヴィニズム的感覚に訴えるところに由来することに、間違いはない。深く思索する精神であれば、どのようなかたちであれ、こうしたカルヴィニズム的感覚の配剤から、いつだって全面的に自由である、などということはない。……人畜無害のこのホーソーン以上に、おおきな恐怖に駆られつつ、このような怖ろしい思索を表現する作家は、おそらくは、いまだかつていなかったのだ。……読者は彼が描く陽射しに魅了されるのかもしれないが――彼が読者の頭上に構築する、上空で麗らかに輝く金箔にみとれることもあるだろう――その彼方には、暗い黒さが存している。……端的にいえば、こうしたナサニエル・ホーソーンのことを、世間は誤解しているのである。おのれにかかわる馬鹿げた誤解に、当人は幾度となく苦笑したにちがいない。彼はたんなる批評家がつかう鍾ではとどかぬほどに、果てしなく深遠な人なのだ。こうした人を試すことができるのは、頭脳ではない。心だけができるのである。[6]

6　Herman Melville, 'Hawthorne and his Mosses' (1850), reproduced in McIntosh, p. 341.〔「ホーソーンと彼の苔」、橋本安央訳、橋本安央『痕跡と祈り――メルヴィルの小説世界』、松柏社、二〇一七年、二六九―二七〇頁〕

ここでのメルヴィルは、『緋文字』のプロットを展開させる対立を指し示している点で明らかに正しい。それは、新世界では、旧世界の罪に阻害されることのない自由で幸福な愛の生活が可能なはずだという希望と、そのような革命的希望をつねに挫く、手に負えない、抑えがたい力がわれわれの内部にあるかもしれないという反対の直観との間の対立である。この対立は、ヘスターとディムズデールの人生において、二人の結びつきの中で、また個別的に演じられる。ディムズデールは明らかに芸術家を象徴しており、彼の秘密の傷は彼の雄弁（彼の芸術）の源泉だが同時に同胞からの疎外の源泉でもある。彼は二度ヘスターに支配される（最初は二人の蜜月の間、次に彼が彼女とパールとともにヨーロッパに逃亡してもいい気になった短い間）が、心の底では罪悪感から逃れることが可能だとは思っていない。

ヘスターはもっと独立した思想の持ち主である（ある箇所で彼女は、一六三八年に魂による直観は教義に優越すると説いてマサチューセッツ入植地から破門され追放されたアン・ハッチンソンにはっきりと比較されている）。心の底ではヘスターは決して社会による評決を受け入れていない。彼女のあらゆる努力は、緋文字の既定の意味を掘り崩しそれに独自の意味を与えることによって、彼女に対する評決を覆すことに捧げられている。おそらく二人がかつて愛し合った場所であろう森の中で、ディムズデールと秘密のあいびきをしながら彼女は主張する、「わたしたちがしたことには、それなりに神聖なところがありました。わたしたちはそう感じました！」（p. 140〔二八三頁〕）。個人の（そして愛し合う二人の）道徳的直観は教義を超えるのである。

ヘスターは、思想の大胆さだけでなく容姿においても強く魅力的な人物である。一箇所で「官能的で、東洋風なところが多分にあった」(p. 64〔一二〇頁〕)と記述される彼女の本性は、黒く豊かな髪に現れる。それは最初の場面で判事に直面するときのびのびと流れてから、上品な帽子の中に巻き収められる。そしてディムズデールとの森の場面でもう一度だけ解き放たれる。意味深長なことに、ここで髪をもう一度束ねるよう促すのは子供パールである。そのときパールはまた、母に緋文字を再びつけ、ディムズデールと一緒にさらし台の上に上るよう促しもする。

ヘスターは逃亡せず、入植地で最後の日々を終える。まだ緋文字を身につけているが、無私で勇気ある行動でその意味を変容させるべく着実に働いている。これがどのくらい勝利なのかははっきり分からない。なぜなら、多くのことが成し遂げられる――彼女の例によって心が温められた隣人もいるに違いない――一方で、感覚と感情を含めてあまりに多くのものが放棄されねばならないからだ。成人した彼女の娘がよりよい生活を求めて入植地を去り、戻って来なくなるのは意味深い。

ヘンドリック・ヴィットボーイの日記

近代の南部アフリカ史の重要なテーマの中に、ヨーロッパによる植民の大陸内部への拡大がある。喜望峰におけるオランダ植民を皮切りに、植民地開拓者は十七世紀半ばから二十世紀初めにかけて北と東に向かい、現在の南アフリカ共和国の国境をはるかに越える地点まで進出した。

東部への拡大はバントゥー語系諸族との衝突を、北部への拡大ははるかに人口が少ないコイサン語系諸族との衝突をもたらした。ヴィットボーイ家による統治が出現したのは北部の辺境においてだった。ヘンドリック・ヴィットボーイ（一八三〇—一九〇五）はその中でも傑出した統治者となった。

オランダ語を話す農民は、ハリエプ（オレンジ）川に向かって北進する過程で、コイ族の牧畜民の牧場と水場を乗っ取り、逃げなかった者たちを農奴にした。ケープ植民地の行政当局が遠隔地に及ぼす権力はきわめて限定されていたために、北部辺境地帯は逃亡奴隷やその他のお尋ね者たちの避難所と化していた。そして彼らは合体し武装集団となって、狩猟、略奪、牛泥棒で生計を立てていた。

これらの集団はやがて、不満を持つコイ族の農奴を多数取り込んだ。そして程なく彼らは、ハリエプ川の向こうのナマ族の土地を定期的に襲撃するようになった。十九世紀初めまでに、六つほどのそういう集団が川の北側のグレート・ナマクアランド、つまり今日のナミビアのナマランドに定着し、さらに北部のヘレロランドにまで侵入していた。

土着のナマ族とヘレロ族に対して、これらの襲撃者は、オランダ系のボーア人が他の辺境地帯でやったのと大体同じように植民地支配者として振る舞った。優れた軍事技術（火器、馬）と組織（いわゆる奇襲隊《コマンド》システム）によって、彼らは部族の土地所有者たちを打ち負かした。そして覇権を確立し、年貢を取り立て、土着の文化を破壊し、言語、服装、行動の新しい様式を押し付けた。

こうした植民地支配者――オランダ人とコイ族の両方から区別するためにオールラムと呼ばれる（オールラムの語源は定かではない）――に関する重要な事実は、十九世紀の人種科学の用語では彼らが「混血」だったということである。文化において彼らは「白人の」ボーア人と区別するのが難しかった（オランダ語を話し、ヨーロッパ風の服装をしていた）。もっとも、辺境地帯のボーア人は土着の遊牧民の要素を多数取り入れていたため、彼らの生活様式はヨーロッパ式であると同じくらいアフリカ式になってもいた。

オールラムによるナマランドの植民地化において、関与した人々の数は、今日の基準から言うと、ごくわずかだった。典型的なオールラムの集団は女子供を入れてせいぜい数百人だった。一方、土着のナマ族の全人口は一万人くらいだった。オールラムと屈服したナマ族の間に、内縁関係と結婚が生じた。一八八〇年代に撮影された写真を見ると、両者の間に身体的な差異を見出すのは難しい。だが、レホボス付近に植民したいわゆるバスターズのように、オールラムの中にはヨーロッパ出自であることを主張し続ける集団もあった。

オールラムの侵入によってナミビア南部の部族は近代化した。ナマ族の場合、伝統文化は破壊され、押し付けられた新しい経済は維持できず、土地は貧弱化した。ヘレロランドの場合、オールラムの支配はより不安定だったため、ヘレロ族の習慣への打撃もさほど強烈ではなかった。ナマ族もヘレロ族も何世紀にもわたって牛を基盤にした経済を繁栄させ安定化させてきたが、そこでの重要な技能は牛たちに牧場と水場を提供することだった。オールラムの経済は、ケープ植民地から製造品、贅沢品（砂糖、アルコール、コーヒー）――そしてこれが重要だが――武器と火薬をもたらす辺境地帯のより大きな経済の一部だったが、やはり牛を基盤にしていた。しかし、オールラムの交易は、自分たちの家畜の飼育よりも、家畜の略奪、そして――同じことだが――家畜という年貢の取り立てに依存していた。若いナマ族の男たちがオールラム軍のわくわくするような生活に引き入れられるにつれて、ナマ族の伝統的な牛の飼育技術は見下されるようになり、また、これらの技術が失われるにつれて、牛の群れの規模も縮小した。収入の減少を補うためにオールラムは商業的狩猟に注力するようになった。最初は象牙、後にはダチョウの毛の取引である。だが、次の世代までに獲物をとり尽くしてしまった。

ヴィットボーイ家の半伝説的創始者はキド（クピド）・ヴィットボーイで、ハリエプ川を越えナマランドに仲間を率いた。キドの後は息子モーゼスが継いだ。モーゼスは一八八六年に殺害され、ヴィットボーイ家のカプテン（族長、軍事的指導者）としての地位は簒奪された。簒奪者はキドの孫ヘンドリック・ヴィットボーイによって挑まれ、殺された。そしてヘンドリックがカプテンとなった。

一八三〇年に生まれたヘンドリック（あるいはナマ族の言葉でコベシン）は、当時の基準で言っても彼に従う人々の基準で言ってもよく教育されていた。オランダ語の読み書きができたし、大工のような手仕事だけでなく歴史の知識もなかなかのものだった。また宣教師ヨハネス・オルプと聖書を勉強してもいた。他の土着のリーダーたちにとって教会との連携はしばしば目的のための手段であったようだが（宣教師たちは植民地の交易網への、またもっと一般的に西洋の知の体系への入口を提供した）、ヴィットボーイは聖書を真面目に受け止め、自分のことをモーゼのような予見力を持つリーダーだと考えていた。彼の文学的文体は聖書を読んだ影響を感じさせる。

ヴィットボーイの日記は、ケープタウンの文具商から買った大きな革綴じの日記帳に書かれている。百八十九の頁が、ヴィットボーイ自身と様々な書記や秘書の手書きの文字で埋められている。ほとんどがヴィットボーイ家の事務に関わる書簡の写しで占められているその中身はケープのオランダ語で書かれており、単語のつづりはときどき発音に即したものになっている。ヴィットボーイは明らかにこれを自分の統治の年代記とする意図を持っていた。この珍しい文書は一八九三年のドイツによる襲撃の際に戦利品として奪われ、その後ケープの文書館に収蔵された。そして写しが一九二九年にケープタウンで出版された。[1] ヴィットボーイが一八九三年以降も日記を付けた証拠はない。

日記は一八八四年に始まり、ヴィットボーイ家はヘレロ族との武装闘争に従事している。この初期の記述からは、戦闘と牛の略奪に明け暮れる生活を楽しむヘンドリック・ヴィットボーイの姿が明確に伝わってくる。実際、もし予期せぬ歴史の介入がなければ、彼は他のオールラムの集団、ヘレロ族、そして土着のナマ族と富と権力を争う典型的なオールラムのカプテンとして生きるだろうと予測できたかもしれない。それはつまり、銃と馬を持つ頑丈な男たちの中核集団を指揮し、彼に忠実な家族集

1　*Die Dagboek van Hendrik Witbooi*. Foreword by Gustav Voigts (Cape Town: Van Riebeeck Society, 1929).

団を保護するカリスマ的リーダーである。

しかし、実際には、ヴィットボーイと彼に従う人々の運命は遠くから決定されていた。一八七〇年以来、ヨーロッパ列強はプロシア製品の輸入を制限していたため、プロシアでは別の場所に市場を見出す必要性が高まっていた。一八八二年、ドイツの貿易商アドルフ・リュデリッツが、現在のナミビア沿岸のリュデリッツ湾に根拠地を設立し、ベルリンに公的支援を要請した。ビスマルク首相はそれに応じた。彼はこの交易所の後背地の支配権を保護領（「ドイツ領南西アフリカ」）という形で他のヨーロッパ列強に要求し、獲得した。こうしてドイツは八十三万五千平方キロの面積を持つ、最初の海外植民地を手に入れたのである。そしてトーゴ、カメルーン、タンガニーカ、サモアなど他の地域にもすぐに植民地を広げた。

ビスマルク自身は、新しい領土を完全に支配することには積極的ではなかった。現地に行政機関を設置せねばならないし、やがては植民のためのインフラの整備にコストがかかるからだった。むしろ彼はリュデリッツのケースのように、特許状を出して、あとは個人事業主が領土を搾取するに任せる方式を意図していた。しかし、植民地主義は自らの力学を持っている。ビスマルクよりも野心的な後継者の下で、ドイツ海外派遣軍が地元民から土地を奪い、次いでドイツの植民者たちがやって来てその土地を占領した。二十年以内に、南西アフリカの南半分が征服された。そのやり方はきわめて野蛮で人命の犠牲も大きく、地元民は土地と牛も失った。一九〇五年十月二十九日、ヘンドリック・ヴィットボーイは、ドイツ人との戦闘中に受けた傷で死んだ。ファールフラス付近のどこかにある彼の墓の正確な場所は知られていない。ヴィットボーイ家の主な居住地だったギベオンには彼の記念碑がある。

ヘンドリックの死後、士気が低下したヴィットボーイ家は和平を求めた。しかし、ドイツ人への散発的な抵抗は、最後のゲリラ指導者ヤコブ・モレンガがケープ植民地のアッピントン近郊でイギリスの植民地警察に撃たれた一九〇七年まで続いた。

後知恵で言えば、地元民が早くから協力して植民地開拓者に抵抗していれば、ドイツにこの事業は高くつき過ぎると思わせることができたかもしれない。彼らは小規模な戦闘の経験が豊富だったし、西洋の武器で武装していたし、ドイツ人と違って土地をよく知っていたのだ。ところが残念なことに、集団間の争いが衰えを知らず続いており、そこをドイツ人に付け込まれて反抗勢力は分裂した。実際、一八九四年から一九〇四年の間にヴィットボーイ家は、ヘレロ族に対するドイツ人の様々な作戦に戦闘員を供給した。サミュエル・マハレロが開始し、老いたヴィットボーイが遅ればせながら加わった一九〇四年の最後の蜂起は、広い支持を得たものの、そのときまでにドイツ人が召集した優れた軍隊の前に敗北する運命にあった。

ヴィットボーイの手紙の特に魅力的な特徴は、ドイツ人の敵にもサミュエル・マハレロのような昔からのライヴァルにも彼が示す古めかしい礼儀である。ヴィットボーイは、女性と子供に暴力を振るわない、捕虜を人道的に扱う、死んだ敵を丁重に埋葬する、などの作法を遵守した。そこには最初に攻撃されない限りは攻撃しないということも含まれていた（ただし、ヴィットボーイは自分が攻撃者でないことを証明するために回りくどい詭弁を弄さざるを得ないこともあった）。

士官の作法は彼の軍人の理念にとって重要だったので、一八九三年ホールンクランズの彼の基地が襲撃され、ドイツ兵が故意に女性と子供を殺したときは、ショックを受けた。アフリカ人に対する同様の軽蔑は、ナマ族を含むコイサン語系諸族を劣等人種に分類する疑似ダーウィン主義的人種科学に支えられており、一九〇四年の蜂起の鎮圧の過程でも露呈した。ドイツ軍を率いたロタール・フォン・トロータ将軍は、中国とタンガニーカでの作戦行動で無慈悲という正当な評判を得て南西アフリカに到着した。彼は自分の犯した野蛮な行動を何ら恥じていなかった。「[アフリカ人は] 力にのみ服従する」と彼は書いた。「そのような力を、露骨なテロリズムで、残虐性すら発揮して行使することが、これまでも今も私の政治である。私は反抗的な部族を、血の流れと金の流れでもって破壊する。」[2]

ヨーロッパの士官は騎士道的作法を遵守するというヴィットボーイの幻想は、彼が戦場で直面した一連のドイツ指揮官のうち最も人間的に魅力的だったテオドール・ロイトヴァイン少佐とのやり取りによって助長されていた。二人の間で交わされた手紙には古い世界の魅力がある。「親愛なる族長殿」とロイトヴァインは一八九四年七月八日に書いている、「私は契約上合意した日 [八月一日] より前に戦闘を開始する計画はありません。あなたの所の人々は陣営内を、攻撃の恐れなしに行き来してもよいし、私の部下を訪ねても構いません。[けれども] 八月一日からはわれわれは戦争状態に入ります。……私はあなたにまず戦闘開始の通知を送ります。そのときまでは銃撃は行いません。」[3]

この戦闘が開始され、ヴィットボーイが退却を余儀なくされた後、彼は次のようにロイトヴァインに書いている。「親愛なる友、私はあなたの [九月四日付けの] 手紙を退却中に受け取り、あなたに交渉の意志があることが分かりました。私は停戦に同意します。……私は水飲み場からあなたの手紙に返信するでしょう。辛抱強く待ってください……ナウクルフトで私の返信を待つのがあなたにとっ

て最善でしょう。……希望と友情をこめて、あなたの友、族長ヘンドリック・ヴィットボーイ。」（pp. 144-5）

だが、彼のロイトヴァインとの関係が紳士的だったからと言って、ヴィットボーイが戦争の現実に関してナイーヴだったと思ってはならない。逆に彼は政治的に抜け目がなかったし、数的劣位（彼の軍勢は六百人を超えることがなく、通例それよりずっと少なかった）を補うために軍勢の可動性と部下の射撃術を利用する才能あるゲリラ指揮官だった。次の手紙にあるヴィットボーイの機知の辛辣さは、ロイトヴァインの前任者でホールンクランズでの残虐行為の責任者だったクルト・フォン・フランソワ少佐にはおそらく理解されなかっただろう。「再びお願いします、親愛なる友よ」と彼は一八九三年七月二十四日にフランソワに書いている、「マーティニ・ヘンリー銃のカートリッジを私に二箱送って、私が反撃できるようにしてください。……偉大で礼儀正しい国の習慣通り、私に武器を下さい、そうすればあなたは武装した敵を屈服させることになるのですから。そのようにしてのみあなたの偉大な国は正直な勝利を主張できるのです。」（pp. 120-1）

ヴィットボーイの手紙は、新しい植民地開拓者が押し付けようとする土地所有の概念を告発するとき雄弁の高みに昇る。「アフリカのこの地域は赤色人種の族長たちの領土です」と彼は仲間のカプテ

2　Quoted in Horst Drechsler, *Südwestafrika unter deutscher Kolonialherrschaft*（Berlin: Akademie Verlag, 1966), p. 180.

3　*The Hendrik Witbooi Papers*, ed. Brigitte Lau（Windhoek: National Archives, 1989), pp. 135-6. この版はアンマリー・ヘイウッドとイーベン・マースドープによる『日記』の翻訳を含んでいる。

ンに一八九二年に書いている。*

私たちは肌の色と習慣が一致しています。同じ法に従っていますし、これらの法は私たちと私たちが率いる人々にとって好ましいものです。なぜなら私たちはお互いに対して厳しくはなく、友好的に、兄弟のように、お互いに合わせるからです。……［私たちは］お互いに対して水、放牧、道に関して何かを禁止する法を作ったりはしません。また［私たちは］これらのどれに関してもお金を請求したりもしません。そうです、私たちの土地を通ろうとする旅人には、彼が赤であれ白であれ黒であれ、誰に対してもこれらを無償にしています。……ところが白人たちとなるとまったく違うのです。白人の法は私たち赤い人間にはまったく耐えがたく容認できないものです。私たちを抑圧し、あらゆる方法で四方八方から封じ込めるのです。これらの無慈悲な法は、富める者、乏しい者の区別なく誰に対しても何の感情も寛大さも持ち合わせていません。(pp. 80–1)

ヴィットボーイにとって、自分が戦い取ろうとする自由は、抽象概念ではなく、好きな場所で馬に乗って狩りをしたり、季節に合わせて牧草地から牧草地へ牛を移動させたり、多分ときには牛泥棒としての技量を発揮したりする、心の底から感じられる自由であった。つまり、半分遊牧民的だが結局は寄生的な一つの魅力的な生活様式を、二十世紀に至るまで温存しようとしたのだ。「私の土地と人々の独立した長でい続けることは私にとって何ら罪でも犯罪でもありません」と、彼は一八九四年にロイトヴァインに挑むように書いている。「もしあなたが私に何の落ち度もないのに、このことで私を殺したいと思うなら、それで結構ですし、それは汚いことでもありません。私は自分のもののために素直に死にましょう。」(p. 140) 彼の立場の悲哀は、命を賭してまで守ろうとした生活様式がすでに経済的に維持不能になっていたことである。仮にドイツによる侵攻がなかったとしても、それはやがて終わりを迎えていたであろう。

ドイツ支配下の赤い人々の運命をヴィットボーイが見る前に死んだのは幸いであった。ヘレロ族と同様、彼らは火器、牛、土地を失った。「放浪」(すなわち遊牧) を禁止し、彼らをドイツ植民階級——一九一三年までに一万五千人に達していた——のための労働力に転化する新しい法律が導入された。大蜂起後も生き延びた者は、遠方のドイツ植民地に移送されたり、収容所に監禁されたりした。リュデリッツ湾のシャーク島にあった最も悪名高い収容所では、千七百九十五人の被収容者のうち千三十二人が一年以内に寒さと病気で死んだ。

ヘレロ族とナマ族の捕虜全体のうち、四十五パーセントが囚われたまま死んだ。一九〇四年から一九一一年までに、ヘレロ族の人口は八万人から一万五千人に、ナマ族(「赤色」)の人口は二万人から一万人に減った。収容所がある計画の一部だったことを見ないのは難しい。その計画の目標は、ヴァータ―ベルフの戦いの続きの中で最初に明らかになった。そこでは、トロータがヘレロ族戦闘員の残党を、女性と子供もろともオマヘケ砂漠に追いやり、渇きで死なせたのである。戦場でヘレロ族を、

＊　ヴィットボーイの人種分類法では、オールラムとナマ族はともに赤い人種に属し、黒人(ヘレロ族)と白人(ボーア人、イギリス人、ドイツ人)から区別された。

続いてナマ族をも打ち負かすことは、より大きくより邪悪なプロジェクトの最初の一歩に過ぎないことが判明した。そのプロジェクトとはすなわち大量殺戮である。

二〇〇四年に、一九〇四年の蜂起百周年を記念するイヴェントで、ドイツ政府の代表は、ナミビアの人たちに、注意深く言葉を選んだ演説をした。それはドイツの犯罪に対する赦しへの願い（*Bitte um Vergebung*）を含んでいたが、謝罪（*Entschuldigung*）という語は避けていた。「当時犯された残虐行為は今日では大量殺戮（*Völkermord*）と呼ばれるでしょう」と彼女は言った、「そして今ではフォン・トロータ将軍のような人物は訴追され有罪を宣告されるでしょう。[4]」

4 www.windhuk.diplo.de/Vertretung/windhuk/de/03/Gedenkjahre_2004_2005/Seite_Rede_BMZ_2004-08-14.html.

イタロ・ズヴェーヴォ

ある男――隣に立つと自分がひどく小さく思えてしまうような大男――に招かれてあなたは彼の娘たちに会うことになる。そのうちの一人を結婚相手に選ぶつもりだ。娘は四人いて、全員がAで始まる名前を持つ。あなたの名前はZで始まる。実際に彼女たちの家を訪ねて品のよい会話をしようとするが、あなたの口からは侮辱の言葉が出てきてしまう。きわどい冗談を言ってしまい、冷たい沈黙にさらされる。暗がりで最も美しいAに誘惑的な言葉をささやく。だが明かりがつくと、やぶにらみのAに求愛していたことに気づく。何の気なしに傘にもたれると、その傘は真っ二つに折れてしまう。みんなの笑いものになる。

これは悪夢ではないにしても、たとえば熟練したウィーンの夢解釈者ジークムント・フロイトの手にかかれば、あなたに関してあらゆる気まずいことを暴露してしまう夢のように聞こえる。けれどもこれは夢ではない。これはイタロ・ズヴェーヴォ（一八六一―一九二八）の小説『ゼーノの意識』の主人公ゼーノ・コシーニの人生の一日なのだ。もしズヴェーヴォがフロイト的な小説家だとしたら、それは普通の人の生活が言い間違い、錯誤行為、象徴に満ちていることを彼が示しているからだろうか。あるいは、『夢判断』、『機知――その無意識との関係』、『日常生活の精神病理学』をネタにして、教科書的にフロイトをなぞるような内面生活を送る人物をでっち上げたからだろうか。あるいはまた、フロイトとズヴェーヴォの両者が、パイプ、葉巻、財布、傘が秘められた意味を宿しているように見えた時代——現代ではパイプはパイプに過ぎないのに——に属しているということだろうか。

「イタロ・ズヴェーヴォ」（シュヴァーベン〔ドイツ南西部〕人イタロ）は、もちろんペンネームである。ズヴェーヴォは、アーロン・エットーレ・シュミッツとして生まれた。父方の祖父はハンガリー出身のユダヤ人でトリエステに住みついた。父は行商人から身を立て、ガラス製品商人として成功した。母はトリエステのユダヤ人家族の出である。シュミッツ家は忠実なユダヤ教徒だったが、無頓着な面もあった。アーロン・エットーレはカトリックに改宗した女性と結婚し、彼女からの圧力で自分も改宗した（乗り気ではなかった、と言っておかねばならない）。後年、トリエステがイタリア領になり、イタリアがファシストになったときに彼の名で出された自伝的スケッチは、自分のユダヤ、非イタリアの先祖についてごまかしている。妻リヴィアの回想録——まったく読み応えがあるがどこか聖人伝めいている——も同様に慎重である。[1] 彼自身の著作には、明示的にユダヤ的な人物や主題は出てこない。

ズヴェーヴォの父親——彼の人生を支配する影響力を持った——は、息子たちをドイツの商業学校に送り寄宿させた。そこでズヴェーヴォは暇な時間にドイツロマン派を耽読した。オーストリア・ハンガリー帝国のビジネスマンとしての彼にドイツの学校教育が与えた利得が何であったにせよ、おかげで彼は文学的イタリア語の訓練ができなかった。

十七歳でトリエステに帰郷すると、高等商科学院に入学した。俳優になるという夢は、イタリア語の話し方がまずかったためオーディションに落ちて潰えた。

一八八〇年、父が経済的困難に見舞われ、息子は勉学を中断せざるを得なくなった。彼はウィーンのユニオン銀行トリエステ支店に職を得て、続く十九年間をそこで事務員として働いた。勤務時間の外でイタリア文学の古典と広くヨーロッパのアヴァンギャルドを読んだ。ゾラが彼の偶像になった。芸術サロンに頻繁に出入りし、イタリアのナショナリズムに傾斜した新聞に寄稿した。

三十代半ばで、小説（『ある一生』、一八九二）を自費出版して批評家に無視される苦味を知り、『老人』（一八九八）〔邦訳『トリエステの謝肉祭』、堤康徳訳、白水社、二〇〇二年〕で同じ経験を繰り返す直前に、ズヴェーヴォは、著名なヴェネツィアーニ家の娘と結婚した。この一家は、腐食を遅らせフジツボの成長を予防する特許付き化合物で船舶を塗装する工場のオーナーだった。彼はこの会社に入り、秘密の製法で塗料を混合する過程の監督をし、労働力を管理した。

ヴェネツィアーニ家はすでに多くの国の海軍と契約を結んでいた。英国海軍が関心を示したとき、彼らはロンドンに支店を開設し、それをズヴェーヴォが監督することになった。英語力を高めるため、彼はトリエステのベルリッツ語学学校で教えていたジェイムズ・ジョイスというアイルランド人からレッスンを受けた。『老人』の失敗で、彼は創作を諦めていた。ところが今、英語の先生が、自分の

1　Livia Veneziani Svevo, *A Memoir of Italo Svevo*, translated by Isabel Quigly (Evanston: Northwestern University Press, 2001).

本を気に入って、自分の関心を理解してくれることを知った。元気を取り戻して、彼の言うところの雑文業を続けたが、一九二〇年代になるまで何も出版しなかった。

文化においては圧倒的にイタリアだったが、ズヴェーヴォの時代のトリエステはまだハプスブルク帝国の一部だった。この町は帝都ウィーンの主要な海港として繁栄し、啓蒙された中産階級が船舶、保険、金融をベースにした経済を維持していた。ギリシア人、ドイツ人、ユダヤ人が移民として流入し、卑賤な仕事はスロヴェニア人、クロアチア人が担っていた。その異種混交性においてトリエステは多様な人種を抱えた帝国の縮図だったが、帝国は、異人種間の嫌悪を抑え込むのがますます困難になってきていた。ついにそれが一九一四年に爆発すると、帝国は戦争に突入し、ヨーロッパ全体が巻き込まれた。

文化においてはフィレンツェを仰いだものの、トリエステの知識人は、イタリアの知識人に比べて北の潮流に開かれていた。ズヴェーヴォの場合、まずショーペンハウアーとダーウィンが、次いでフロイトが哲学的影響として際立っている。

当時の良きブルジョワはみなそうだったが、ズヴェーヴォも健康問題に悩んだ。何が健康を構成するのか、それはどのようにして獲得し、維持すればよいのか。彼の著作で健康は、身体的、精神的なものから社会的、倫理的なものまで幅広い意味を帯びるようになる。自分は健康ではないという、人類特有の不満はどこから来るのか、そしてわれわれは何からの治療を望むのか。治療は可能なのか。もし治療が物事の現状との和平をもたらすなら、治療されることは必ずしも良いことだろうか。

ズヴェーヴォから見ると、ショーペンハウアーは内省というハンディに苦しむ者を別の種族として扱った初めての哲学者だった。そういう種族は、ダーウィン的言い回しでは適者と呼ばれるかもしれない、健康で、内省しないタイプの人間と恐る恐る共存しているのである。ダーウィン――ショーペンハウアーのレンズを通して読まれた彼――とはズヴェーヴォは一生をかけて執拗に格闘を続けた。彼の最初の小説はタイトルにダーウィン的なものを匂わせる予定だった。『不適切者』、つまり適応できない者。だが出版社が尻込みしたため、かなり味気ない『ある一生』に決めたのだ。模範的な自然主義の流儀で、この本は若い銀行員の人生を追っている。彼は自分があらゆる衝動、欲望、野心を欠いているという事実についに直面したとき、進化の上で正しいこと、すなわち自殺をするのだ。

「人類とダーウィン理論」と題された後の評論で、ズヴェーヴォはダーウィンをもっと楽観的に扱い、それは『ゼーノ』にまで流れ込んでいる。世界の中でくつろげないというわれわれの感覚は、彼によると、人類の進化におけるある種の不完全に由来する。この憂鬱な状況から逃れるために、環境に適応しようとする者もいれば、適応しない方を選ぶ者もいる。適応しない者は、外からは自然が生んだ不良品のように見えるが、逆説的にも、彼らの方が良く適応した隣人よりも、予測不可能な未来に対してふさわしいことが分かるかもしれないのだ。

ズヴェーヴォの母語はトリエステ方言で、これはヴェネツィア方言の変種だった。作家になるために彼はトスカーナ方言に基づく文学的イタリア語をマスターせねばならなかった。この目標は決して達成できなかった。なお悪いことに、彼には言語の美的性質への感覚がほとんどなく、とりわけ詩には鈍感だった。友人の若い詩人エウジェーニオ・モンターレ〔一八九六―一九八一、一九七五年ノーベル文学賞受賞〕に、ページ全体にお金を払ったのにその一部しか使わないのは残念だと、冗談を言った。ズヴェーヴォの翻訳者の中でも優れている方のP・N・ファーバンクは彼の散文を、「一種の「ビジネス」イタリア語でほとんどエスペラントだ――詩と余韻を完全に欠いた、不純で品がない言葉」と評している。[2]『ある一生』が最初に世に出たとき、文法的誤り、知らずに出た方言、そして散文の全体的貧弱さで批判された。ほぼ同じことが『老人』にも言われた。有名になって『老人』が再刊されたとき、ズヴェーヴォはテクストをチェックしイタリア語を修正することに同意したものの、いい加減にしかやらなかった。公言はしなかったが、編集しただけで何かが成し遂げられるとは思っていなかったようだ。

ズヴェーヴォのイタリア語に関する論争は、ある程度は、翻訳で読む部外者には無関係な、イタリア人だけの問題として無視することができる。しかし、翻訳者にとっては、ズヴェーヴォのイタリア語は、原則に関する重大な問題を提起する。間違った前置詞から、古風な、あるいはブッキッシュな言い回し、さらに、スタイルの全体的なぎこちなさに至る様々な欠点は、再現すべきなのか黙って修正すべきなのか。あるいは、逆に言えば、凝固して読みづらい散文を故意に書かずして、どうやってモンターレがズヴェーヴォの世界の硬化症と呼んだもの――それは彼の言語そのものからしみ出している――を翻訳者は伝えられるのか。

ズヴェーヴォも問題を意識していた。『ゼーノ』のドイツ語訳者への助言は、自分のイタリア語を文法的に正しいドイツ語に翻訳せよ、ただし美化したり改善したりしてはならない、であった。

ズヴェーヴォはトリエステ方言をちゃちな方言あるいは下等言語として見下したが、それは正直ではなかった。彼の本音をはるかに良く伝えるのが次のゼーノの嘆きである。部外者は「イタリア語で書くことが〔方言を話す〕われわれにとって何を意味するのか知らないのだ。……わたしたちはトスカーナ地方の言葉を使うたびに嘘をつくのだ！」[3]。ここでズヴェーヴォは、一つの方言から別の方言へ移ること、彼の思考の言語であるトリエステ方言から執筆の言語であるイタリア語に移ることを本質的に裏切りだと見なしている（*traditore traduttore* 裏切り者、翻訳者）。トリエステ方言においてのみ彼は真実を語ることができた。イタリア人にとっても外国人にとってもじっくり考えるべき問題は、イタリア語で書いては決して伝えられないとズヴェーヴォが感じたトリエステ方言の真実があったかどうかである。

『老人』はズヴェーヴォが一八九一年から九二年に経験した情事から生まれた。相手の女は、ある注釈者の微妙な言い方では職業不定だったが、後にサーカスの女性騎手となった。作品の中ではアンジョリーナと名づけられている。エミーリオ・ブレンターニは彼女を無垢だとみなして、人生の良質

2 *Italo Svevo: The Man and the Writer* (London: Secker, 1966), p. 172.

3 Italo Svevo, *Zeno's Conscience*, translated and with an introduction by William Weaver (New York: Knopf, 2001; London: Penguin, 2002), p. 404. ウィーヴァーの訳を若干変更した。〔『ゼーノの苦悶』、清水三郎治訳、集英社版『世界の文学』第一巻、集英社、一九七八年、四三七―四三八頁。ただし、クッツェー自身の引用に合わせて大きく訳文を変更した。〕

な面に関して教えてやろうとする。代わりに彼女は彼の幸福のために身を捧げてくれるだろう。ところが実際には教えを次々と繰り出すのはアンジョリーナの方である。彼女がエミーリオに対して施す、官能的生活のごまかしと汚れへの手ほどきは、彼が支払うお金に見合った満足がいくものとなったかもしれないのに、彼はあまりにも自己欺瞞的妄想に閉じこもっていてそれを受け止めることができなかった。アンジョリーナが銀行員と逃げて行って何年もたった後、エミーリオは彼女との日々をバラ色の霞を通して回想する（この作品の、ロマンティックな紋切型と容赦ないアイロニーに浸された最後のすばらしい数ページをジョイスは暗誦し、ズヴェーヴォに聞かせた）。実は、この情事は徹頭徹尾、ズヴェーヴォ特有の意味で老人的だったのだ。つまり、まったく若くもなく活力もなく、逆に、始めから、自己本位のうそを通して生きられたものだったのだ。

『老人』において自己欺瞞は、意図されているが認識はされていない存在状態である。彼が誰で、アンジョリーナが誰で、二人で何をしているのか、といった問題に関してエミーリオが自分のために作り出す虚構は、アンジョリーナが見境なく他の男たちと寝て、それを隠すにはあまりに不器用で無関心で、おそらく意地悪でもあるという事実によって脅かされる。『クロイツェル・ソナタ』と『スワン家の方へ』と並んで、『老人』は男性の性的嫉妬を描いた偉大な小説の一つである。登場人物の意識に差し出がましさを最小限にして出入りし、そうとは見えない形で判断を下すという、フローベールから彼の後継者に遺贈された技術一式を駆使している。エミーリオのライヴァルたちとの関係を探究するズヴェーヴォはとりわけ鋭い。エミーリオは、彼の男友達たちがアンジョリーナに言い寄ることを、望んでいると同時に望んでいない。アンジョリーナが別の男といるところをはっきり想像できればできるほど、彼の彼女に対する欲望は強まり、しまいには彼女が別の男といたからこそ彼女を欲望するようになる。（嫉妬の三角形内部の同性愛の渦巻きは、もちろん、フロイトによって指摘されたが、それはトルストイとズヴェーヴォがそうしてから何年も後のことだった。）

『老人』と『ゼーノ』の標準的英訳はベリル・デ・ゾートによるものである。彼女はオランダ人の血を引くイギリス人女性で、ブルームズベリー・グループとつながりがあり、バリ島のダンスの先駆的研究で主に有名である。ウィリアム・ウィーヴァーは『ゼーノ』の自分の新訳に付けた序文でデ・ゾート訳を論じ、限りなく穏やかに、もう引退の時期かもしれないと述べている。

『ひとりの男が歳をとると』という題で一九三二年に出たデ・ゾートによる『老人』の訳はとりわけ古臭い。『老人』はセックスを大々的に扱っている。両性間の闘いにおける武器としてのセックス、また、取引される商品としてのセックス。ズヴェーヴォの言葉は決して卑俗にはならないが、かといってこの主題に関して臆病ではない。ところがデ・ゾートの訳は品が良過ぎるのだ。たとえば、エミーリオはアンジョリーナの性行動について考え込み、彼女が、金持ちだがぞっとするヴォルピーニのベッドを離れ、彼に触れられた ***infamia***（恥辱、だが同時に恐怖）を取り除くため、別の男とすぐにベッドインする様を想像する。ズヴェーヴォの表現はかろうじて隠喩的といったものだ。二度目のセックスによって、アンジョリーナはヴォルピーニの痕跡を自分から洗い流そう（***nettarsi***）とする。デ・ゾートはこの自己浄化を上品に無視する。アンジョリーナは「このようなおぞましい抱擁からの避難所を求める」[4]。

他にもデ・ゾートは、意味に貢献しない、あるいは英語で伝えるには口語的過ぎると——正しくあるいは間違って——判断した箇所を単に無視するか要約している。彼女はまた過剰に解釈して、テクスト自身が何も言わない所で登場人物同士に起こっていると彼女が考えることを挿入している。エミーリオの女性関係を特徴づける商業的隠喩はときどき捉えられていない。ある箇所では、意味を完全に取り違え、エミーリオがアンジョリーナを性的に征服する（所有する）という決意をしたことにしているが、実際には彼は誰が彼女を所有しているかという問題に決着を付けようとしているだけなのである。

ベス・アーチャー・ブロンバートによる『老人』の新訳は目覚しい改善である。彼女はデ・ゾートが知らぬ振りをした潜在的隠喩を正確に拾って訳出している。彼女の英語は、まったく二十世紀末のものだが、古い時代を反映する堅さも持っている。批判する点があるとすれば、現代風にしようと努力するあまり、急速に古びるであろう表現を使っていることである。「結論 bottom line」、「頼りになる存在としてちゃんといる there for someone」、「すっかり興奮して all excited」など。[5]

ズヴェーヴォのタイトルはつねに翻訳者と出版社を悩ませてきた。タイトルとして『ある一生』は明らかに退屈である。ジョイスの推薦により、『老人』は『ひとりの男が歳をとると』という題で最初英語で出たが、この小説は歳をとることについてのものではまったくない。ブロンバートは初期の暫定的タイトル『エミーリオのカーニヴァル』に戻したが、これは、イタリア語改訂版が出たとき、ズヴェーヴォが『老人』という題を諦めるのを拒んだという事実に背いている。彼は次のように言ったという。「〔別の題では〕その本を台無しにしている感じがする……あの題は私のガイドだったし、私はそれによって生きてきたのだ」。[6]

ズヴェーヴォの作家としての経歴は、トリエステの歴史における激動の四十年にわたっているが、彼の小説はこの歴史を、直接的であれ間接的であれ、驚くほど少ししか反映していない。一八九〇年代のトリエステを舞台にした最初の二つの小説から、トリエステのイタリア人中産階級が、母国との合体に向けたリソルジメント的熱狂に駆られていたことを読み取る人はまったくいないだろう。また、ゼーノの告白は、一九一四年から一八年にかけての第一次世界大戦中に書かれた記録たることを目的としているが、戦争は小説の最後の方になるまで何ら影を落としていない。

ウィーンの政府との契約を通じ、ヴェネツィアーニ家は戦争で大もうけした。同時に彼らはトリエステでは熱心なイタリア民族統一主義者のポーズをとった。ズヴェーヴォの伝記作者ジョン・ギャット＝ラッターはこれを「偽善的ペテン」と呼び、ズヴェーヴォ自身も少なくともこのペテンに乗っていたと述べる。ギャット＝ラッターは、戦争中、および一九二二年のファシストの支配以降のズヴェーヴォの政治に関してきわめて批判的である。多くのトリエステ人上流階級と同様、ヴェネツィアーニ家もムッソリーニを支持した。ズヴェーヴォ自身は、ファシズムはボルシェヴィズムより害が少な

4　Italo Svevo, *As a Man Grows Older*, translated by Beryl de Zoete (New York: New York Review Books, 2001), p. 102.

5　Italo Svevo, *Emilio's Carnival*, translated by Beth Archer Brombert (New Haven: Yale University Press, 2001), pp. 16, 117, 170.

6　Quoted in John Gatt-Rutter, *Italo Svevo* (Oxford: Oxford University Press, 1988), p. 163.

いという理由により、ギャット＝ラッターが「完全な不誠実」と呼ぶ態度で新体制を受け入れたようである。一九二五年、エットーレ・シュミッツとして彼は産業への貢献に対するささやかな賞を国家から受けた。決して正式なファシストではなかったが、実業家として彼はファシスト実業家連盟に所属していた。彼の妻は女性ファッシ〔ファシスト党女性組織〕の活発なメンバーだった。[7]

ヴェネツィアーニ家との関係で道徳的に問題があったとしても、ズヴェーヴォ／シュミッツは、著作から判断する限り、少なくともそれを自覚していた。一九二六年に書かれ戦争中を扱っている短編「素敵な老人と美少女」に出てくる老人を見るがよい。「目に付くあらゆる戦争の印が彼に、自分が戦争のおかげで大もうけしたことを痛みとともに思い出させた。戦争は彼に富と屈辱をもたらした。……彼は自分のビジネスの成功に由来する悔恨に長いこと慣れていて、その悔恨にもかかわらず金もうけを続けた」。[8]

この後期の作品における道徳的雰囲気は、本質的に喜劇的な『ゼーノ』よりも暗く、自己批判はより厳しいかもしれない。けれどもこれは暗さや手厳しさの程度の問題に過ぎない。ソクラテスからフロイトまで西洋の倫理哲学は、デルフォイの神託「汝自身を知れ」に従ってきた。だが、もしショーペンハウアーの導きで、性格は意志という基層の上に成り立っていると信じ、その意志が変化を望むとは思わないならば、自分自身を知ることにどんな意味があるだろう。

ズヴェーヴォの三番目の小説で彼の円熟期の傑作の主人公ゼーノ・コシーニは、快適な結婚生活を送り、裕福で、暇をもてあまし、父の築いた会社から収入を得ている中年男である。自分のおかしい所を何であれ治療してもらえるか試すため、気まぐれに彼は精神分析を受け始める。準備段階として、彼の分析家S医師は、思いつくままに記憶を書き留めるよう依頼する。ゼーノはそれに従い、それぞれ短編の長さを持つ五つの章を書く。その主題は、喫煙、父の死、求婚、情事、会社の共同経営である。

S医師を鈍感で独善的だと感じて失望したゼーノは面談をサボるようになる。損をした治療費を埋め合わせるため、S医師はゼーノの原稿を出版する。それがわれわれが読んでいる本というわけだ。ゼーノの回想とそれがどうやって誕生したかに関する枠物語からなるこの本について、ズヴェーヴォはモンターレへの手紙の中で「自伝だが、私自身のではない」と言っている。彼はさらに、ゼーノの冒険を夢み、それらを自分の過去に植え付け、――次は意図的に幻想と記憶の境界をまたぎながらの発言だが――それらを「思い出した」経緯を説明している。[9]

ゼーノはチェーンスモーカーで、禁煙したいと思ってはいるが実行に移すほど決意は固くない。喫煙は害だと確信し、肺の中に新鮮な空気を求めているが――ズヴェーヴォの三つの小説に一つずつある三つの偉大な死の場面は、恐ろしいほど呼吸に苦しみながら死んでいく人々を描いている――治療には反抗する。煙草をやめることは、妻やS医師のような人々に敗北することだと本能的に分かって

7　Gatt-Rutter, pp. 281, 297.

8　'The Story of the Nice Old Man and the Pretty Girl', trans. L. Collison-Morley, in Italo Svevo, *Short Sentimental Journey and Other Stories* (London: Secker&Warburg, 1967; volume 4 of the Uniform Edition), p. 81.

9　Quoted in Gatt-Rutter, p. 307.

いるのだ。そういう人たちは、善意でもって彼を普通の健康な市民に変え、そうすることで彼が大切にしている力、つまり考える力、物を書く力を奪い取ってしまうのだ。ゼーノ自身もあざ笑うような粗雑なシンボリズムで、煙草、ペン、ファロスは互いを象徴し合っている。短編「素敵な老人と美少女」の最後で、老人はペンを歯の間にしっかりくわえながら、書き物机で死んでいる。

ゼーノは喫煙に関して、また、彼の不確定の病を治療されることに関して両面価値的である、と言ったとしても、われわれは自らを向上させられるのかという問いに対する、ズヴェーヴォの辛辣だが意図的に明るい懐疑主義の表面をかろうじて引っかいただけである。ゼーノは、治療という概念そのものを疑っているのと同様、精神分析の治療効果をも疑っている。だが、物語の最後で彼が抱くことになる逆説――いわゆる病は人間の条件の一部である、真の健康はあるがままの自分を受け入れることにある（「他の病気と違って、人生には……治療などなんの役にも立たない」）――が、これまた懐疑的、ゼーノ的審問を招き寄せないと誰が言い得ようか。[10]

ズヴェーヴォが『ゼーノ』を書いていたころ、精神分析はトリエステでちょっとしたブームだった。ギャット＝ラッターはトリエステの学校教師の発言を引用している。「精神分析の熱狂的信奉者たちは……夢や意味深長な言い間違いの話や解釈を絶え間なくやりとりして、自己流のアマチュア診断を下していました」（p. 306）。ズヴェーヴォ自身もフロイトの『夢について』〔『夢判断』の縮約版〕の翻訳に協力した。一見そう見えるのと違い、彼は『ゼーノ』を精神分析それ自体への攻撃ではなく、単にその治療効果への攻撃と見なしていた。彼の見方では、自分はフロイトの弟子ではなく仲間、無意識とそれが意識生活に対して持つ支配に関する研究の同僚なのだった。自分の本は、後継者のものは別としてフロイト自身が実践する精神分析の懐疑的精神に忠実だと考え、フロイトに一冊送りさえした（返事はなかった）。そして実際、大きい視点で見ると、『ゼーノ』は単に精神分析をフィクションの人生に応用したり、精神分析をコミカルに審問したりしたものではなく、ヨーロッパ小説の伝統に従って、貪欲、羨望、嫉妬のような醜いものも含めた情念を探究したものでもあるのだ。そういう情念に対して、精神分析はごく部分的なガイドでしかないことが判明する。ゼーノが治療されたいと同時にされたくないと思っている病気とは、結局のところヨーロッパ自体の「世紀の病」に他ならず、フロイトの理論も『ゼーノの意識』もその文明の危機に対する応答だったのである。

『ゼーノの意識』*La coscienza di Zeno* もまた厄介なタイトルである。*Coscienza* は、近代英語の良心を意味するが、ハムレットの「意識がわれわれみなを臆病にする」の場合のように意識をも意味する。小説の中でズヴェーヴォは近代英語が真似できない仕方で一方の意味から他方の意味へ絶えず移動する。問題を回避するためデ・ゾートは、一九三〇年の彼女の翻訳を『ゼーノの告白』と題した。ウィリアム・ウィーヴァーは自分の新訳で、両義性を表現するのを諦めて『ゼーノの良心』を選択した。

10　『ゼーノの苦悶』、清水三郎治訳、四六五頁。ただし、クッツェー自身の引用に合わせて訳文を大きく変更した。〕ウィーヴァーの英訳では「他の病気と違って、人生は……セラピーを受け付けない」（p. 435）。ウィーヴァーは一貫してズヴェーヴォの *cura* を ‘therapy’ と訳している。*Cura* は治療される過程と治療の結果のいずれをも意味する。今の引用、あるいは自分はS医師の *cura* から回復するぞというゼーノの誓いの場合がそうだが、‘therapy’ よりも ‘cure’ の方がズヴェーヴォの意味を正確に伝える場合がある。

ウィーヴァーが翻訳したイタリア作家には、ルイジ・ピランデルロ、カルロ・エミーリオ・ガッダ、エルサ・モランテ、イタロ・カルヴィーノ、ウンベルト・エーコなど錚々たる顔ぶれがいる。彼による『ゼーノ』の訳も、適切にも抑制された控え目な英語散文で、最高レヴェルの達成である。けれども、細かいことで一点、英語という言語が彼の要求を満たさない。*malato immaginario* と *sano immaginario* の対立で大いに戯れる。これらはウィーヴァーの訳では「想像上の病人 imaginary sick man」と「想像上の健康人 imaginary healthy man」と訳されている（pp. 171, 176、原書の第六章）。だがここでの *immaginario* は、厳密には「想像上の」ではなく「自ら想像した self-imaginedly」であり、*malato immaginario* も、厳密には、想像上の病人ではなく、自分を病気だと想像する者である。

ゼーノの *malato immaginario* は、モリエールの *malade imaginaire*〔自分を病気だと想像する者、また これをテーマとする喜劇『病は気から』の原題〕と出自が同じである。ゼーノの妻が彼の苦痛についての おしゃべりを延々と聞いた後で、笑い出してあなたは単なる *malato immaginario* ですと言うときに 彼女が明らかに念頭においているのがモリエールである。心に関するもっと現代的な理論家ではなく モリエールを持ち出すことで、彼女は事実上、夫の苦痛を性格の問題にしている。彼女の介入によっ てゼーノと友人たちは、*malato immaginario* と *malato reale* あるいは *malato vero* の対立という現象 に関して何ページにも続く議論を始める。想像から生まれる病気は、本物ではないけれども「現実 の」あるいは「真実の」病気よりも深刻とは言えまいか。ゼーノが、現代において最も病んでいるの は *sano immaginario* すなわち自分を健康だと想像する者ではないかと問うとき、彼は探究を一歩進 めることになる。

この長考の全体が、ズヴェーヴォのイタリア語では、回りくどい英語よりもはるかに大きな効果と機知でもって書かれている。この点では *malato immaginario* を英語に訳すのを諦めてフランス語の *malade imaginaire* で代用しているデ・ゾートがウィーヴァーよりも一枚上手《うわて》である。

一九二三年、ズヴェーヴォが六十二歳のときに自費出版された『ゼーノ』はあちらこちらで書評されたものの、批評界のリーダーからは反応がなかった。あるトリエステの書評家は、この作品が何であれ、トリエステという町への侮辱であることは明らかだから、無視するよう圧力を受けたと言っている。

昔のよしみでズヴェーヴォはパリのジョイスに一冊送った。ジョイスはヴァレリー・ラルボーなどフランス文壇で影響力を持つ作家たちにそれを見せた。すると熱狂的な反応があった。ガリマール社は一部カットを条件に翻訳刊行に乗り出した。ある文芸誌はズヴェーヴォ特集を組んだ。国際ペンクラブは彼をパリでの晩餐会に招待した。

ミラノでは、ズヴェーヴォ作品を好意的に概観するモンターレによる記事が出た。『老人』は改訂版が出た。イタリア人は広くズヴェーヴォを読み始めた。若い世代の小説家たちは彼を父親扱いした。だが右翼は敵視した。「実生活でイタロ・ズヴェーヴォはユダヤ名エットーレ・シュミッツを持っている」と『ラ・セーラ』は書き、ズヴェーヴォ・ブームは包括的なユダヤの陰謀の一部であると論じた。[11]

『ゼーノ』の思いがけぬ成功に励まされ、新しく得た名声に酔いながら、ズヴェーヴォはいくつかの作品の執筆に着手した。それらの共通の主題は、満たされぬ欲望に悩む老いゆく自己である。これらが『ゼーノ』の続編たる四つ目の長編小説の一部となるよう意図されていたかどうかは分からない。P・N・ファーバンクらによるこれらの英訳は、一九六〇年代に、米国ではカリフォルニア大学出版局から、英国ではセッカー&ウォーバーグから出版された全五巻のズヴェーヴォ著作集の第四、五巻に入っているが絶版である。再版が待たれる。

第五巻は晩年の戯曲『再生』の英訳も収録している。ズヴェーヴォは演劇への関心を決して失わず、ヴェネツィアーニ家のために働いていたときでさえ、長年にわたり数多くの戯曲を書いた。そのうち、『壊れた三角形』だけが生前上演された。

一九二八年、ズヴェーヴォは小さな自動車事故の後の合併症で亡くなった。そしてトリエステのカトリック墓地にアーロン・ヘクトール・シュミッツの名で埋葬された。妻リヴィア・ヴェネツィアーニ・ズヴェーヴォは、ユダヤ人に再分類され、娘とその三男とともに、戦争中、民族浄化隊から隠れて過ごした。その三男は一九四五年のトリエステ蜂起の間にドイツ兵に射殺された。彼の二人の兄はそのときまでに、イタリアと枢軸国のために戦ってロシアの前線で命を落としていた。

11 Gatt-Rutter, p. 328.

フォード・マドックス・フォード『かくも悲しい話を……』

八十年近くも前に没しているにもかかわらず、イギリスの小説家の殿堂におけるフォード・マドックス・フォードの地位はまだ定まってはいない。フォードが自分のものだと主張した、トゥルゲーネフ、フローベール、モーパッサンからヘンリー・ジェイムズ、ジョウゼフ・コンラッドに至る系譜はイギリス小説の主流ではない。また、第一次大戦前後の文学的前衛、特にエズラ・パウンドとの交流は、彼をコスモポリタンなモダニズムの陣営に位置づけるように思われた。ところが、彼の二つの紛れもない傑作『かくも悲しい話を……』（一九一五）と四部作『パレードの終わり』（一九二四―八）は、実験的作家というよりは勤勉な職人の作品であり、革命的というよりは保守的な、退行的でさえある社会的ヴィジョンを表現している。

文学史においてフォードの位置が定まらないのは、一つには、彼が偉大なモダニストの世代――英語では、パウンド、T・S・エリオット、ジェイムズ・ジョイスの世代――でも、偉大なヴィクトリア朝作家の最後の世代――トマス・ハーディーの世代――でもなく、その中間に生まれたからである。そのせいで彼は、安定した社会的、芸術的慣習への若者たちの苛立ちに共感を持った一方で、彼らの革命的熱狂に完全に身を委ねるにはいささか年をとり過ぎ、用心深過ぎたのである。

事をややこしくするもう一つの要因は、生まれた国とのあいまいな関係である。フォード・マドックス・フォードは一八七三年に、フォード・マドックス・ヘファーとして、ドイツ人の父とイギリス人の母の間に生まれた。そして、あらゆるドイツ的なものへの敵意がイギリス中を吹き荒れた第一次大戦の後でヘファーをフォードに変えた。父は著名な音楽学者でヴァーグナーの音楽を擁護していた。母はラファエル前派と自称した前衛画家集団の一人フォード・マドックス・ブラウンの娘だった。早熟で才気あふれるフォードの教育は家庭と、当時最も進んだ教育理論を実践する学校で行われた。大学には行かなかった。

階級の分割が人生の現実として深く根づいた社会において、若きフォードは明確に認知できる階級アイデンティティを持たなかった。イギリスという国家、イギリスの階級システム、イギリス国教会(彼はカトリックとして生まれた)を前にした彼の不安定な状況は、三十歳代のとき、世間に大いに知れ渡った結婚スキャンダルに巻き込まれたこともあり――そのスキャンダルで彼は品のいい社交界からはのけ者同然にされ、多くの友人を失った――一九一九年以降、彼をイギリスとイギリス的なものから退却させた。彼はフランスに落ち着き、ときどき合衆国に講演旅行に行きながら作家とジャーナリストとして不安定な生活を続けた。そして一九三九年に没した。

フォードは多産な作家だった。『かくも悲しい話を……』を四十歳で書き始めたときにはすでに数十冊の本を出していた。これらのいくつか――主に、国王ヘンリー八世の時代を舞台にした小説三部作と様々な回想録――には熱心なファンがいるものの、実際には彼の小説の大部分が歳月の試練に耐ええず忘却されている。知られざる傑作を発見しようと学者たちが次々と彼の作品群を再訪したが、手ぶらで戻ってくるばかりである。『ボヴァリー夫人』にかけた極度の労力と「的確な語《モ・ジュスト》」の妥協のない追求ゆえにフローベールを尊敬し、さらにコンラッドと共同作業して、彼が自分の著作に抱いた疑惑に苦しみ大規模な書き直しをするのを直接見るという特権を享受した作家にしては驚くべきことに、フォード自身は、構成が散漫で、プロットが退屈で、人物造形が浅薄で、散文が何とか及第点に過ぎないような小説を次から次へと出版した。

どうしてこんなことになったのか。理由の一つは、つねにお金に困っていたフォードが、しばしば急いで金銭目的で書かねばならなかったことにある。別の理由は、若いときから自分を天才と見なすよう促されてきたので、自分が書くものは何でも必ず価値があると信じる傾向があったということだ。だがもっと深い理由は、『かくも悲しい話を……』を書くまで、書くことへの衝動のより不明瞭でより個人的な源泉を探ることができなかったということである。

第一次大戦の前に書かれた『かくも悲しい話を……』〔原題は『立派な軍人《ザ・グッド・ソルジャー》』〕は、（タイトルにもかかわらず）戦争についての小説ではなく、エドワード朝〔一九〇一―一九一〇〕のイギリスの結婚制度とその制度の中で不倫が処理される仕方についての小説である。もっと広く言えば、これは「きちんとした人々《グッド・ピープル》」からなる汎ヨーロッパ的階級と、その階級が自らを維持するための慣例《コード》についての小説である。（この小説が描くヨーロッパがすぐに血なまぐさい混乱に陥ろうとしていたことを作者が予測することはできなかっただろう。）この小説は、「きちんとした」規範を維持するために必要になる個人的かつ道徳的犠牲に対する厳しい批判を、フォード自身の結婚が危機に瀕した苦しみの記憶と結びつけている。これは文明とその不満の探求であり、もっと具体的に言えば、離婚がまれだった時代の結婚生活の精神的犠牲《コスト》の暴露である。

「きちんとした人々」が認知される暗黙のルールを小説の語り手は次のように説明している。

奇異でふしぎなのはその諸基準全体がだれにでも適用されるという点にあった。ホテルで会う時、汽車で会う時、そしてそれほど厳しくはないけれども、船内でも――そう、やはり船内でも――誰彼かまわずその基準が適用された。男であれ女であれ、ふと洩れたかすかな音から、ほんのわずかな動きから、即座に相手が「きちんとした」連中かそれとも駄目な連中かが分かる。[1]

語っているのはニュー・イングランド出身のアメリカ人ジョン・ダウアルで、成人してからの生活のほとんどをヨーロッパの上流階級向けの高級リゾートへ妻を連れ歩くことに費やしている、裕福だがやや覇気がない男である。「由緒ある」資産の相続人であり、長い系譜を持つ「由緒ある」家族に生まれたジョン・ダウアルと妻フロレンス・ダウアルは、「きちんとした人々」の資格を持っている。しかし新世界の出身者である二人は、ヨーロッパ人の俗物根性やライヴァル関係のある程度外におり、その限りで、ジョン・ダウアルはヨーロッパの風俗の冷静で客観的な観察者たりうるのである。

「駄目な人々」と対立する「きちんとした人々」というのはもちろん婉曲表現で、「きちんとした人々」が使う意図的に婉曲な語彙である。彼らは暗黙のうちに合意していることについてははっきり言う必要がない。彼らがはっきりした言葉を必要としないのは、見知らぬ人が「きちんとしている」と分かるか「駄目」だとばれるかの基準となるかすかな音や仕草を解釈する方法を知っているからである。

立派な軍人エドワード・アシュバーナムは、心臓の疾患のせいでイギリス軍将校を人生の盛りで退役した人物だが、言葉無しで済ますこの慣例あるいは儀式の主要な実行者で、最終的には主要な犠牲者である。ナウハイムのホテル・エクセルシオールの食堂でわれわれが初めて彼を眼にしてから、彼の死の直前まで、アシュバーナムは慣習的で陳腐な言葉以外はわれわれの前で一言も発しない。なぜか？　それは彼と妻レオノーラが、公の場でのいかなる感情の表出、心から直接出てくるいかなる表現もみっともなく見えてしまうものだと規定する慣例を受け入れているからである。この慣例は、公と私を厳密に区別するよう指示する。公の場では、礼儀正しい基準が維持されねばならないと慣例は言う。私的な場で起こることはと言えば、それは関与する個人だけの問題、あるいはおそらく関与する個人と彼らの神だけの問題なのだ。

こうして、アシュバーナム夫妻の結婚生活は、公的にはきわめてしっかりした秩序を持っているので友人ダウアルは理想の夫婦として称賛するのだが、閉ざされたドアの背後ではそれは、怒り、嫉妬、恥辱、悲惨の煉獄であることが判明する。他方、彼らを遠くから模倣するダウアル夫婦自身の結婚生活も、経験を重ねた欺瞞とナイーヴな自己満足の上に成り立っている。

若いころエドワードとレオノーラは、二人が生まれ落ちた当時の土地持ち紳士階級では珍しくない

1　Ford Madox Ford, *The Good Soldier*, in *The Bodley Head Ford Madox Ford*, ed. Graham Greene (London: The Bodley Head, 1962), vol. 1, p. 42.〔『かくも悲しい話を……情熱と受難の物語』、武藤浩史訳、彩流社、一九九八年、二八頁。以下、引用の後に同書の頁数を記す。〕

（とわれわれは聞かされる）見合い結婚によって結ばれた。それは、彼らの馬や犬との関係が他の人間との関係と少なくとも同じくらい重要な階級である。エドワードの花嫁候補だったレオノーラは、馬に使うのにふさわしい言葉で値踏みされる。具体的に言うと、エドワードは彼女の「伸びやか《クリーン・ラン》」な外見を評価する。「クリーン・ラン」とは、馬を飼育する者が、馬が均整の取れた身体をしていて血統がよい（「純血種《クリーン・ブレッド》」）ことを指して使う言葉である。その長い歴史の中で、「クリーン」という英単語は、「グッド」という単語と同じくらい多様な使われ方をし、同じくらいつかみ取りにくい意味を持ってきた。昔は徳高い女性は「クリーン」と呼ばれた。

中世に、性愛の慣例、騎士道の慣例が、騎士階級つまり馬に乗る者たちの階級で発展した。それは強力な疑似宗教的要素を持ち、騎士の欲望の対象に聖母の属性を投影した。エドワード・アシュバーナムが女性関係において従うのは、おおむねこの慣例である。こうして、彼は不倫を重ねるものの、妻を崇拝しており、彼女の名を汚すようなことは言わないのだ。

エドワードが不倫を自らに許すのは「きちんとした人々」の間では、男がこうするのは通常のことだからである。同時に彼は妻をあがめているが、これもまた通常のことだからである。彼の実際の感情――彼が心の中で妻や愛人たちに何を感じているか――に関しては、彼自身もほとんど分からない。慣例はここでは役に立たないのだ。『かくも悲しい話を……』の副次的テーマの一つは、本を読んだり感情について話したりしないため、「きちんとした人々」は感情について無知になり、未熟な感情生活を送る傾向があるということである。アシュバーナムの田舎の屋敷の書庫は競馬の記録で一杯だが本はない。軍隊を退役した後、暇な時間があれば、アシュバーナムはときどき大衆小説を拾い読みする。予想されるように、読書は男女関係に関するロマンティックで、完全に慣習的な彼の観念を強化するだけである。

この本の中で男の女に対する愛について最も直接的に書かれた部分は次のダウアルの言葉である。

わたしの見るかぎり、少なくとも男に関しては、色恋沙汰、つまり誰か特定の女を好きになるということは、まあ、その、経験の拡大に類する何かである。新しい女に魅かれるたびに眺望がひろがり、いや新たに領土が獲得される、というのがいいだろうか。……性本能のこととなるとわたしの知識はほとんどゼロに等しいし、真に偉大な情熱の場合それはさほど重要なものではないだろう。ほどけた靴紐や通りがかりの一瞥といったごくささいなことがきっかけで火がつくような本能などは考慮の外においても別段構わないのでは――いや、真の情熱が肉体的結合の欲求ぬきに存立し得るなどと言うつもりはないけれども。……真の欲望の激しさとは、長い間燃えつづけて男の魂を干あがらせる真の情熱の焔とは、愛する女と一体化しようとする渇望のことをいう。同じ眼でものを見、同じ触覚でものに触れ、同じ耳で世界を聴いて、おのれを失い、女につつまれ、支えられることを渇望する。……

だから、そんな情熱が実をむすべば、しばらくの間男は望むものを手に入れる。……しかしこれらは儚《はかな》い。……悲しいけれどそんなもの。本の頁は見慣れたものとなり、美しい曲がり角さえ繰り返し通れば終《つい》には飽きてしまう。……

それでも……人生には、その時に男の想像力を制していた女が死ぬまで彼を手中におさめることになる、そんな時期がついには来るものだ。男はもはや地平線のかなたへ旅立たないだろう。肩にナップザックをかけることも二度とないだろう。男はそのような情景から身を退《ひ》いて、店じまいとする。（pp. 105-7）〔二一八―二一九頁〕

ダウアルが念頭においている男はアシュバーナムで、アシュバーナムの想像力を制した女は彼の若い被後見人ナンシー・ラフォードである。ダウアルの読みでは、レオノーラが夫に立ち向かうのは、二人の結婚の歴史におけるこの時点である。これまでレオノーラは夫の情事を、やがて終わるだろうと知っているから苦々しく許容し、惨憺たる結末を処理しさえしてきた。ところが今や彼女は自分の利益のために真剣に戦い始める。そしてこのとき（ダウアルの読みでは）アシュバーナム夫妻の物語は単に悲しいものであるのをやめて（『かくも悲しい話を……』《ザ・サッデスト・ストーリー》がフォードがこの小説に付けたかった題だが、出版社が拒否した結果『立派な軍人』《ザ・グッド・ソルジャー》になった）、エドワードの自殺に終わる悲劇的なものとなる。『かくも悲しい話を……』は小説技巧が名人芸的に使用されている。この小説はプロットの中で最も欺かれている人物、様々な理由で他人によって無知なままにされている人物によって語られている。読者が聞く唯一の声はジョン・ダウアルのものなのだ。フォードが選択したこの語りの方法の制約により、ダウアルが自分で報告できる他の人物の台詞は、他人が彼に言う言葉か、彼が聞いている所で言う言葉か、彼に報告される言葉かだけであるということになる。自分の前で行われてきた欺きについて彼はプロットの後の方でようやく知るので、ダウアル夫妻とアシュバーナム夫妻、あるいはエドワード・アシュバーナムとレオノーラと彼らの被後見人の関係の歴史に関する彼の理解の多くが、回顧的なもの、記憶の断片を組み合わせて再構築したものにならざるを得ない。

『かくも悲しい話を……』は、その構成の巧みさと、限定された視点——ダウアルの視点——の厳密な維持において称賛されているが、そういう評価は正当なものだ。だが、フォードが無知な男を語り手として選択したのは、単に技術的問題を設定し解決したかったからではない。ダウアルはプロットに参加する者の中でただ一人何かを学ぶ。他の人物たちは単に人生の役割を果たすだけである。つまりダウアルは小説において読者の代表なのであり、自分の周囲で起きてきたことを「読む」ことによって学ぶ者なのである。立派な軍人エドワード・アシュバーナムの運命からダウアルが学ぶことは——推測するに——読者が学ぶよう意図されていることなのである。

だがそうだろうか？

文学における多くの欺かれた配偶者の中で最も知られている者の一人がシャルル・ボヴァリーである。彼の鼻先で妻エマは二回の長く情熱的な情事に耽り、途方もない借金を背負う。これらすべてを彼は知らない。だが彼女が自殺し彼自身も経済的に破綻した後で、シャルルはそれまで以上に彼女を愛していることに気づく。彼は糞真面目な自分の生き方を捨て、流行の服を身に着ける。彼女が称賛したであろう種類の男になろうとするのだ。「シャルルは彼女の好みや考えを採用した。エナメル靴を買い、白ネクタイを使った。口髭にはチックをつけ、同じように約束手形に署名した。エマは墓のかなたから、シャルルの身持ちをくずさせたのだ。[2]」ずっと後になってエマの不倫に気づいたとき、彼は自分が彼女の愛人だったらよかったのにと思う。

『かくも悲しい話を……』には『ボヴァリー夫人』の影響があり、それらは意識的なものだと考えてよい。「そう、たしかに嫉妬している」と、すべてが片付いた後で自分の立場を総括しながらダウアルは言う。「真似事のようなものではあるけれども、わたしなりにエドワード・アシュバーナムの採った道を辿ってゆく自分が見える気がする。わたしも本当は一夫多妻をしたいのだと思う——ナンシーと、レオノーラと、メイジー・マイダーンと、そしてもしかしたらフロレンスとさえも。……しかしまた同時に、自分がどこを取ってもきちんとしている人物であることは、本人が保証する。……ただ微《かす》かに、無意識の欲望の中で、エドワード・アシュバーナムの跡をなぞってきたにすぎない」。
（p. 204〔二三七頁〕）

アシュバーナム夫妻の歴史をあれほど詳細にたどった後でダウアルが、ちょうどシャルルが亡きエマの例に習おうとするように、亡きエドワードの人生と習慣を真似ようと願うなら、ダウアルは墓のかなたから身持ちをくずされていると結論づけるより他ない。もっと重要なことだが、もしダウアルが読者の代表なら、読者も欺かれていたことになる。なぜならダウアルは立派な軍人の話を根本的に誤読しているからである。ダウアルは（彼の妻に、「きちんとした」友人たちに）ずっと盲目にされているだけでなく、眼が開いたときでさえ別の意味で盲目のままなのである。

ダウアルはエドワードを悲劇の人として読むが、エドワードは悲劇的人物ではない。悲劇的英雄の証拠は、自分が制御できない力の犠牲者であるだけでなく、それらの力が何であるかを理解できる点にある。エドワードにはそんな理解はない。馬鹿だからではなく、人生の原理である慣例が、何事も詳しく詮索し過ぎるのを禁じるからである。エドワードは単に立派で勇敢な軍人、彼の階級が「きちんとした奴」と呼ぶような人物であるだけではなく、善良な人間でもある。親切で、寛容で、良心的で、困っている人を手助けし、間違いなく愛人たちを丁重に扱っている。なぜいつも立派に振る舞うのか訊かれたなら、彼は自分が依拠する慣例特有のあいまいな定型句を使って答えるかもしれない。たとえば「ああ、品のいいことをしようとしただけさ」。彼はけっして「ああ、神の例に従おうとしただけさ」とは言わないだろう。

ダウアルがはっきり理解しているように、エドワード・アシュバーナムの運命に意味があるか、すべてが混沌であるかのどちらかである。だが、先に引用した部分でダウアルが引き出す教訓に関しては懐疑的になるべきである。情熱に身を委ねるのは、たとえ大きな犠牲を払うとしても、情熱を抑圧するよりはましだという教訓である。ダウアルはこの言葉を使わないが、彼がアシュバーナムに関して本当に賛嘆しているのは彼のストイシズムである。とりわけ（ダウアルの話では）彼が人生最後の数ヶ月、レオノーラとナンシーの共同攻撃に耐えるストイシズムである。

二人の女は可哀そうな男を追いかけて、まるで鞭打つように男の皮を剝いだ。ああ男の心が流す血の涙が目に見えんばかりだった。腰まで服を剝がされて前腕部で目を庇《かば》いながら肉をぼろ切れのように身体から垂らすエドワードの立ち姿が彷彿とする。わたしのこの気持ちに決して誇張は

2　Gustave Flaubert, *Madame Bovary*, trans. Paul de Man (New York: W. W. Norton, 1965), p. 250.〔『ボヴァリー夫人』、生島遼一訳、新潮世界文学第九巻、一九七二年、二六七頁〕

ない。あたかもレオノーラとナンシーが結託して、人類のため、思いのままに男の肉体を処刑していくようだった。捕まえたアパッチを杭にしっかりしばりつけるスー族の二人組のようだった。ああ二人の拷問に終わりはなかった。……

あわれな男はその間ずっと、一緒に暮らす人々の間を流れるふしぎな直感によって、事の成り行きを知り抜いていた。そして黙っていた。自分を救うためには指一本上げなかった。(pp. 206, 208〔二三九、二四二頁〕)

もちろん、ここでエドワードが従っているのはストイシズムの堕落形態であり、一切の知性が排除されている。それでもこれはフォード自身が称賛した世界に対する態度を表現している。そのことは、『かくも悲しい話を……』の次の傑作『パレードの終わり』が大々的に証言している。そこでの主人公クリストファー・ティージェンズも、アシュバーナムと同様、理由を深く詮索し過ぎることなしに「品のいいことをする」という慣例を生きているのである。

『かくも悲しい話を……』の忘れがたさは、究極的には、アシュバーナムの生きる原理である慣例に対して作者が分裂した感情を持っていることから来る。この慣例の同語反復性を暴露するのは簡単だ。正しいことをするから正しいことをする、自分の感情について話さないから自分の感情について話さない、というわけだ。きわめて陰鬱な終わり方をしているけれども、『かくも悲しい話を……』はどこを取っても悲劇的というわけではない。逆に、イギリス支配階級の偽善を暴露する過程で、風刺的、喜劇的な部分も出てくる。こうした異なるトーンの混在は次のことを示唆している。支配階級をまとめる慣例が一度ほどけると、全社会システムの繊維もほどけ始めるかもしれないとフォードは意識していた。その一方で、彼のイギリス――もちろん彼の時代のイギリスではなく、彼の幻想のイギリス、彼が所属したかっただろう十八世紀のイギリス――への愛着は大そう強かったので、そういう崩壊の展望を純粋に喜ぶこともできなかったのである。

ローベルト・ヴァルザー『助手』

一九〇五年、ローベルト・ヴァルザーは故国スイスからベルリンに移住した。二十七歳だった。一冊の本をすでに出版していた彼は作家として身を立てる野心を持っていた。やがて作品が権威ある雑誌に載るようになり、一流の芸術家集団に迎え入れられた。遠いプラハでは若いフランツ・カフカに読まれ称賛された。実際、初期の短編とスケッチによってカフカはヴァルザーの亜流と見なされた。

だが、大都会の知識人という役割はヴァルザーには容易に得られるものではなかった。少し飲むと彼は無作法で粗暴な田舎者になりがちだった。徐々に社交から退き、孤独で質素な貸間暮らしをするようになった。この状況で彼は最初の四つの長編小説を書いた。そのうち現存するのは『タンナー兄弟姉妹』（一九〇六）、『助手』（一九〇八）、『ヤーコプ・フォン・グンテン』（一九〇九）の三つで、いずれも自分自身の経験を素材にしている。

一九一三年、彼はベルリンを諦め、「馬鹿にされ、失敗した作家」（彼自身の自虐的な言葉だ）としてスイスに戻った。そして新聞の文芸付録に寄稿しながらどうにか生計を立てた。[1] 出版され続けた詩集と散文小品集の中で、彼はぐんぐんスイスの社会と自然の情景に傾斜するようになった。長編小説はもう二つ書いた。そのうちの一つ『テオドール』の原稿は出版社によって失われ、もう一方の『トーボルト』はヴァルザー自身によって破棄された。

　第一次世界大戦の後、彼のような著作は人々の趣味に合わぬものとなり、気まぐれで古臭い純文学として簡単に否定された。質素な暮らしが自慢だったのに、自称「ちっぽけな散文工房」を閉鎖せざるを得なくなった。[2]精神の危うい平衡が崩れ始めた。隣人たちの非難するまなざしや、品位への彼らの要求にますます圧迫されるようになった。次から次へと宿を変えた。深酒をし、幻の声を聞き、不安神経症の発作を起こした。自殺も試みた。兄弟姉妹が引き取らなかったので、サナトリウムに入れられた。「顕著なうつ状態で、ひどく抑圧されている」と最初の診断書には書いてある。「人生に嫌気がさしていることに関する問いにあいまいに応答した[3]」。

　施設の日課で彼はいくらかの安定を取り戻した。施設を出ることを拒み、紙袋の糊付けや豆のより分けといった単純作業に時間を費やす方を選んだ。知的能力は完全に維持しており、新聞や雑誌を読み続けていたが、一九三二年以降は何も書かなかった。「私がここにいるのは書くためではない、狂気でいるためだ」とある訪問者に語った。[4]一九五六年のクリスマスの日、近所の子供たちが雪原で凍

1　Quoted in George C. Avery, *Inquiry and Testament* (Philadelphia: University of Pennsylvania Press, 1968), p. 11.

2　Quoted in K.-M. Hinz and T. Horst (eds.), *Robert Walser* (Frankfurt a/Main: Suhrkamp, 1991), p. 57.

3　Quoted in Mark Harman (ed.), *Robert Walser Rediscovered* (Hanover and London: University Press of New England, 1985), p. 206.

4　Quoted in Idris Parry, *Hand to Mouth* (Manchester: Carcanet, 1981), p. 35.

死した彼を偶然見つけた。

精神疾患の最初の兆候は手書きという行為にも現れた。三十代に彼は右手の心身相関性の痙攣に悩まされるようになったのだ。痙攣は道具としてのペンへの無意識の敵意のせいだと考えて、彼はペンを使うのをやめて鉛筆を使い始めた。

鉛筆で書くことは、それを自分の「鉛筆システム」とか「鉛筆メソッド」などと呼ぶくらい重要だった。[5] 鉛筆メソッドは単に鉛筆を使うことだけではなく、彼の原稿の根本的な変化をも意味していた。死んだとき、繊細で微小な鉛筆書きの文字に端から端までびっしり覆われた五百枚ほどの紙が残されたが、それは著作権執行者が最初暗号だと勘違いしたほど読みづらかった。最後の小説『盗賊』（一九二五）（そんなミクロ文字による原稿で二十四枚、印刷した本で百五十ページ）を含む後期の作品のすべてが鉛筆メソッドを通じてわれわれに残された。

ヴァルザーの著作を集成するプロジェクトは生前に開始されていたが、彼がドイツで幅広い関心を集めたのは、一九六六年に学術的な著作集の最初の方の巻が出版され始め、またイギリスとフランスで読まれるようになってからである。今日では四つの長編小説で最も知られているが、これらは彼の文学的生産物のほんのわずかを占めるに過ぎない。長編小説というジャンルは自分の得意分野ではないと彼は感じていたのである。

出来事には乏しいが、それなりに苦悩に満ちた自分の人生だけが真の主題だった。彼が回顧的に語ったところによると、彼のすべての散文作品は、「長く、プロットのない、リアリスティックな物語」、「切り刻まれ、バラバラになった自己自身の本［*Ich-Buch*］」の一部として読んでもよいかもしれないということだ。[6]

『助手』はすぐ後の作品、つまり、もっと奔放な創意に溢れ、過激なまでに挑戦的な『ヤーコプ・フォン・グンテン』に比べると影が薄いと見なされてきた。だが両者は基本的なプロットを共有している。若い男が、危機を迎えているカップルの家に入り、彼らから得たいものを得て、去って行くのである。

『ヤーコプ・フォン・グンテン』はある大都市の執事養成学校ベンヤメンタ学院を舞台にしている。そこでは学院長の妹リーザ・ベンヤメンタ嬢が教師をしている。ベンヤメンタ兄妹は近寄りがたいが、若い主人公ヤーコプはやがて彼らの秘密を見抜き、自分の意志を押し付けるようになる。リーザ・ベンヤメンタは彼に情熱を抱く。思いが通じないと彼女は嘆き悲しみ、死に至る。ベンヤメンタ氏は学校を閉鎖し、ヤーコプ少年に自分の友人になってほしい、そして一緒に世界を回ってほしいと懇願する。こうして物語は、悪意に駆られた田舎の成り上がり者の勝利に終わる。彼は、邪悪ないたずらを楽しみ、文明そして価値一般に対してシニカルで、精神の生活を軽蔑し、世の中が実のところどのように動いているかを素朴に信じ（大企業が小人を搾取するために動かしている）、従順を最高の美徳だと考える。

ヴァルザーは自分の出身階級、つまり商店主、事務員、学校教師の階級に対して深い感情的こだわ

---

5 Quoted in Peter Utz (ed.), *Wärmende Fremde* (Bern: Peter Lang, 1994), p. 64. また次も見よ。Katharina Kerr (ed.), *Über Robert Walser* (Frankfurt a/Main: Suhrkamp, 1978), bd. 2, p. 22.

6 Robert Walser, *Gesammelte Werke*, ed. Jochen Greven (Frankfurt a/Main: Suhrkamp, 1978), bd. X, p. 323.

りを持っていた。ベルリンは自分の社会的起源から脱出し、階級のない国際的インテリへと逃走するチャンスだった。そのチャンスをつかもうとして失敗した彼は、スイスという辺境に戻った。けれども彼は、自分の階級の偏狭で順応主義的な傾向、彼自身のような夢想家や放浪者に対する不寛容を決して忘れなかった――いや、忘れることを許されなかった。

『助手』で、若い主人公ヨーゼフ・マルティは発明家カール・トープラー氏によって事務員兼雑務係として雇われる。その任にある一年間の間、ヨーゼフは、トープラーの事業が徐々に没落し彼がすばらしい家を失う過程をつぶさに記録できる位置にいる。

ヴァルザーはそういう出来事の悲劇的側面――トープラー家の崩壊というブルジョワ悲劇――には興味がない。また、トープラーを馬鹿げた発明家というあの喜劇的人物に仕立てることにも興味がない。彼の発明品――広告時計、銃弾自動販売機、車椅子、穿孔機――は、当時の公衆の気まぐれに乗って発明家に富をもたらした安全自転車や空気銃のような現実の発明品と比べて馬鹿げているとは言えない。さらに、アイデアを持つ人としての発明家が、発明家＝興行主に座を譲り、今度はその発明家＝興行主が大資本に俸給で雇われるようになるという歴史的過程を描くことにもヴァルザーは関心を持たない。トープラー家でのヨーゼフの役割は副次的だが、この本の主人公はトープラーではなくヨーゼフであり、ヴァルザーの主題は、ヨーゼフによるトープラー家の乗り越えなのだ。

ヨーゼフの給料は決して払われないが、彼は契約の一環としてトープラー家で快適な部屋とすべての食事を提供される。したがって、彼がトープラー夫人と親密になるのも当然である。

精力的で、恋人のいない若い男が、魅力的で、不満を抱えた年上の女性とくっつけられるというのは、物語の可能性に満ちた状況である。たとえば、男が片思いの痛みに苦しむようにしてもよい。あるいは、女主人と罪深い関係に陥らせてもよい。しかし、ヨーゼフは間違いなくトープラー夫人の魅力を意識しているにもかかわらず、また、トープラー夫人も彼に気を持たせるときがあるにもかかわらず、実際にヨーゼフが自分の気持ちを打ち明ける瞬間が到来すると、彼が表明するのは愛ではなく非難なのだ。幼い娘ジルヴィに対するトープラー夫人の冷たい仕打ちに対する非難である。

ヨーゼフは彼自身子供であり過ぎるため親としての感情は持っていない。トープラー家の四人の子供の中で彼が同一化するのは、男の子たちでも、うぬぼれた金髪のドーラでもなく、しょっちゅうおねしょをしては女中に厳しく罰せられる——母親もそれを承認している——おびえた子ジルヴィなのだ。ヨーゼフがジルヴィを好いていると言うのは間違いだろう。トープラー夫人が自己弁護して言うように、これほど魅力に乏しく、動物じみてもいる子を好きになるのは難しい。ヨーゼフの心をかき乱すのは、トープラー家の期待に添えないためにジルヴィが家族の内部から事実上放逐され、使用人階級の情け容赦ない支配に委ねられているということである。ジルヴィの運命は自分自身の運命かもしれないとヨーゼフは恐れるのだ。

トープラー夫妻に対するヨーゼフの感情は深い矛盾を抱えている。一方で彼はこれほど快適な状況にめぐり合わせた幸運をほとんど信じられないでいる。この状況が続く限り、彼は自分が生まれ落ちた階級から引き上げられ、持ったことのない家を提供してもらえるのだ。他方で彼は自分の従属的な地位と、絶えず受ける屈辱を嫌っている。というのも、トープラー家は彼を肉体労働から救い上げたものの、自分たちの社会的レヴェルに彼を引き上げてはいないからだ。彼らの家は、結局ベンヤメンタ学院とほとんど変わらないことが分かる。執事、代書人、家政婦などからなるはっきりしない中間的階級へと送り出されるあの学院の卒業生は、肉体労働者や使用人より社会的地位はわずかに上だが、低収入の割りに服装と立ち居振る舞いは中産階級の基準に合わせねばならない連中である。ヤーコプ・フォン・グンテンと同じように、ヨーゼフ・マルティも、自分に命令を下し、自分がその作法を真似る人々に対する不明瞭な、隠し切れない嫌悪感で心を一杯にしている。

ヨーゼフの矛盾は様々な形で現れる。仕事をするとき、勤勉さと無関心が急に交替するし、トープラーに対する振る舞いも、卑屈だったり反抗的だったりする。これらは計算づくではまったくない。ヨーゼフは気分と衝動の生き物である。彼はよく整った完全文で話すかもしれないが、言っていることをかろうじてコントロールできているに過ぎない。トープラーに対する一回の発話で、自分の状況の快適さをよくも恩着せがましく思い出させてくれたものだと雇い主を非難したかと思えば、すぐに矛を収めて自分の不遜さを謝罪し、次いでその謝罪を撤回して、不遜さは自分の自尊心に不可欠だと弁護するというありさまである。トープラーは大笑いして、ただちに命令を下す。するとヨーゼフはたちまち臆病な普段の自分に変容し、命令に従う。

ヨーゼフとトープラー夫人の間の感情の流れも同様に不安定である。トープラー夫人の態度は誘惑と高慢の間を揺れ動く。ヨーゼフは彼女に心を奪われることもあれば、冷たく批判的になることもある。

絶えず債権者に追われ、破滅と社会的屈辱を目前にしているトープラー夫妻の情緒もヨーゼフのと同じくらい不安定である。夫妻と生活しているのはイタリア・オペラの舞台に立っているようなものだ。ヨーゼフはスイス＝ドイツ人の要素を十分に持っているのでこの経験は不快である。けれども一家のおかげで彼は今まで経験のなかった家庭生活の満足を味わうことができるのだ（彼自身の家庭生活は精神を病んだ母と単調さの奴隷となった父など、ごくわずかしか出てこない）。高価な銅の屋根を持つトープラーの家は、ヨーゼフの居住地であるだけでなく彼の家庭にもなったのだ。したがって、小説の最後で彼がすることはきわめて大胆である。自分の社会的起源に戻ると言い張って、未払いの給与を請求し、一年を過ごした秩序と情熱、安逸と騒動の場所に別れを告げ、未来に直面すべく出て行くのである。

トープラー家に滞在した間、ヨーゼフはある重要な意味で成長し成熟する。家族の一部であることを学ぶのだ。もちろん完全とは言えない家族で、彼は自分が受け取る以上の愛を与えねばならず、つねに危うい位置にいるのだが。しかし別の意味では彼は変わらない。その変わらない部分こそ、彼の最も深遠で不思議な部分であり、彼のよからぬ側面——無分別、虚栄心、自己満足——を取るに足らぬものにしている。その変わらない部分は彼の自然——とりわけ季節の変化の中のスイスの風景——との関わりの中に浮上する。ヨーゼフはどんな普通の意味でも宗教的ではないし、興味深い思想も持っていないが（彼の日記は凡庸だ）、自然の中に深く、ほとんど動物のように没入することができる。そして、そういう彼を通じてヴァルザーはこの本の核心にあるものを表現することができるのである。それは生きてあることの神秘の礼賛である。

それは湿気の多い嵐のような日々だったが、それでも何か独特の魔力があった。……霧のかかった灰色の風景によって、黄色や紅い葉が熱っぽく燃えて輝いた。桜の赤い葉には燃え立ち傷つき痛ましいところがあったが、他方それは美しく、人の気持ちを宥め、朗らかにしてくれた。しばしば草地や森林地域全体が、ヴェールと湿った布に覆われて姿を現し、上も下も、遠くも近くも何もかもが灰色で湿っていた。陰鬱な夢の中を通り抜けるように、彼はすべてを通り抜けて行った。けれどこうした天気やこんな世界もまた、ひそかな明朗さを表わしていた。木々の下を行くときには木々の匂いがし、熟した果実が草地や道に落ちる音が聞こえた。あらゆるものが二倍も三倍も静かになったような気がした。物音は眠り込んでいるか、あるいは音を立てるのを恐れているようだった。早朝や夜遅くには、霧笛の長い息づかいが湖上に響きわたり、遠く離れた場所から互いに船の到着を告げる警告信号を送り合った。それは、寄る辺ない動物たちの嘆きの声のように鳴り響いた。そう、霧は充分に深かった。その合間にまたよい天気の日もあった。そして快晴でもなく荒れた天気でもなく、特に穏やかでもなければ特に陰鬱でもない、晴れでも曇りでもない、真に秋らしい日があった。朝から晩まで、まったく同じように明るくて暗いまま、午後四時が午前十一時と同じ世界像を呈示し、万物が心安らかに、いぶした金色に染まって少しだけ哀しげに横たわり、色彩は静かに自分自身の中に退き、いわば自分を心配して夢見ているようだった。このような日々を、ヨーゼフはどれほど愛したことか。そういう日、彼には何もかもが美しく軽やかで親しみがあるように思われた。自然の中のかすかな哀愁が彼を憂慮のない、ほとんど思考のない気分にさせた。……平静な気持ちで泰然として、善良に、思考豊かに世界を見つめることができた。どこへでも出かけて行くことができた、いつも青ざめて豊かな同じ光景、いつもと同じ顔があった。その顔は真剣な優しい視線で彼を見つめた。[7]

ヴァルザーは生涯に多くの詩を書いた——詩集にして何百ページにも及ぶ——が、経験主体の歴史に埋め込まれたこの一節のように心に響く詩は一つもありえない。われわれはヨーゼフが見たり嗅いだりするように見たり嗅いだりする。けれども同時にわれわれは、ヨーゼフの人生で季節が何を意味するのか、季節が力強く相殺してくれるどんな気遣いと不安があるのかを知っている。このような陶酔して祝福するような散文は、一人の男の心中にわれわれを引き込む。移ろい行くスイスの風景につねに変わらぬ慈悲深さの現れを感じるが、同時に、暖かいベッドの安逸にも同じくらい感謝するかもしれない、そんな男の心中に。

7　Robert Walser, *The Assistant*, trans. Susan Bernofsky (New York: New Directions, 2007), pp. 178-9.〔『ローベルト・ヴァルザー作品集』第二巻、若林恵訳、鳥影社、二〇一一年、一七二―一七三頁〕

フワン・ラモン・ヒメーネス『プラテーロとわたし』

『プラテーロとわたし』は普通、子供向けの本だと思われている。商業的にも確かに児童書として売られている。けれども、ろばのプラテーロを中心とした断片的情景を集めたこの作品には、感じやすい子供には耐え難いもの、さらに、子供の関心の範囲を超えたものも多く含まれている。したがって私は、『プラテーロとわたし』を、ある町——フワン・ラモン・ヒメーネスの故郷アンダルシアのモゲール——の生活の印象が、子供時代の経験の直接性を失っていない大人によって回想されたもの、と捉えた方がいいと思う。これらの印象は、子供たちが大人の読者に読み聞かせをしてもらうときに適切な、繊細さと抑制をもって記録されている。

つねに現前している子供のまなざしに加えて、この作品には二つ目の、もっとはっきりしたまなざしがある。つまりプラテーロ自身のまなざしである。ろばは人間にとって特に美しい生き物ではない——（草食獣に話を限れば）美しさはガゼルに、また馬にさえ劣る——が、美しい眼を持っているという点で有利だ。大きく、黒く、うるんでいて——われわれはときにそれを「悲しみで《ソウル》いっぱい《フル》」と形容する——長い睫毛がある。（われわれは、より小さく、より赤い豚の眼を、ろばの眼より美しくないと感じる。そのせいで、この聡明で、友好的で、ユーモラスな動物を愛したり友達扱いしたりしづらいと感じるのだろうか？　昆虫の場合、視覚器官がわれわれにとってあまりに異質なので、愛情を注ぐのは容易ではない。）

ドストエフスキーの小説『罪と罰』に、酔った農夫が疲れきった雌馬を殴り殺すひどい場面がある。まず彼は雌馬を鉄の棒で打ち、次いで、あたかも馬の眼に映った彼自身の姿を特に消し去りたいかのように眼のあたりを棍棒で殴る。『プラテーロとわたし』にも、盲目の老いた雌馬が、持ち主に厄介払いされても頑固に戻ってきたので、怒った所有者が棒や石で馬を殺してしまう場面がある。プラテーロとその持ち主《オーナー》（これがわれわれの言語によって提供される言葉だ――ヒメーネスが使う言葉ではもちろんない）は、道端で死んでいる雌馬を見つける。馬の盲目の眼はとうとう見えるようになったかのように思える。

君が死ぬときは、とプラテーロの主人は自分の小さなろばに約束する、君を道端にうち捨てたりはせず、君が大好きな大きな松の木の下に埋めてあげよう。

この男――ジプシーの子供たちに狂人と嘲られ、『わたしとプラテーロ』ではなく『プラテーロとわたし』という物語を語る男――の眼と、「彼の」ろばの眼の間の相互的まなざしこそが、二人の間の深い絆を成立させている。それはちょうど、母親と子供の絆が、二人のまなざしが最初に固く組み合わせられるときに成立するのと同じである。作中で人間と動物の間の絆は繰り返し強化される。「ときどき、プラテーロは草を食《は》むのをやめて、わたしをながめる。わたしはときどき、読むのをやめて、プラテーロをながめる」[1]。

私がプラテーロの持ち主《オーナー》と呼ぶ男、狂人とされる男が、プラテーロが自分を見、その見る行為において自分を同等の存在として認知していると理解する瞬間、プラテーロは独自の生命と経験世界を持った個人——実際、登場人物と言ってもよい——として存在し始める。この瞬間、「プラテーロ」は単なるラベルであるのをやめ、このろばのアイデンティティ、真の名前、彼が世界で所有するすべてになるのである。

ヒメーネスはプラテーロを人間化しない。人間化すれば彼のろばらしい本質を裏切ることになるだろう。そのろばとしての性質ゆえに、プラテーロの経験は人間には閉ざされ、理解不能になっている。それでも、この障壁は、詩人のヴィジョンが一瞬、光線のようにプラテーロの世界を貫き、照らし出すとき、乗り越えられることがある。それは別の言い方をすれば、われわれ人間が動物と共通に持っている感覚が、われわれの心の中の愛を吹き込まれ、詩人ヒメーネスを通じて、プラテーロの経験を直観的に把握できるようにしてくれるときである。「プラテーロの黒い瞳は落日でえんじ色にそまる。かれは洋紅《カーミン》とばら色とすみれ色の水たまりへ、ゆっくりと歩いてゆき、鏡の中へやんわりと口をしずめる。プラテーロの口がふれたとたん、鏡は液体になったみたいに、血のような濃い色をした水が、その大きなのどの奥深くいっぱい流れこむ」。(p. 37〔四九頁〕)

「わたしはプラテーロを、こどもにたいするように扱う。……プラテーロにキスしたり、だましたり、おこらせたりする。でもわたしが愛していることを知っているから、恨みにおもうようなことはない。あんまりわたしと共通していて、あんまり他のものたちと異なっているから、プラテーロの夢でさえも、わたしの夢と同じにちがいない、と信じるようになった」。(p. 58〔一〇〇―一〇一頁〕)ここでわれわれは、子供の空想世界においてあれほど強く求められている瞬間の瀬戸際にいる。つまり、種を隔てる境界が崩れ去り、われわれからかくも長きにわたって追放されてきた動物が、より大きな合一の中でわれわれと結びつく瞬間である。（どのくらい長く追放されてきたのか。ユダヤ＝キリスト教神話では、追放は楽園からのわれわれの放逐にさかのぼり、追放の終わりは、ライオンが子羊とともに横になる日として切望されている。）

この瞬間われわれは、狂人とされる男、詩人が、幼い子供が子犬や子猫に対するように、プラテーロに対して楽し気に、愛情深く接しているのを見る。プラテーロもまた、動物の子が幼い子供に応えるように、同じような喜びと愛情で応える。それはあたかも動物が、子供が（さめた、平凡な大人とは違って）知っているのと同じくらいよく、次のことを知っているかのようである。結局われわれはこの世界においてみな兄弟姉妹なのだということ、そして、われわれがいくらちっぽけな人間だとしても、愛する相手がいなければならない、さもなければひからびて死んでしまう、ということを。

最後にプラテーロは死ぬ。それは毒を口にしてしまったためだが、ろばの寿命は人間の寿命ほど長くないからでもある。象や亀と友達になろうとしない限り、われわれが動物の友達の死を悼む方が、彼らがわれわれの死を悼むよりも多くなるのである。これは『プラテーロとわたし』がしっかり直面する辛い教訓の一つである。だが別の意味では、プラテーロは死なない。いつでもこの「間抜けな小さいろば」は、笑う子供たちに囲まれ、黄色い花に飾られて、いななきながら戻ってくるだろう。（p.

1　Juan Ramón Jiménez, *Platero and I*, trans. William and Mary Roberts (New York: New American Library, 1956), p. 78.〔『プラテーロとわたし』、長南実訳、岩波文庫、二〇〇一年、一五七頁。以下、引用の後に同書の頁数を記す。〕

45〔七一頁〕

ブルーノ・シュルツ

最も幼いころの回想の中で、床に座った幼児ブルーノ・シュルツは古新聞の上に次々と「絵《ドローイング》」を描いてゆき、家族が取り囲んで賛嘆の眼で見ている。創造的熱狂の中で、その子はまだ「天才的な時代」に生きており、まだ神話の領域に自意識なしに入って行けるのだ。あるいはそのように思えた、大人になった彼には。大人になってからの彼の努力のすべては、幼いころの力を取り戻すこと、「幼年期へ向けて成熟すること」に捧げられるだろう。[1]

それらの努力は二種類の作品となって現れる。一つは、エッチングと素描で、それらは作者が別の分野で有名になっていなければ、おそらく今日大した興味を引かないだろう。もう一つは二冊の短い本で、辺境ガリツィア地方の少年の内面を描いた短編とスケッチを集成したものである。これらの本によって彼は戦間期ポーランド文壇の最前線に躍り出たのである。豊かな幻想、生活世界の感覚的把握、エレガントな文体、機知を特徴とし、神秘的だが首尾一貫した観念的美学に裏打ちされた『肉桂

1 Bruno Schulz, letter to Andrzej Pleśniewicz, quoted in Czesław Z. Prokopcyk, ed., *Bruno Schulz: New Documents and Interpretations* (New York: Peter Lang, 1999), p. 101.〔『ブルーノ・シュルツ全集』、工藤幸雄訳、新潮社、一九九八年、II一六八頁。以下、シュルツ作品からの引用の後にこの全集の巻数、頁数を記す。〕

色の店』（一九三四）と『砂時計サナトリウム』（一九三七）は、どこからともなく突然現れたかのような、独創的で驚嘆すべき作品だった。

ブルーノ・シュルツは一八九二年に、商人階級のユダヤ人夫婦の三番目の子として生まれ、誕生日がキリスト教の聖人ブルーノの祝日だったためそう名づけられた。故郷ドロホビチは、オーストリア・ハンガリー帝国の辺境の小さな産業都市で、第一次世界大戦の後はポーランド領に戻った。

ドロホビチにもユダヤ人学校はあったが、シュルツはポーランド語のギムナジウムに送られた。（ヨーゼフ・ロートは近隣のブロディで、ドイツ語のギムナジウムに通っていた。）彼の言語はポーランド語とドイツ語で、巷のイディッシュ語は話さなかった。学校で彼は美術に秀でたが、家族から美術を職業にするのを反対された。ルヴッフの理工科大学で建築を学び始めるが、一九一四年に第一次世界大戦が始まると、休学を余儀なくされた。心臓疾患により徴兵は免れた。ドロホビチに戻ると、集中的に独学に励み始め、読書し、版画家としての手法を完成させた。エロティックな主題を持つ版画をまとめ、『偶像讃美の書』と題して売ろうとしたが、自信はあまりなく大して売れもしなかった。

画家として生計を立てられず、父の死後は一族を養って行く必要もあり、彼は地元の学校で美術教師の職を得、一九四一年まで続けた。生徒からは尊敬されたものの、学校生活は無味乾燥で、何通も当局に手紙を出して創作に専念する時間を与えてほしいと懇願した。当局にも眼のある者がいたのか、ときどき願いは叶えられた。

辺境に蟄居していたにもかかわらず、シュルツは都会で作品を展示し、同好の士と文通することができた。百五十六通ほどのみ現存しているという何千もの手紙の中に、彼は創作エネルギーの多くを注いだ。シュルツの伝記作者イエジ・フィツォフスキは彼を、ポーランドの書簡芸術の最後の顕著な代表者と呼んでいる。[2]『肉桂色の店』所収の作品は詩人デボラ・フォーゲルへの手紙の中で産み落とされたことをあらゆる証拠が示している。

『肉桂色の店』はポーランド知識人に熱っぽく迎えられた。ワルシャワを訪問するとシュルツは芸術サロンに迎え入れられ、文芸誌に書くよう依頼された。学校では「教授」という肩書きを与えられた。彼はまた、カトリックに改宗したユダヤ人女性ユゼフィーナ・シェリンスカと婚約し、自分は改宗しなかったがドロホビチのユダヤ教集団から正式に離脱した。婚約者について彼は書いている、「[彼女は]私の人生への参加を構成しています。彼女を通じて私は、単なるキツネザルや小鬼でなく、人間でありうるのです。……彼女は地上で私に最も親密な人です」（Ficowski, p. 112）。それでも二年後、婚約は解消された。

フランツ・カフカの『審判』の初のポーランド語訳はシュルツの名で一九三六年に刊行されたが、実際の翻訳作業はシェリンスカが行った。

シュルツの二冊目の本『砂時計サナトリウム』は、おおむね以前の作品をつぎはぎしたもので、まだ自信なさ気で素人臭い作品もある。シュルツはこの本をけなすことが多かったが、実際には多くの短編が『肉桂色の店』の水準に達している。

---

2 Jerzy Ficowski, *Regions of the Great Heresy: Bruno Schulz, A Biographical Portrait*, translated and edited by Theodosia Robertson（New York: W. W. Norton, 2002）, p. 105.

教師としての仕事と家族への責任の重荷を担い、ヨーロッパの政治情勢に不安を募らせたシュルツは、一九三〇年代終わりにうつ状態に陥り、書くのが難しくなった。ポーランド文学アカデミー金桂冠賞の受賞も元気回復にはつながらなかった。三週間のパリ訪問は、彼が祖国をまとまった期間離れた唯一の旅だったが、やはり効果がなかった。後に彼が「世界で最も排他的、自己充足的、そして閉鎖的な街」と回想したパリに、絵画の個展を企画しようとあいまいな望みを抱いて出発したのだったが、ほとんど人脈もできず、何の成果も得ずに帰国した。[3]

一九三九年、ナチスとソ連によるポーランド分割で、ドロホビチはソ連のウクライナに吸収された。ソ連の中では作家としてのシュルツに機会はなかった(「プルーストは要らない」と彼はぶっきらぼうに言われた)。けれども彼は、プロパガンダ絵画を制作するよう依頼された。一九四一年夏、ウクライナがドイツ軍に侵攻され、すべての学校が閉鎖されるまで彼は教師を続けた。ユダヤ人の処刑は直ちに始まり、一九四二年には大量移送も始まった。

しばらくの間シュルツは何とか最悪の事態を逃れた。芸術が分かる振りをするゲシュタポ下士官に幸運にも採用され、「必要なユダヤ人」の地位と、一斉検挙から身を護る貴重な腕章を手に入れた。パトロンの邸宅とゲシュタポ用カジノの壁を装飾する報酬として食糧を配給された。その間彼は絵と原稿を包みにまとめて非ユダヤ人の友人たちに預けた。ワルシャワの支持者が彼のために金と偽造書類をひそかに届けたが、ドロホビチから逃げる決意をする前に彼は死んだ。ゲシュタポによる乱脈なユダヤ人迫害の日に、通りで呼び止められ射殺されたのである。

一九四三年には一人のユダヤ人もドロホビチにいなかった。

一九八〇年代末、ソ連が崩壊しつつあったころ、ポーランド人学者イエジ・フィツォフスキのもとへある情報が届いた。KGBの文書を閲覧できるある匿名の人物が、シュルツの包みの一つを入手し、一定の価格で手離す用意があるというのである。その手がかりは実を結ばなかったが、シュルツの失われた著作はまだ発見可能かもしれないというフィツォフスキの強靭な希望の基礎が築かれた。それらの著作には、シュルツが一部を友人に朗読したので存在が知られている未完の小説『メシア』と、彼が死の直前までつけていたメモが含まれる。そのメモは、処刑団とその移動手段の実態を直接見たユダヤ人との会話のメモで、ユダヤ人迫害についての本の基礎をなすよう意図されていた。（シュルツが計画していたのとまさに同じ種類の本が一九九七年にヘンリク・グリンバーグによって出版された。[4]グリンバーグの短編集の最初のものにシュルツ自身がマイナーな人物として登場する。）

ポーランドではイエジ・フィツォフスキ（二〇〇六年没）はジプシーの生活に関する詩人、学者として知られていた。しかし、彼の主たる名声は、ブルーノ・シュルツに関する業績の上に築かれている。一九四〇年代からフィツォフスキは、官僚的、物理的なあらゆる障害をものともせず、根気よく、ポーランド、ウクライナ、そしてその外の世界を駆けめぐり、シュルツが残したものを追い求めた。彼の翻訳者であるシオドシア・ロバートソンは、彼を考古学者、シュルツの芸術の遺跡を探求する筆

3　Letter to Romana Halpern, August 1938, in *Collected Works of Bruno Schulz*, ed. Jerzy Ficowski (London: Picador, 1998), p. 442.〔II二五五頁〕以下 *CW* と略記。

4　*Drohobycz, Drohobycz and Other Stories*, trans. Alicia Nitecki (New York: Penguin, 2002).

頭考古学者と呼んでいる。（Ficowski, p. 12）『大いなる異端の領域』はフィツォフスキのシュルツ伝の第三の改訂版（一九九二）のロバートソンによる翻訳である。フィツォフスキはこの版に二つの章——一つは失われた小説『メシア』に関するもの、もう一つはシュルツが最後の年に描いた壁画の運命に関するもの——と、詳細な年譜およびシュルツの現存する手紙の抜粋を加えた。

『大いなる異端の領域』の彼女の翻訳の中で、ロバートソンは、シュルツの作品の引用を全部自分で翻訳し直すことを選んだ。なぜなら、他の米国のポーランド文学者と同様に、彼女も既存の英語訳に問題を感じたからである。既存の訳はツェリーナ・ヴィェニエフスカによって一九六三年に出版された。これまで英語圏にシュルツが知られてきたのは、『大鰐通り《ストリート・オヴ・クロコダイル》』という総題を持つそれらの翻訳を通じてであった。[5]

ヴィェニエフスカの翻訳はいくつかの点で批判を免れない。まず、欠陥のあるテクストに基づいている。シュルツの著作の信頼できる学問的な版が出たのはようやく一九八九年のことだった。第二に、ヴィェニエフスカが黙ってシュルツの言葉を変更してしまっている所がある。たとえば「第二の秋」で、シュルツは気まぐれにボレフフをロビンソン・クルーソーの故郷にしている。ボレフフとはドロホビチの近くの町である。シュルツが自分の町を名指ししなかった理由が何であれ、翻訳者はそれを尊重すべきである。しかしヴィェニエフスカは「ボレフフ」を「ドロホビチ」に変えている。（CW, p. 190〔I一八四頁〕）第三に、これが最も深刻だが、ヴィェニエフスカがシュルツの散文をカットして華麗さをそいでしまったり、ユダヤ人に特有のアリュージョンを普遍化してしまった箇所が無数にある。

ヴィェニエフスカの弁護もするなら、彼女の翻訳は非常に読みやすいと言わねばならない。彼女の散文は類まれなほど豊かで、優美で、文体の統一を持っている。シュルツを翻訳し直す作業を引き受ける者は誰でも、彼女の影を逃れるのは難しいと思うだろう。

『肉桂色の店』へのガイドとしては、シュルツ自身がイタリアの出版社の関心を引こうとして書いた梗概〔Ⅱ三五八—三六一頁〕を見るのが一番だ。(イタリア語訳の計画は、フランス語訳、ドイツ語訳の計画同様、実を結ばなかった。)

彼によれば、『肉桂色の店』は、伝記や心理学ではなく神話の様式で語られた一家族の物語である。したがってこの本はその構想において異教的と呼べる。古代人にとってそうだったように、一族の歴史的時間は先祖たちの神話的時間と融合するのである。けれどもこの本において神話は共同的性質を持っていない。神話は、幼年時代の霧の中から、そして神話的思考の苗床を形成する希望と恐れ、幻想と予感——彼が別の所で「神話的な幻覚のつぶやき」と呼んでいるもの——から、生じてくるのである。(*CW*, p. 370〔Ⅱ一四四頁〕)

家族の中心にはヤクブがいる。職業は商人だが、世界の救済に取り憑かれていて、催眠術《メスメリズム》、電気療法《ガルヴァニズム》、精神分析や、彼が大いなる異端の領域と呼ぶものに属するその他のもっとオカルト的な技法の実験を通じてその使命を果たそうとしている。ヤクブは彼の形而上的努力をまったく理解しない

---

5 *The Street of Crocodiles*, trans. Celina Wieniewska, introduction by Jerzy Ficowski (New York: Penguin, 1977).

鈍い人々に取り囲まれていて、その筆頭は彼の仇敵の女中アデラである。

屋根裏でヤクブは世界中から取り寄せた卵から、使者たる鳥の大群――コンドル、鷲、孔雀、雉、ペリカン――を育てる。それらの鳥の身体的特徴を彼が共有しそうになることもある。だがアデラは箒で鳥たちを四散させてしまう。惨めに打ちひしがれた彼は縮んでひからび始め、ついにあぶら虫に変身する。ときどき、息子に操り人形、マネキンについて、また屑に生命を与える異端派の力などについて講義するため、元の姿を取り戻す。

『肉桂色の店』でやろうとしたことを説明するシュルツの努力はこうした要約で終わったわけではなかった。友人の作家兼画家スタニスワフ・ヴィトキエヴィチのためにシュルツはもっと立ち入った説明をしているが、その文章は並はずれた洞察力と鋭敏さで書かれた内省的分析であり、詩人としての信条告白とも見なせる。

彼は、自分自身の「天才的な時代」、すなわち「すべての事物が神の賜る色彩の輝きに息づく」神話化された幼年期のイメージを回想することから始める。(CW, p. 319〔II三七頁〕)これらのうち二つがまだ彼の想像力を支配している。暗い森から出て来る、カンテラを灯した馬車。もう一つは暗闇を駆ける父親で、両腕に抱えた子供に慰めの言葉をかけるが、子供には夜の無気味な呼び声しか聞こえない。一つ目のイメージの起源ははっきりしないが、二つ目は八歳のときに母親に読み聞かされて心底動揺させられたゲーテの物語詩「魔王」から来ているとシュルツは言う。

彼が続けて言うには、こうしたイメージは、人生の入口でわれわれに用意されている。それらは「魂の準備資金」をなすのだ。芸術家にとっては、それらは創造の力の限界を画する。芸術家の残りの人生は、それらを探究し、解釈し、習得しようとすることなのだ。幼年期以後われわれは何も新しいことを発見せず、解決のない闘争の中で、同じ土俵に繰り返し戻るだけである。「魂が巻きこまれた結び目は、端を引っ張ればほどけてしまうような偽りの結び目ではない。それとは逆だ、その結び目はますます固くなる。」そういう結び目との格闘から芸術は生まれる。（CW, p. 368〔II一四一頁〕）

『肉桂色の店』のより深い意味に関しては、一般に、作家が自分の作品をあまりに合理的に分析するのは賢明ではないとシュルツは言う。それは、役者に仮面を捨てろと言うのと同じで、芝居を殺してしまう。「藝術作品においては、作品とわれわれの問題意識の全体を結ぶ臍の緒が、まだ切られないままです。そこには、まだ秘密の血がかよっている。血管の末端は周囲の夜のなかへと通じていて、そこから暗い液体を持ちかえってくる。」（CW, p. 368-9〔II一四二頁〕）

それでもあえて解説せねばならぬなら、この本は、物質が絶えず発酵し発芽する、ある種の原始的で生気論的な世界観を提示していると彼は言う。死んだ物質などというものはないし、物質が固定した形態のままでいることもない。「現実がある形を装うのは、もっぱら見せかけ、冗談、遊びのためなのです。だれかは人間であり、だれかはあぶら虫である、しかし、その形は本質には達しない、それはかりそめに受け入れられた役割、間もなく捨てられる表皮にすぎない。……形の移行、それが生命の本質です。」彼の世界に見出すことができる「汎アイロニーの放散」はここに由来する。「個々の存在という事実そのものには、アイロニー、誇張が含まれる。」

こうした世界観を倫理的に正当化する必要をシュルツは感じない。特に『肉桂色の店』は、「道徳以前」の深みで作用する。「藝術の役割は、名のないもののなかへ投げこまれたゾンデ（測深機）となることです。藝術家とは、価値の創られている深部のプロセスを記録する装置なのです。」けれども個人的なレヴェルでは、これらの短編は「私の生き方、私個人の運命」に由来し、それを表象していると認める。それは「深刻な孤独、日常生活の事柄から切り離されていること」に印づけられた宿命だ。（CW, p. 369, 370〔II 一四三―一四五頁〕）

一年後の一九三六年に書かれたエッセイ「現実の神話化」は、詩人の仕事に関するシュルツの思想を簡潔に提示している。その思想はそれ自体が、作用の仕方において体系的というよりは神話的である。シュルツが言うには、知の探求は本質的に、原初の統一的な存在状態を回復するための探求である。その状態からは、断片化へのある種の退落が起きてしまった。科学のやり方は、忍耐強く、方法論的に、帰納的にそれらの断片をもう一度つなぎ合わせようとする。詩も同じ目的を追求するが、「直観的に、演繹的に、偉大で勇敢な略語と類語を足掛かり」にして行う。詩人――彼自身が神話的探求に従事する神話的存在だ――は最も基本的なレヴェル、すなわち言葉のレヴェルで仕事をする。言葉の内的生命は「それが縮み込み、また一千もの結合へと伸びあがる」ことに存する、「あたかも伝説の大蛇が切り刻まれながらも、四分五裂となった切れ端が闇のなかで互いに求め合うように」。体系的思考は、本性上、大蛇の切れ端をバラバラのまま吟味しようとする。詩人は、「昔の意味合い」を知っているので、言葉の断片が、すべての知を構成する神話の中に再び自らの場所を見出すのを可能にするのである。（CW, p. 371-3〔I 四四六―四四八頁〕）

子供の世界経験に没頭している二つの短編集から、シュルツはしばしばナイーヴな作家、一種の都会の民俗芸術家と見なされる。しかし、手紙とエッセイが示すように、彼は並はずれた自己分析力を持った独創的な思考家で、辺境出身であるにもかかわらず、ヴィトキエヴィチやヴィトルド・ゴンブローヴィチのような仲間と同等に論戦することのできる洗練された知識人だった。

あるやり取りの中で、ゴンブローヴィチがシュルツに、面識のない医者の妻との会話を報告した。その女は自分の意見では作家ブルーノ・シュルツは「病的な変態か、そうでなければ、ポーズ取りかしらね。やはり、きっとポーズ屋なのよ」と言ったらしい。ゴンブローヴィチはシュルツに活字上で自己弁護するよう挑み、この挑戦を実質的かつ美学的なものと見なすよう付け加えた。返答には、高慢でも軽薄でも不自然に荘重でもない調子を採用すべきだと。(CW, p. 374〔II 一五三頁〕)

シュルツは返答で、ゴンブローヴィチが課した要求を無視し、代わりに斜めから問題に対処した。彼は問う、ゴンブローヴィチや芸術家一般が、世論の最も愚かで最も通俗的な表現に関心を払ったり、ひそかに喜びを見出しさえする原因は一体何なのか。(たとえばなぜギュスターヴ・フローベールは、愚鈍《ベティーズ》さを収集し、『紋切型辞典』に配列するのに何ヶ月も何年も費やしたのか?)彼はゴンブローヴィチに問う、「事実上、君にとって異質で敵対的なものの無意識で大仰な肯定や、それと手を結ぶ連帯に、君自身の本質の深奥から君は感嘆の目を向けるのか」(CW, p. 377〔II 一五八頁〕)

思慮のない大衆の意見にいつの間にか共感してしまうのは、われわれすべてに埋め込まれた隔世遺伝的思考様式のせいだとシュルツは述べる。誰か無知な他人がシュルツを気取り屋だとけなすとき、「君〔「ゴンブローヴィチ」〕のなかに暗い、漠としたものを呼び覚ます、ジプシーの笛の音で調教された熊のように。」そしてこれは精神それ自体が、合理的なものもそうでないものも含めた重なり合うサブシステムの群れとして構成されているせいなのだ。ここから、われわれの思考一般の「多軌道的

混乱」が出てくる。(CW, p. 377, 378〔II 一五八、一六〇頁〕)

またシュルツはよく、年長の同時代人フランツ・カフカの弟子、亜流、あるいは模倣者とさえ見なされる。彼とカフカの個人的経歴の類似は確かに注目に値する。二人とも皇帝フランツ・ヨーゼフ一世統治下のユダヤ人商人階級に生まれた。二人とも病弱で性的関係に困難を感じた。二人とも決まりきった作業の多い職業に就いて良心的に勤めた。二人とも父親像に取り憑かれていた。二人とも早世し、複雑で厄介な文学的遺産を残した。さらに、シュルツはカフカの翻訳者だったと(誤って)信じられている。最後に、カフカは人間が虫になる話を書いたが、シュルツは人間が次々といろいろな虫になるだけでなく甲殻類にもなる話を書いた。(甲殻類となった父ヤクブは女中によって熱湯に投げ込まれるが、誰もそのゼリー状のかたまりを食べられない。)

シュルツが自分の著作について述べたことを見れば、これらの類似がいかに表面的かがはっきりするはずだ。彼自身は、恐れ、妄想、気違いじみた栄光に満たされた幼年期の意識の再創造、あるいはおそらく創作を志向している。また彼の形而上学は物質の形而上学である。これらはカフカの中にはまったくない。

ユゼフィーナ・シェリンスカによる『審判』の翻訳のためにシュルツが書いた後書きは、その鋭敏さと警句の力で注目に値するが、カフカをシュルツ的圏域に引き寄せて、カフカをシュルツの先駆者にしようとする点でいっそう印象深い。

「平行的で分身的(かつ代用的でもある)現実の創造というカフカの方法は、間違いなく先例がない」

とシュルツは書く。「カフカが現実のリアルな表面を見抜く鋭さは並大抵でない。彼は現実の見せる身振り、出来事、シチュエーションの持つ外的なテクニーク、それらの歯車の噛み合わせ、編み込みを言わば暗記している。しかし、それは彼にとって根のない取り外しの利く表皮であって、彼はそれをデリケートな膜のように剝がし、おのれの超絶的な世界に貼りつけ、己の現実に移植するのだ。」

ここでシュルツが記述している手続きはカフカの核心には達しないが、それなりに見事に表現されている。しかし彼はこう続ける。「現実に対する彼の対応は徹底してアイロニックで油断なく悪意に満ち、自分の装置に向ける奇術師の態度である。彼はその現実の正確さ、威厳、張りつめた精密さだけを伴《よそお》う、そうすることでさらに徹底して現実の面目を潰してやるためである。」突然シュルツは実際のカフカを離れて、別の種類の芸術家を描き始めている。それは彼自身がそうであるところの、またそう見られたいと思うような芸術家である。カフカを自分のイメージで作り変えようとするなど、自分の力によほど自信がなければできなかったろう。（CW, p. 349〔I四八六頁〕）

シュルツが二冊の本で創造する世界は、驚くほど歴史に汚染されていない。第一次世界大戦とそれに続いた混乱はまったく影を落としていない。たとえば短編「死んだ季節」には、ユダヤ人商店の丁稚たちにからかわれる裸足の百姓が出てくるが、その息子たちが数十年後同じ店に戻ってきて、店を荒らし、丁稚たちの息子や娘を叩きのめすだろうなどという暗示はない。

シュルツは幼年期に蓄えた準備資金を永久に糧にし続けることはできないと意識していた節がある。一九三七年の手紙で自分の精神状態を記述しながら、彼は、深い眠りから引きずり出されつつあるように感じていると言う。「私の内側の経路の特殊性は私を密封し、世界の割り込みに対して私を無感動に、無気力にさせた。いまや私はいわば二度目に世界へ向けて自分をひらく、こうして、なにもかもがうまく運ぶはずだ――どこへ導くかは神のみぞ知る危ない催しを控えているかのような、この不安と精神的な怯みとがなければ。」（CW, p. 408〔II二〇九頁〕）

彼が最も明確に広い世界と歴史的時間に向き合った短編は「春」である。若い語り手は切手帳に初めて出会い、この燃える本の中で、また彼がその存在を思いつきさえしなかった土地――ハイデラバード、タスマニア、ニカラグア、アブラカダブラ――のイメージの行進の中で、ドロホビチの外の世界の美が突然姿を現す。魔法のような充溢のただ中で彼はフランツ・ヨーゼフが描かれた切手に遭遇する。散文の皇帝（ここで語りの声はもはや子供の声という見せかけをかなぐり捨てている）、裁判所と警察署の空気を吸うのに慣れたひからびて退屈な男。こんな支配者の国の出身であるとは何たる汚辱！　颯爽としたマクシミリアン大公の臣下である方がどれほどよいことか！

「春」はシュルツの最も長い作品で、語りの線を発展させようと、つまりもっと伝統的な種類の物語作者になろうと最も努力を傾けた作品である。その基礎は探求の物語で、若い主人公は切手帳をモデルにした世界の中に最愛のビアンカ（細いむき出しの脚をしたビアンカ）を探し求めるのだ。だが語りは紋切型で、しばらくすると歴史ドラマのパスティーシュへと衰弱し、消えてしまう。

けれども半ばあたりで、彼がでっち上げている物語に関心を失い始めるまさにそのとき、シュルツは眼を内面に向け、自分が物を書く過程に関する四ページにわたる濃密な考察を開始する。それは没我状態で書かれたとしか想像できないもので、神話が神聖な力を獲得する地下の地床のイメージを最後にもう一度展開した哲学的狂詩である。私と一緒に地下に来なさい、と彼は言う。言葉が崩壊しその語源に回帰する根源の場所、追憶の場所へ。そして、さらに深く旅するのだ、底の底へ、「まっ暗い基盤、〈母親たち〉のところ」、まだ生まれていない物語の領域へと。（CW, p. 140〔I二〇二頁〕）

これら地下の深みで眠りの繭から最初に翼を広げる話はどれか。それは彼自身の精神的存在の二つの創成神話の一つであることが判明する。つまり、親が闇の甘いそそのかしから子供を護ってやれない「魔王」の話である。母親の口から幼いブルーノに、彼の運命は親の胸を離れて夜の領域に入ることだと宣告した話である。

シュルツは自分の内面生活の探究者として比類ない才能に恵まれていた。内面生活とは同時に、幼年期の内面生活の回想であり、彼自身の創造の作動過程でもある。前者からは彼の作品の魅力と新鮮さが、後者からは知的な力が生じる。だが、この井戸を永遠に汲み続けることはできないだろうと感じた彼は正しかった。どこか別の場所から霊感源を刷新せねばならなかった。一九三〇年代末のうつ状態と不毛は、まさに彼の準備資金が尽きてしまったという認識から生じたのかもしれない。『サナトリウム』以降の四つの作品のうち、一つはポーランド語ではなくドイツ語で書かれているが、これらに刷新が成し遂げられたことを示すものは何もない。『メシア』のために新しい霊感源を見出せたのかどうかは——フィツォフスキの願望にもかかわらず——決して分からないだろう。

視覚芸術家としてのシュルツは、技術的、情緒的射程は狭かったが、才能には恵まれていた。特に初期の『偶像讃美の書』は、マゾヒスティックな妄想の記録として興味深い。うずくまった小人のような男たち——その中にシュルツ自身も認められる——が、細いむき出しの脚をした傲然たる娘たちにひれ伏している。

シュルツの描く娘たちのナルシシスティックな挑戦の背後にゴヤの絵《裸のマハ》を探知することができる。表現主義の影響、特にエドヴァルド・ムンクのそれも強い。ベルギーの画家フェリシアン・ロップスの暗示もある。シュルツの小説における夢の重要性から見ると奇妙なことだが、シュルレアリストは彼の絵画に何の痕跡も残していない。むしろ、成熟するにつれ、皮肉な喜劇の要素が強くなっていく。

シュルツの絵画に出てくる娘たちは、『肉桂色の店』の家庭を牛耳る女中アデラの同類である。彼女は片脚を伸ばし、足を崇めさせることによって語り手の父親を子供じみたものにしてしまうのだった。小説と絵画は同じ宇宙に属していて、実際いくつかの絵は小説の挿絵として描かれた。だがシュルツは、限定された野心の産物でしかない自分の美術作品が、小説と同じレヴェルにあるなどと主張することは決してなかった。

フィツォフスキの本はシュルツの絵画の一部を含んでいる。より多くの絵画作品が彼の編集した英語版『全集』で見られる。現存するすべての絵画は、アダム・ミツキエヴィチ博物館が出版した美しい二か国語版に複製されている。[6]

6 Bruno Schulz, *Drawings and Documents from the Collection of the Adam Mickiewicz Literary Museum* (Warsaw, 1992).

ユダヤ人作家イレーヌ・ネミロフスキー

イレーヌ・ネミロフスキーと言えば、彼女が移住したフランスと同様、英語圏でもやはり『フランス組曲』が名高い。多数のパートからなるこの未完の小説は、作者の死後約六十年も後の二〇〇四年にようやく出版された。生前最も知られていた作品は初期の小説『ダヴィッド・ゴルデル』（一九二九）である。この小説は、出版社によって抜け目なく宣伝され、ただちに舞台と映画に翻案されたため、商業的に大成功を収めた。

ネミロフスキーはその後の短いキャリアにおいてそのような金運に恵まれることは二度となかった（彼女は最終解決〔ホロコースト〕の犠牲となり、三十九歳の若さで死んでいる）。たくさん書き、本も売れたが、実験的モダニズムが重視された時代にあって、彼女の作品は形式が伝統的過ぎたため批評の前線で注目されることはなかった。戦後は忘却された。一九七八年、ジェルメーヌ・ブレが一九二〇年から七〇年までの半世紀のフランス文学を概観する権威ある本を出版したとき、ネミロフスキーは百七十三人の作家の中に選ばれなかった（もっともコレットも入っていない）。フェミニスト批評家たちでさえ彼女を無視した。

『フランス組曲』――その原稿は驚くべき幸運で戦争を生き延びた――が出版されると状況は一変

した。前例を無視して、ネミロフスキーには死後にルノードー賞が授与された。『フランス組曲』は批評界で重視され、またベストセラーにもなった。出版社はあわてて彼女の作品群を再刊し始めた。そのほとんどはサンドラ・スミス訳で英語でも読めるようになっている。

多数の登場人物と広い社会的射程を持った『フランス組曲』は、ネミロフスキーがそれまで書いたどんな作品よりも野心的である。この小説で彼女はドイツによる電撃戦の時期、そしてその後占領された時期のフランスを凝視している。自分の時代の「凡庸さ」に「怒りもなく嫌悪もなく、ただ相応の哀れみ」をもって取り組んだチェホフの路線に自分は従っていると考えていた。また、準備のために『戦争と平和』を読み返し、登場人物の眼を通して歴史を間接的に表現するトルストイの方法を学んだ。[1]

『組曲』を構成するはずの四つか五つの小説のうち、最初の二つだけが実際に書かれた。二つ目の小説の主人公はリュシル・アンジェリエという若い女性で、夫は捕虜になっており、自分は割り当てられたドイツ軍将校を同居させねばならない。その将校ファルク中尉は、彼女を深く、また敬意を持って愛するようになり、彼女も応じようという誘惑に駆られる。名目上敵同士の彼女と彼は、政治と国家の差異を超越して、愛の名の下に独自の平和を築くことはできないのか。あるいは愛国主義の名の下に、彼女は彼を拒まねばならないのか。

敗北と占領によって急に生じたフランスの良心の危機に直面する作家が、その危機をこのようなロマンティックな枠組みで表現するのは、今日から見ると不可解かもしれない。なぜならフランスが巻き込まれた戦争は単に政治的差異が戦場にこぼれ出したものではなかったからである。それは、ある軽蔑された民族を地上から抹殺し、またその他の民族を奴隷化することを目的とした征服と絶滅の戦争でもあったのだ。

大量殺戮はもちろんファルクに与えられた仕事ではない。リュシルはヒトラーの遠大な計画についてさらに無知である。だがそれはほとんど問題ではない。もしネミロフスキーが、今度の戦争がいかに怪物的か、またそれが本質的に一八七〇年と一九一四年のフランスとドイツの戦争といかに違っているかを理解していたならば、きっと彼女は別のプロットを考案していただろうと思われる。それは、個人間で独自の平和が可能かどうかではなく、たとえば、名誉あるドイツ兵は政治上の主人たちの命令に背くべきではないか、また、リュシルのようなフランス国民はすべてを危険にさらしても仲間のユダヤ人を救う覚悟を持つべきではないか、といった問題を軸にしたプロットである。（興味深いことに、リュシルはある逃亡者を救うため命を危険にさらすのだが、その逃亡者はユダヤ人ではない――『フランス組曲』でユダヤ人の存在感は薄い。ファルクに関しては、ネミロフスキーは東部戦線でナチスドイツのために戦死させる構想を持っていた。）

ネミロフスキーが日記で書いているように『戦争と平和』は出来事の半世紀後に書かれたが、それと異なり『フランス組曲』は「燃え上がる溶岩の上で」書かれた。[2] それは占領を始めから、仮想上の終わりまでカヴァーする予定だった。最初の二つのパートで一九四一年半ばまで行く。次に何が起こ

1　Irène Némirovsky, *A Life of Chekhov*, trans. Erik de Mauny (London: Grey Walls Press, 1950), p. 71.
2　Olivier Philipponnat and Patrick Lienhardt, *La Vie d'Irène Némirovsky* (Paris: Grasset, 2007), p. 403.

るか――現実世界においてと同様、小説の中でも――もちろんネミロフスキーは予見できなかった。日記の中で彼女はそれを「神のみぞ知る」秘密と呼んでいる。[3] 彼女自身との関係で言えば、「神のみぞ知る」秘密とは、一九四二年七月に自宅からフランス警察に連行され、ドイツ当局に引き渡されて移送された、ということだった。数週間後彼女はアウシュヴィッツでチフスで死んだ。全体でおよそ七万五千人のユダヤ人がフランスから死の収容所に送られ、その三分の一が完全なフランス国民だった。

なぜネミロフスキー一家（イレーヌ、夫ミシェル・エプスタン、二人の娘）は、時間のあるうちにフランスから逃げなかったのか。帝政ロシアからの亡命者であるミシェルとイレーヌは、法律上、フランスに住む無国籍者であり、それゆえきわめて弱い立場にあった。けれども、一般世論が外国人に対して厳しくなり始め、フランス右翼の反ユダヤ主義者たちがドイツでの出来事に元気づいて騒ぎ始めた一九三〇年代半ばになってさえ、二人は正規の地位を得ようとはしなかった。一九三八年になってようやく彼らは努力して、帰化を申請し（それは、いかなる理由でか、認められなかった）、ユダヤ教の信仰を捨てカトリックに改宗する手続きをした。

一九四〇年半ばのフランス軍の降伏の後、彼らにはパリから、スペイン国境のすぐ近くのアンダイに移る機会があった。しかしその代わりに、ドイツが管理する地域の内部、ブルゴーニュ地方の村イシー＝レヴェックを選んだ。イシーで、反ユダヤ的な措置がきつくなると（ユダヤ人は銀行口座を凍結され、出版を禁じられ、黄色い星を着用しなければならなかった）、彼らは真実を理解し始めたかもしれない。だが完全な真実ではない（いわゆるユダヤ人問題の解決が大量殺戮による絶滅という形をとるという噂が占領地域の行政官に伝わり始めたのは一九四一年から四二年の冬であった）。一九四一年の終わりになってもなお、ネミロフスキーは、巷のユダヤ人に何が起ころうと同じことは彼女には起こらないと信じていた節がある。ヴィシー傀儡政権のトップ、ペタン元帥に宛てた手紙の中で、信頼できる外国人として自分には危害が加えられないよう嘆願している。[4]

イレーヌ・ネミロフスキーが自分を特殊例だと考えていた理由は大きく言って二つある。第一に彼女は人生のほとんどにおいてフランス人になりたいと心から願っていた。そして、政治的亡命者をかくまった長い歴史を持つが、文化的多元主義という観念は目立って拒否する国において、完全なフランス人であるということは、フランス語で書くロシア人移民でもフランス語を話すユダヤ人でもないということを意味した。最も子供じみた場合（部分的に自伝的な小説『孤独のワイン』を見よ）、彼女の願いは、ジャンヌ・フルニエのような名前の「本物の」フランス人女性として生まれ変わりたいという空想になった。（ネミロフスキーの若いヒロインたちはたいてい母親に拒絶されるが、過剰に母親的なフランス人家政婦にはかわいがられる。）

一九二〇年代、駆け出しの作家だったネミロフスキーの問題は、フランス語の才能はよいとして、フランスの文学市場で彼女が操った資本が、外国人という烙印を押されるような経験だったことである。昔のロシアの日常生活、ユダヤ人虐殺とコサックの襲撃、革命と内戦、それからもっと控え目だ

3　Irène Némirovsky, *Suite Française*, trans. Sandra Smith (New York: Vintage, 2007), Appendix I, p. 376.〔『フランス組曲』、野崎歓、平岡敦訳、白水社、二〇一二年、四八六―四八七頁〕
4　Olivier Philipponnat and Patrick Lienhardt, *La Vie*, p. 347.

が、国際金融のうさんくさい世界。こうして、キャリアを通じて、彼女は作家としての二つの自己の間を、時代の気分を感じながら、往復した。一つは純血種のフランス人——「ジャンヌ・フルニエ」——もう一つはエキゾティックな外国人である。彼女はフランスの女性作家として、非の打ちどころのないほどフランス的な感性を表現した、「本物の」フランス人家族についての本、外国人らしさをまったく感じさせない本を書いた。出版社がユダヤ人作家の出版にますます神経質になり始めた一九四〇年以降は、このフランス人としての自己が完全に優勢になった。

エキゾティックな自己の方は、活用するのに注意深いバランスが必要だった。フランス語で書くロシア人というラベルを貼られないよう、彼女はロシア移民たちから距離をとった。またユダヤ人と見なされないよう、進んでユダヤ人を嘲笑し風刺した。その一方で、ナタリー・サロート（旧姓チェルニャック）やアンリ・トロワイヤ（旧姓タラソフ）のようなロシア生まれの同時代作家と異なり、戦時中のユダヤ人作家の活動禁止で偽名を使わねばならなくなるまで、フランス綴りにしたロシアの本名で出版した。

ネミロフスキーがユダヤ人の運命を逃れられると思った二つ目の理由は、右翼に、いや極右にさえ有力な友人を作っていたからである。彼女の逮捕と自分の逮捕の間の数ヶ月間に、夫がまず連絡して介入を懇願したのはこれらの友人たちだった。彼は妻の立場を有利にするため、彼女が出した本の中に、役に立ちそうな反ユダヤ的言辞を見つけようとしさえした。これらの友人たちはみな彼女の期待を裏切った。主に彼らが無力だったからである。無力だった理由は、当時はっきりし始めていたのだが、ナチスがすべてのユダヤ人と言ったら、例外なくすべてのユダヤ人という意味だったからだ。

反ユダヤ主義者――半世紀前にドレフュス事件が明確にしたように、ドイツと同じくらいフランスでも社会のあらゆるレヴェルで影響力を持っていた――との彼女の妥協に関しては、特にジョナサン・ヴァイスによる伝記の中で徹底的に検証されている。[5] 私はそういう検証をここでもやろうとは思わない。ネミロフスキーはいくつかの深刻な過ちを犯したが、それらを修正できるほど長くは生きなかった。サインを誤読し、迫ってくる歴史の急行列車を避けられると、手遅れになるまで信じていた。彼女が残した多くの著作のうち、安心して忘れていいものもあるが、驚くほど多くがいまだに興味深い。フランス文学の正典に今迎えられつつある作家の発展の証言としてだけでなく、当時のフランスに対するつねに聡明で時にきわめて批判的なコミットメントの記録としても興味深いのだ。

イレーヌ・ネミロフスキーは一九〇三年にキエフに生まれた。父親は政府とコネがある銀行家だった。一人っ子だった彼女にはフランス人家政婦がつけられ、夏休みはコート・ダジュールで過ごした。ボルシェヴィキが権力を掌握すると、ネミロフスキー家はパリに拠点を移した。イレーヌはソルボンヌに入学し文学を専攻したが、勉学よりパーティーを好み、五年間をだらだら過ごした。暇なときには短編小説を書いた。興味深いことに、パリは国際的モダニズムの中心地だったのに、彼女が作品を送った雑誌は文学的、政治的に保守的だった。一九二六年彼女は自分と似た出自（ロシアのユダヤ人、父親が銀行家）のエプスタンと結婚した。

5　Jonathan Weiss, *Irène Némirovsky: Her Life and Works* (Stanford: Stanford University Press, 2007).

最初の長編を書くに当たり、ネミロフスキーは自分の家族的背景に強く依存した。ダヴィッド・ゴルデルはロシアの石油に特別な利権を持つ金融業者、投資家である。パリにアパルトマンを、ビアリッツに別荘を所有している。老いつつあり、心臓に疾患を抱え、そろそろ一線を退きたいと思っている。けれども背後から彼をガレー船の奴隷のように鞭打つ二人の女がいる。彼を軽蔑しおおっぴらに不倫をする妻と、車と男に金を浪費する娘である。彼が最初の心臓発作を起こすと、妻は医者に賄賂を送って大したことはないと言わせる。市場の変動で彼が破産すると、娘は性的な手管を使って、彼が最後にもう一度取引所で戦うためにふらふら出て行くようにさせる。

『ダヴィッド・ゴルデル』（一九二九）は、バルザックの『ゴリオ爺さん』に多くを負った、紋切型の人物と法外な情念の小説である。ゴルデル自身が無節操なビジネスマンの典型である。妻は外見に固執し、娘は自分の快楽追求に夢中で両親をほとんど人間と見なしていない。だがこれらの荒削りな素材がいくぶんか発展させられ、調整される。ゴルデルの妻とその長年の愛人――娘の本当の父親であってもおかしくない寄生虫的小貴族――の間には、ほとんど家庭的な愛情が垣間見える。娘はスペインで叙情的な性愛と美食を楽しむ一章が与えられ、快楽はそれ自体善だという彼女の主張にわれわれは説得される。そして巨人金融業者の風貌の下には、まず、死を恐れるが死を免れない男、次いでロシアのユダヤ人村出身の幼い少年が見て取れる。

この本の最後の部分はネミロフスキーが書いたものの中で最も感動的である。病気で死につつあるゴルデルは黒海の港で不定期貨物船に乗る。アメリカに行って金もうけをする夢を持つ若いユダヤ人に最期を看取られる。そこでゴルデルはフランス語とロシア語という仮面を捨て、子供時代のイディッシュ語に戻る。最後に見るヴィジョンの中で、自分を故郷に呼び戻す声を聞く。

『ダヴィッド・ゴルデル』には反ユダヤ的風刺が多く見られる。最後の部分でさえ反ユダヤ主義の世界観に引き寄せて解釈できる。つまり、コスモポリタンな表面の下で、ゴルデルの最も深い忠誠心は結局自分のユダヤ人性にあることが判明するというわけだ。一九三五年のインタヴューでネミロフスキーは、もしこの本を書いていたときヒトラーが政権を取っていたなら、「違う風に書いていた」だろうと認めている。だが、仮借ない競争、攻撃的な女性、身体の失調という三重苦と戦う、孤独で愛されないゴルデルへの同情を考慮すれば、この本を核心において反ユダヤ的と見なすのは難しい。ネミロフスキーもそう考えていたらしい。インタヴューで彼女は続けて言っている、書いた当時——つまり適切な政治的動機がない状態で——テクストを浄化したとすればそれは間違いだっただろう、「真の作家に似つかわしくない弱さ」だっただろうと。[6]

翻案など様々な形で実現した『ダヴィッド・ゴルデル』の成功に乗って、ネミロフスキーは女性作家として順調なキャリアを築いた。最盛期には、銀行の重役だった夫よりもかなり多くの収入を得ていた。夫婦はパリに広いアパルトマンを持ち、豪勢に使用人（女中、料理人、家政婦）を使った。有名リゾートで休暇を過ごしもした。だが経済関係の反ユダヤ的措置が効力を持つと、途端にそんなライフスタイルは維持できなくなった。一九四二年に移送されたとき夫婦は経済的にすっかり困窮して

6　Quoted in Alan Astro, 'Two Best-Selling French Jewish Women's Novels from 1929', *Symposium* 52/4 (1999), pp. 241ff.

いた。

『舞踏会』（一九三〇）はもっと小ぶりである。株でもうけたプチブルの成金、アルフレッド・カンプ夫妻が、パリの上流社会でのデビューを記念して大舞踏会を計画する。二人に愛されていない娘アントアネットには、二百人の選りすぐりの名士たちへの招待状を郵送する仕事が降りかかる。母親への憎悪に満ちたアントアネットは、ひそかに招待状を廃棄する。当日の夜になるがゲストは誰も来ない。使用人の面前で侮辱された両親の破滅をアントアネットは冷厳な喜びとともに見つめる。最後の場面で彼女は泣く母親を慰める振りをするが、内心では勝利に酔っている。

敵対する母娘はネミロフスキーの小説にしばしば登場する。母は、一人前の女性になることで自分を見劣りさせ、乗り越える怖れのある娘を抑圧する決意を固めており、娘は手持ちの武器を何でも使って反撃する。この題材を何度も繰り返す以上のことができないのは、おそらくネミロフスキーの作家としての最も顕著な弱点だろう。

『秋の蝿』（一九三一）は、『秋の雪』という題で英訳されている〔日本語訳も同じ〕が、後の小説『秋の火』と混同してはならない。この作品は、カリン家の忠実な乳母タチアナの晩年を扱っている。カリン家はロシアからひそかに移したかなりの財産を基に、フランスでの生活に楽に順応している亡命者である。革命の主な犠牲者として立ち現れるのは、ロシアの屋敷でのかつての暮らしが忘れられず、新しい環境に適応できないタチアナである。カリン家に軽視され、心の安定を失った彼女はある霧の朝、アパルトマンを出てセーヌ川で溺死あるいは入水自殺する。

この中編は大枠ではチェホフに負っており、また、同じような忠実な使用人に関するフローベールの冷徹な事実の物語「純な心」にはとりわけ多くを負っている。恣意的な終わり方を別にすると――ネミロフスキーの作品の終わり方は雑なことが多い、おそらく前の作品をきちんと終わらせる前に新しい作品を書き始める彼女の癖のせいだろう――これは完成度が高い作品で、古い忠誠心を、カリン家の若者が強く引きつけられる新しく軽い性風俗と対照させている。

『クリロフ事件』（一九三三）はテロリスト・グループのメンバーによる回想という形をとる。失敗に終わった一九〇五年の革命の少し前に、帝国の教育大臣クリロフ伯爵を派手に暗殺する目的で、彼の家庭に潜入した経緯が語られる。スイス人医師という仮面を付けて接近した語り手は、クリロフの二つの戦いを間近で観察するようになる。癌との戦いと、素性の怪しい彼の妻の過去を利用して彼を失脚させようとする政治的ライヴァルたちとの戦いである。

暗殺者であるはずの彼は徐々に、自分のターゲットの美質を理解するようになる。彼のストイシズム、愛する妻から離れないことなどである。爆弾を投げるときが来ても彼にはできず、同志が代わりにやらねばならない。逮捕され死刑宣告を受けた彼は国外に逃亡、後に帰国してソヴィエトの秘密警察で出世する。その間彼は国家の敵を良心の呵責なしに拷問、処刑する。その後追放されてフランスに逃れ、そこでこの回想録を書いている。

『西欧人の眼に』のコンラッドを強く匂わせる『クリロフ事件』は、ネミロフスキーの最も明確な政治小説である。（ネミロフスキーはイギリス人になったポーランド人コンラッドを、文化適応の成功例として意識していた。）中心的プロット――偽の医師である外国人がロシアで有数の権力を持つ男の親密な話し相手になる――は現実離れしているかもしれないが、うまく機能している。最も狭量な類の革命グループで育った暗殺者が徐々に人間化していく過程は見事に表現されている。ネミロフスキーはたっぷりとページを費やして彼の風変わりな道徳的進化をたどっているのだ。また、クリロフはちょっとしたヒーローに見えてくる。厳しいが廉直で、いじらしい虚栄心を持ち、個人的には軽蔑している君主に献身する複雑な男である。欠点にもかかわらず、彼はこの究極的には挽歌のような小説が支持する価値、つまり用心深い自由主義や西洋の文化を体現している。

ネミロフスキーが自分を明確にフランスの作家だと証明しようとしていた一九三九年から四一年までの小説の中で最も注目すべきなのは、第一次大戦前後の製紙業者の家族の運命を追った『この世の富』(死後の一九四七年に出版)と、戦間期のパリで自分勝手な夫に対処する女を中心にした『秋の火』(一九五七年出版)である。どちらも完璧にフランス的な設定で、外国人もユダヤ人も出てこない。どちらもフランスの状況を診断していて、一九四〇年の敗北に至るフランスの衰退は、政治的腐敗、ゆるんだモラル、アメリカのビジネス慣行の奴隷的模倣のせいだとしている。一九一九年に塹壕から戻った兵士たちが、国家再建の仕事を託されるのではなく、安易なセックスと気まぐれな富の誘惑にだまされたことで凋落は始まったと示唆しているのだ。これらの小説が支持する美徳は、ヴィシー政府が奨励した美徳と同じである。すなわち、愛国主義、忠誠心、勤勉、敬虔。

芸術作品としてはこれらの小説は傑出したものではない。ネミロフスキーのねらいには単に、ロジェ・マルタン・デュ・ガールやジョルジュ・デュアメルで知られる家族サーガという謹厳なジャンルでどの程度うまくやれるかを示すということもあった。これらの小説の長所は別にある。つまりネミロフスキーが普通のプチブルのパリ市民――彼らの家事、娯楽、小さな倹約と贅沢、とりわけ、人生の幸福《ボヌール》への穏やかな満足など――をどれだけよく知っていたかを示しているのだ。ネミロフスキーは周囲で進行中だった小説形式の実験からは遠かった。アメリカの同時代作家で彼女が最も評価していたと思われるのは、パール・バック、ジェイムズ・S・ケイン、ルイス・ブロムフィールドで、ブロムフィールドの『モンスーン』は『フランス組曲』第一部のモデルになった。

個人の運命に対して大きな力が与えるインパクトの記録として、これらネミロフスキーの最も「フランス的な」小説はやや義務的に自然主義になる傾向がある。彼女の書きっぷりが最も生気を帯びるのは、心理的葛藤が関わってくる場合である。たとえば『秋の火』のヒロインが、自分が送ってきた独身者としての生活に疑問を抱き始めるときがそれに当たる。結局自分の女友達が正しかったのだろうか。純潔は時代遅れ《デモデ》なのだろうか。自分は売れ残ってしまうのだろうか。

これら二つの小説においてネミロフスキーは、戦争の記述のような伝統的に男性的な形式も進んで取り上げているが、それを非常にうまくこなしている。また、都市からの脱出について――渋滞した道路、家財をうず高く積んだ車など――書いた長い部分は事実上、敗走する兵士とパニックする都市住民がドイツの進軍を逃れる『フランス組曲』の力強い冒頭部のリハーサルになっている。危険を前にした市民たちの自己中心性と臆病に対して、彼女は辛辣である。

どちらの小説も時間的に、第二次大戦の現在に、つまり『フランス組曲』の領域に延びてくる。明らかにネミロフスキーは、戦争の結末を知らなくても、展開しつつある出来事を記録し論評する役割を自分に課していた。登場人物から作者の考えを推定できるとするなら、彼女は『この世の富』の最もしっかりした人物アニェスの背後に立っているように見える。「建て直す。やり直す。生きるんだ」と彼女は言う。[7] 戦争は次々起こるがフランスは生き延びるというわけだ。ドイツによる占領に直面していたネミロフスキーの態度は、当然ながら、きわめて慎重だった。ドイツ人はほとんど登場しない。捕虜収容所に一年間入れられた後に解放されたフランス兵は、自分を捕らえた敵をまったく批判しない。

ネミロフスキーの最後の年のノートを見ると、ドイツ人に対してはるかに懐疑的な見方をしていたことが分かる。フランス人に対する態度も硬化していた。われわれに残された『フランス組曲』の原稿は、一定の注意深い自己検閲を体現していると結論づけてもよかろう。日記にはまた、読まれるのは死後においてのみだろうという予感も書きつけられている。

純然たるフランスの小説家として自己形成することは、ネミロフスキーの人生のプロジェクトの半面でしかない。彼女はフランス作家としての実績を積み上げる間に、ロシアのユダヤ人としての過去を掘り下げてもいた。ユダヤ人作家への弾圧が効力を持つ直前の一九四〇年に出版された『犬と狼』〔邦訳題『アダ』〕のヒロインは、ウクライナで育ったがパリに移住したユダヤ人の娘アダ・シンナーである。彼女はパリでその日暮らしをしながら、故郷の風景を絵に描いているが、それらはフランス人の趣味からすると「ドストエフスキー的」過ぎる感じがする。[8] 裕福な親戚と金融スキャンダルがからむ複雑なプロットの中で、結局アダはフランスから追放されることになる。バルカン半島のどこかで未婚の母として不安定な未来に彼女が直面する所でこの本は終わる。

『犬と狼』の中心には同化の問題がある。アダは二人の男の間で引き裂かれている。一人は、裕福なロシア系ユダヤ人一家の御曹司ハリーで、フランスの非ユダヤ人と結婚しているが、不思議な具合にアダに魅かれている。もう一人はアダと同じユダヤの村の出身の大将《マッハー》ベンで、「デカルト的」フランス人とは別の「狂気」の成分を自分たち二人は受け継いでいると信じている。[9] 彼女はどちらに従うべきか。彼女の心はどちらに傾くのか。おとなしく同化したハリーのような犬の方か、ベンのような狼の方か。

性欲はアダの決断とは無関係である。犬か狼か、いずれの未来を選ぶべきかを彼女に言う内面の声は、死にゆくダヴィッド・ゴルデルが聞いたのと同じ先祖の声である。その声は、ハリーのようにユダヤとフランスという二つの人種《ママ》にまたがった人々には未来はないと警告する。（同様に、『フランス組曲』のクライマックス的部分でリュシルは、ドイツ人のものにはなれないと彼女に告げる「仄暗い血潮のうねり」を感じる。[10]）意に反してハリーも同意せざるを得ない。同化した彼の自己は本物ではなく仮面なのだ。だが仮面を脱ごうとすると素面の肉も裂けてしまう。

---

7 Irène Némirovsky, *Les Biens de ce monde* (Paris: Albin Michel, 1947), p. 319.〔『この世の富』、芝盛行訳、未知谷、二〇一四年、二一四頁〕

8 Irène Némirovsky, *Les Chiens et les loups* (Paris: Albin Michel, 1940), p. 200.〔『アダ』、芝盛行訳、未知谷、二〇一五年、一三五頁〕「犬と狼の間 entre chien et loup」は黄昏時という意味があるので原題は二重の意味を持つ。

9 Némirovsky, *Les Chiens et les loups*, p. 150.〔『アダ』、一〇一頁〕

10 Némirovsky, *Suite Française*, p. 348.〔『フランス組曲』、四五〇頁〕

ネミロフスキーの作品の中でユダヤ人のアイデンティティの性質に最も直接的に迫っている『犬と狼』が書かれた当時のフランスの状況をここで考慮しておく必要がある。戦争前夜、フランスにおけるユダヤ人は約三十三万人で、そのほとんどが外国生まれで最近移住した者たちだった。最初のうち彼らは歓迎された——第一次大戦でのフランスの労働力の損失は莫大だったからだ——が、一九三〇年以降は、景気の悪化と失業率の上昇に伴い、歓迎ムードは反転し始めた。スペインにおけるフランコの勝利の後の五十万の難民の流入は、反移民感情を強化するだけだった。

フランスの反ユダヤ主義は社会階層にまたがって幅広く存在し、いくつかの要素から成り立っていた。一つはカトリック右派の伝統的な反ユダヤ主義。もう一つは人種に関する新興の疑似科学に依拠したもの。三つ目は、「ユダヤ的」金権支配を敵視するもので、社会主義左派の領分となった。そういうわけで、難民、特にユダヤ難民に対する一般の反発が強まったとき、彼らを擁護するために立ち上がるいかなる主要な政治集団も存在しなかった。

フランスですでに世俗化し同化していたユダヤ人たちもまた、東方からなだれ込んでくる貧しい同胞たちを不安な思いで見つめていた。そういう同胞たちは自分たちの言語、衣装、料理に固執し、独自の儀式を行い、政治的に分裂していた。フランスのユダヤ人の代表者は、新しく来るユダヤ人に対して、適応を拒否すると反ユダヤ主義をますます勢いづかせると警告したが、効果はなかった。「昔から同化していたフランスのユダヤ人にとっての悪夢が現実化した。異国的な東洋のユダヤ人の制御不能な流入は、彼ら全員の立場を危うくした」と、マイケル・マラスとロバート・パクストンは書いている。[11]

それゆえ『犬と狼』――『ダヴィッド・ゴルデル』よりも内容豊かで、野心的で、明確な作品だ――のユダヤ性への傾斜は、ネミロフスキー自身が同化を志向しフランス社会で快適な地位を占めていたことも考え合わせると、やや驚きである。部分的には偶然の結果だが、主に彼女の内奥の魂が命じたせいで、ネミロフスキーのアダ・シンナーは、当世風の昼間の郊外にいる飼いならされた犬ではなく、東洋の暗闇から来た狼を選択する。ほとんどの犬は、自分の出自を思い出したくないので、そういう狼から距離をおきたがるものだ。

主に革命時のロシアを舞台にし、一九三五年に出版されたがおそらく数年前に書かれていたと思われる『孤独のワイン』は母娘関係を追究したもので、ネミロフスキーは自由に実人生に依拠している。エレーヌ・カロルは才能ある、早熟な若い女性である。父親は古い武器をロシア政府に売って戦争でもうけている。母親ベラは美しいが落ちぶれた社交界の女である（「国も名も知らず、決して二度と会うこともない男をこの腕に抱いた、それだけが求めていたぞくぞくする身震いを私に与えてくれた[12]」。娘と対立するベラは、娘を出し抜き貶めることに血道を上げる（『舞踏会』の再演）。復讐するためエレーヌは母の愛人を奪おうとする。その過程でぐんぐん怪しい領域にさまよいこんでゆく。その男の腕の中で彼女は鏡に映る自分の顔を見る。「ぞっとするような好色で勝ち誇った顔、それは……若い母の顔

11　Michael Marrus and Robert Paxton, *Vichy France and the Jews* (New York: Basic Books, 1981), p. 366.
12　Irène Némirovsky, *Le Vin de solitude* (Paris: Albin Michel, 1935), p. 17.〔『孤独のワイン』、芝盛行訳、未知谷、二〇一八年、一〇頁〕

を思い出させた」[13]。

この変容に困惑した彼女は彼を捨てる。

あなたは私の子ども時代を通した敵よ。……あなたと一緒に幸せに生きるなんて絶対に無理だわ。私は私の母も家庭もまるっきり知らない人の側で生きたいの。私の言葉や国さえ知らない、どこでもいいからとても遠いところに連れ出してくれる人[14]。

『孤独のワイン』は部分的に小説、部分的に自伝的幻想だが、娘を性的なライヴァルにし、子供時代を奪って大人の情熱の世界にあまりに早く投げこんでしまう母親に対する告発が主になっている。『ジェザベル』(一九三六)は母親に対するさらにどぎつい攻撃である。ここではある年齢のナルシシスティックな社交界の女が、自分の公的イメージばかりを考えていて、自分が祖母になったことが知られるのがいやで、故意に十九歳の娘を出産時に失血死させる(何年も後、拒絶された孫は彼女をゆりに戻ってくる)。急いで書かれ、ふしだらな連中の生活をセンセーショナルに垣間見せる『ジェザベル』のような本を読むと、ネミロフスキーが当時の文壇から真面目に受け取られなかった理由が理解しやすくなる。

ネミロフスキーの実際の母親は、どう見ても、思いやりのない人物だった。一九四五年、両親を失った十六歳と八歳の孫娘が訪ねてきたとき、二人を泊めるのを拒んだ(「貧しい子には施設があります」と言ったと伝えられている)[15]。とはいえ、彼女の側の話を決して聞けないのは残念だ。

13 Némirovsky, *Le Vin de solitude*, p. 281.〔『孤独のワイン』、二〇四頁〕

14 Némirovsky, *Le Vin de solitude*, pp. 301-2.〔『孤独のワイン』、二二〇―二二一頁〕

15 Elisabeth Gille, *Le Mirador* (Paris: Stock, 2000), p. 421.

若き日のサミュエル・ベケット

一九二三年、十七歳のサミュエル・バークレイ・ベケットは、ロマンス諸語〔ラテン語から派生したフランス語、イタリア語、スペイン語など〕を学ぶためトリニティ・コレッジ、ダブリンに入学した。並外れた才能を発揮した彼を指導することになったのは、ロマンス諸語の教授トマス・ラドモウズ゠ブラウンだった。教授は、この学生の出世のために努力を惜しまなかった。卒業とともにパリの高等師範学校の客員講師という特権的なポストを確保してやったし、次いで母校トリニティ・コレッジにもポストを用意した。

ベケットは、トリニティで一年半、彼が言うところの「講義というグロテスクなコメディ」を演じた後、辞職しパリに逃げ帰った。[1] このように失望させられてもラドモウズ゠ブラウンは弟子への希望を捨てなかった。一九三七年になってもなお彼は、ベケットを学問の世界に戻そうとし、ケープタウン大学のイタリア語講師の職に応募するよう説得した。推薦の手紙にこう書いている。「誇張ぬきに申しますが、［ベケット氏は］イタリア語、フランス語、ドイツ語に関するしっかりした学識を持つばかりでなく、注目すべき創作の能力も持っています」。(pp. 524-5)

ベケットは、ラシーヌの専門家で現代フランス文学にも関心があったラドモウズ゠ブラウンに真率な親愛の念と敬意を抱いていた。ベケットの最初の本はプルーストに関する研究書（一九三一）だったが、この難解な作家の一般的な紹介を書くように依頼されていたにもかかわらず、この本はむしろ、教授を感心させようと躍起になっている優秀な大学院生の論文のように読める。ベケット自身がこの本に強い疑問を抱いていた。読み返して、友人のトマス・マグリーヴィーに、「一体何を言っているのかよく分からない」と告白している。「僕自身の一面、あるいは複数の面の混乱状態のゆがんだ、強引に作った等価物……がどうにかプルーストに結びつけられたようなもの……どうでもいい。僕は教授になんかなりたくない」。（p. 72）

大学教員としての生活でベケットを最も困らせたのは、教えることである。来る日も来る日もこの内気で寡黙な若者は、アイルランドのプロテスタント中産階級の子弟に教室で直面し、ロンサールやスタンダールが学ぶに値することを納得させねばならなかった。「彼はとてもそっけない講師でした」とよくできた方の学生の一人は回想している。「言うべきことを言うとすぐに教室を出て行きました……きっと自分を駄目な講師だと思っていたのでしょう。でも私はいい講師だと思っていたのでそれは悲しいことです。……残念ながら多くの学生が彼を駄目な講師だと思っていたでしょう[2]」。「また教えなければならないと思うとまいってしまう」と、ベケットは一九三一年、新学期が近づいたときトリニティからマグリーヴィーに宛てて書いている。「イースター休暇に給料が出たらすぐ

1 *The Letters of Samuel Beckett, Volume 1: 1929–1940*, eds. Martha Dow Fehsenfeld and Lois More Overbeck (Cambridge: Cambridge University Press, 2009), p. 53. 以下、*Letters* と表記する。

2 Quoted in Brigitte le Juez, *Beckett before Beckett*, trans. Ros Schwartz (London: Souvenir Press, 2008), p. 19.

にハンブルクに行こうと思う……そしてたぶん、ずらかる勇気が出るのを期待する」。(p. 62) その勇気を持つまでにもう一年かかった。「もちろん僕はおそらく、駄目になったポエニス《ママ》（「ペニス」とラテン語で罰を意味する「ポエナ」をかけている）の周りに尻尾を巻いて這い戻るだろう」と彼はマグリーヴィーに書いた。「あるいはそうでないかもしれない」[3]。

トリニティ・コレッジ講師がベケットが就いた最後の正規の職業となった。戦争勃発まで、また戦争中もある程度は、一九三三年に亡くなった父親の遺産に頼り、母親と兄からもときおり小遣いをもらいながら糊口をしのいだ。機会があれば翻訳と書評を引き受けた。一九三〇年代に出版した二冊の小説——連作短編集『蹴り損の棘もうけ』（一九三四）と長編小説『マーフィー』（一九三八）——は印税をほとんどもたらさなかった。彼はいつも金に困っていた。母親の戦略は、彼がマグリーヴィーに書いたところでは、「僕をきつい状態において、無理やり給与生活者にさせようというのだ。こう書いてみると思った以上に辛く感じられる」。(p. 312)

ベケットのような風来坊の芸術家は為替レートに注意するものだ。第一次大戦後のフラン安でフランスは魅力的な渡航先になっていた。ドルを送金してもらって生活するアメリカ人など外国人芸術家の流入によって、一九二〇年代パリは国際的モダニズムの総本山となった。一九三〇年代初めにフランの価値が上がると、一時的な滞在者は逃げ出し、ジェイムズ・ジョイスのような頑固な国外離脱者だけが残った。

芸術家の移動は、為替の変動とごく大雑把にしか関係していない。それでも、一九三七年にフランが新たに下落した後、ベケットがアイルランドを去ってパリに戻れると感じたのは偶然ではない。金の問題は彼の手紙に頻繁に出てくる。パリから出した手紙は、（ホテル、食事のための）十分な金があるかないかに関する不安なメモ書きで一杯である。飢えることはなかったものの、その日暮らしを上品にやっているに過ぎなかった。本と絵画が唯一の贅沢だった。ダブリンで三十ポンド借りてどうしてもほしかったジャック・バトラー・イェイツ――W・B・イェイツの弟――の絵を買った。ミュンヘンでは全十一巻のカント全集を買った。

彼が就くことを考えた職には次のようなものがある。事務職（父親の積算士事務所で）、語学教師（スイスのベルリッツ語学学校で）、学校教師（南ローデシアのブラワヨで）、広告コピーライター（ロンドンで）、民間航空のパイロット（空で）、通訳（フランス語と英語の間で）、田舎の屋敷の管理。もしオファーがあったならケープタウン大学のポストに就いた可能性がある（オファーはなかった）。ニューヨーク州の当時のバッファロー大学にも、もしオファーがあれば前向きに検討するとほのめかした（オファーはなかった）。

彼が最も憧れたのは映画関係の仕事だった。「モスクワに行ってエイゼンシュテインの下で一年働きたいなあ」とマグリーヴィーに書いている。（p. 305）「僕がプドフキンのような人の下で学びたいのは」と一週間後に続けている、「カメラの扱い方、編集の高度な特殊効果など。それらについて僕は積算と同じくらいほとんど知らない」。（p. 311）一九三六年に彼はセルゲイ・エイゼンシュテインに手紙を送る。

3　*Letters*, p. 99. *Poena* はラテン語で罰を意味する。

モスクワ国立映画学校への入学を検討していただきたくて……筆をとりました。……私にはスタジオでの仕事の経験がありませんので、当然ながら主な関心はシナリオと編集の方にあります。……私のことを貴校への入学に値する真剣な映画人と考えていただけますようお願い申し上げます。少なくとも一年間は滞在できると思います。(p. 317)

返事はなかったが、ベケットはマグリーヴィーに「たぶんじきに［モスクワに］行く」と知らせている。(p. 324)

スターリニズムの深い闇夜の中のソ連で脚本について学ぶという計画をどう捉えたらよいだろう。唖然とするようなナイーヴさ、あるいは政治へののどかな無関心? スターリンとムッソリーニとヒトラー、それから大恐慌とスペイン内戦の時代だったのに、ベケットの手紙に出てくる世界情勢への言及は片手の指で数えられるくらいしかない。

政治的にベケットが正しい位置にいたことは疑い得ない。あらゆる反ユダヤ主義者に対する彼の軽蔑は、ドイツから送った手紙に明確に現れている。「戦争が起きたら」と、彼はマグリーヴィーに一九三九年に伝えている、「僕はこの国のしたいことに従う」——「この国」とはフランスで、ベケットは中立国アイルランドの市民だったのにこう言ったのである。(p. 656) けれども、世界情勢をどのようにしていくべきかという問題はあまり彼の関心を引かなかったようだ。手紙を見ても、社会における作家の役割に関する思索は見当たらない。お気に入りのデカルト派第二世代の哲学者アルノルト・ゲーリンクス（一六二四―六九）から彼が引用する次の格言が政治的なものへの彼の一般的姿勢を表現している。*Ubi nihil vales, ibi nihil velis.* つまり、自分が力を持たない領域で希望や憧れを持ってはならない、ということだ。

ベケットが政治的意見をときおり吐き出す気になるのは、アイルランドが話題になるときだけである。J・B・イェイツに関するマグリーヴィーの論文で彼は怒りに駆られた。「このくらいの短さの論文にしては、政治的、社会的分析がやや長い」と彼は書いている。

君の関心は……イェイツという人物自身から彼を形成した力の方に移って行ったという印象を受けた。……でもたぶんそれは僕自身がどんな命題の一部であれ、「アイルランドの人々」のような語句を理解することが慢性的にできないせいでもある。あるいはそんな語句が少しでも芸術に関係しているとはまったく想像できないせいだ。……あるいは、それが、牧師や牧師に仕えるデマゴーグによって強制された幼稚なもの以外の思想と行動ができたためしがあるとは想像できない……あるいはそれが、かつてジャック・バトラー・イェイツという名の画家がいたことを将来気にかけることがあろうとは想像できない。（pp. 599-600）

マグリーヴィーは、家族を除けばベケットの最も親密で忠実な文通相手だった。ベケットの伝記作者ジェイムズ・ノウルソンはマグリーヴィーを次のように描写している。

キラリと光るユーモアのセンス……の持ち主で、小粋な身なりをした小柄な男だった。実質上無一文（しょっちゅうのことだった）のときでさえ、エレガントな雰囲気を漂わせていた。……ベケットが人見知りをして、無口で、孤独好きであったのと正反対に、マグリーヴィーは自信に満ち、おしゃべりで社交的だった。[4]

ベケットとマグリーヴィーは一九二八年にパリで知り合っていた。マグリーヴィーは十三歳年上だったが、二人はすぐに意気投合した。だが、各地を遍歴する二人のライフスタイルのせいで、たいてい手紙を通じてのみ連絡を取り合うことができた。十年間、彼らは定期的に、ときには毎週文通した。その後、理由は分からないが、文通は間遠になっていった。

マグリーヴィーは詩人、批評家で、T・S・エリオットに関する初期の研究書を出している。一九三四年に『詩集』を出版した後は、おおむね詩作は放棄し、美術批評と、後にはダブリンの国立美術館館長としての仕事に専念した。アイルランドでは最近彼に関する関心が再燃しているが、それは詩人としての業績にではなく、国際的モダニズムの実践をアイルランド詩の内向した世界に輸入する努力に関する関心である。マグリーヴィーの詩に対するベケット自身の感情は複雑だった。友人のアヴァンギャルド詩学は承認したが、カトリック的、アイルランド・ナショナリスト的傾向には慎重に距離をとった。

一九三〇年代のベケットの手紙には彼が見た美術、聴いた音楽、読んだ本に関するコメントがぎっしり詰っている。初期のもののいくつかは、単に馬鹿げていて、生意気な初学者のコメントと言うしかない――たとえば「ベートーヴェンの四重奏は時間の無駄だ」。(p. 68) 若い彼の軽蔑の鞭にさらされた作家の中にはバルザック(「『従妹ベット』の」スタイルと思想の陳腐さは途方もないので、彼は真面目に書いているのかパロディをしているのか分からない」)とゲーテ(彼の劇『タッソー』よりも「むかつくものを作るのは難しいだろう」)がいた。(pp. 245, 319) ダブリン文壇への介入を除けば、彼の読書は著名な古典に集中する傾向があった。イギリスの小説家ではヘンリー・フィールディングとジェイン・オースティンを好意的に評価した。フィールディングに関しては作者自身が物語に自由に姿を現す点が気に入った(ベケット自身が『マーフィー』で取り入れる手法だ)。アリオスト、サント＝ブーヴ、ヘルダーリンも評価した。

ベケットが熱を上げた文学者の中で意外なのがサミュエル・ジョンソンである。ジェイムズ・バリーによるジョンソンの肖像画の「狂った、おびえた顔」に強い印象を受けた彼は、一九三六年に、ジョンソンとヘスター・スレイル(今日では膨大な日記の作者として最も知られている)の関係を戯曲にしようと思い立つ。彼の関心を引いたのは、手紙が明らかにしているようにボズウェルの『サミュエル・ジョンソン伝』が描いている尊大な雄弁家ではなく、生涯にわたって怠惰と憂鬱と苦闘した男である。ベケットのヴァージョンでは、ジョンソンがずっと若いヘスターとその夫と暮らし始めたとき、

4　James Knowlson, *Damned to Fame* (New York: Simon & Schuster, 1996), p. 92.〔『ベケット伝』(上)、高橋康也ほか訳、白水社、二〇〇三年、一一九頁〕

すでに性的不能だったので、三人所帯の中で「プラトニックなジゴロ」になる他ない運命にあった。彼は最初は「愛するための道具なき愛人」であることの絶望を、次いで、夫が死んでヘスターが別の男と去って行ったがゆえの傷心を受忍する。(pp. 352, 397, 489)

「単なる存在も無よりははるかにましなので、人は苦痛の中でも存在したいと思うものだ」とジョンソン博士は言った。[5] ベケットが企画した戯曲のヘスター・スレイルは、何も感じないよりは希望のない愛に生きる方がいいと考える男を理解できず、したがってジョンソンの彼女への愛の悲劇的側面を認識できない。

表向きは自信に満ちているが裏では倦怠と憂鬱と格闘し、生きていることに意味を見出せないものの消滅することもできない男に、ベケットは明らかに自分と似た精神を見出した。けれども、このジョンソン・プロジェクトの最初の興奮が冷めると、彼自身の怠惰が干渉してきた。書き始めるまでに三年が経過した。そして第一幕の途中で企画は放棄された。[6]

ジョンソンを発見する前にベケットが同一化しようとした作家は、活発で生産的なことで有名なジェイムズ・ジョイス、シェム・ザ・ペンマン(『フィネガンズ・ウェイク』の登場人物)だった。彼自身が陽気に認めているように、ベケットの初期の作品は「ジョイスの匂いがぷんぷんする」。(p. 81) けれどもベケットとジョイスの間には少しの手紙しか交わされなかった。理由は単純だ。二人が最も親密だった期間(一九二八―三〇年、一九三七―四〇年)――ベケットがときおりジョイスの秘書役と雑役係を務めた期間――二人は同じ都市パリに住んでいたのだ。この二つの期間の間の時期、彼らの関係は緊張をはらんだので交際は途絶えた。緊張の原因は、ベケットにほれ込んだジョイスの娘ルチアに対する彼のあしらいである。ルチアが明らかに示した情緒不安定を警戒しながらも、ベケットは、やめておけばよかったのに、関係を発展させた。二人がとうとう別れたとき、ノーラ・ジョイス〔ジョイスの妻〕は激怒し、父との関係を維持するために娘を利用したとベケットを——ある程度もっともなことだが——責めた。

この危険なエディプス的領域から追放されたのはベケットにとっておそらく悪いことではなかった。一九三七年に、『進行中の作品』（後の『フィネガンズ・ウェイク』）の校正を手伝うために再び仲間に入れられたとき、巨匠に対する彼の態度ははるかに気楽で寛大なものになっていた。マグリーヴィーに彼は告白している。

> ジョイスは十五時間くらいの校正作業で僕に二百五十フラン払った。……その後で古いコートと五本のネクタイを追加した！　僕はそれを断らなかった。人を傷つけるより人から傷つけられる方がずっと簡単だからね。（p. 574）

それから二週間後に、再び書いている。

5　Quoted in *Letters*, p. 511, note 9.

6　ジョンソンを題材にした戯曲のためのノートはレディング大学に保管されている。現存する断片は以下の本の中に収録されている。Samuel Beckett, *Disjecta: Miscellaneous Writings and a Dramatic Fragment*, ed. Ruby Cohn (New York: Grove Press, 1984).

彼［ジョイス］は夕べ崇高だった。完璧な確信をもって自分の才能の欠如を非難していた。もう彼との交際に危険は感じない。彼はとても魅力的な人間に過ぎない。（p. 581）

このように書きつけた後、同じ日の晩に、ベケットはパリの通りで見知らぬ者と喧嘩をして刺された。ナイフは危うく肺を傷つけるところだった。結局二週間の入院が必要になった。ジョイス夫妻は、個室に移してやったり、カスタード・プリンを持ってきたり、この若い同国人に対してできる限りのことをした。この事件の報告はアイルランドの新聞にも載り、ベケットの母親と兄はパリに駆けつけた。思いがけぬ見舞い客の中には、何年も前に会っていたシュザンヌ・デシュヴォー＝デュムニールもいた。彼女はやがて彼のパートナー、そして妻となる。

戦前のベケットの文学作品生産量はかなり少ない――プルーストの研究書、自分で否認し生前に出版しなかった習作的長編小説『並には勝る女たちの夢』、短編集『蹴り損の棘もうけ』、長編『マーフィー』、一冊の詩集、いくつかの書評――が、活動は旺盛だった。ショーペンハウアーに関して言っている、「証明のアプリオリな形式にまったく無関心なまま、詩人のように読める哲学者を見出す……喜び」。（p. 550）彼はショーペンハウアーまで幅広く哲学を読んだ。ソクラテス以前の哲学者からショーペンハウアーまで幅広く哲学を読んだ。彼はまたゲーリンクスを集中的に研究し、彼の『倫理学』をラテン語原書で読んだ。彼の研究ノートは最近発見され、『倫理学』の新しい英訳の付録として出版された。[7]

トマス・ア・ケンピスを再読すると何ページも自己省察の文を書いた。ベケット自身のように宗教的信仰を欠いた人間（「僕は……超自然的なものへの能力も性向もまったく持ったことがないようだ」）にとってトマスの静寂主義が持つ危険は、逆説的にもキリスト的ではなく悪魔的な「孤立主義」を固めかねないことである。だが、トマスから超越的次元をすべて取り去って、彼を純粋に倫理的なガイドと見なすことは公平だろうか。ベケット自身の場合、倫理的規範は、悩ましい「汗と震えとパニックと怒りと悪寒と心臓の激発」から彼をどうやって救えるだろうか。

「何年も僕は意識的に、意図的に不幸だった」と、彼はマグリーヴィーに宛てた手紙を続けている。ここでの言葉の率直さは注目に値する（初期の手紙にあった暗号のようなジョークや偽のフランス語的表現は消えている）。

> 僕はますます孤立し、ますます仕事をしなくなり、他人と自分に対する非難を加速させた。……そのすべてにおいて、病的に思えることは何もなかった。惨めさ、孤独、無感動、嘲笑は優越性の指標の要素だった……。そんな生き方、あるいはむしろ生き方の否定がこんなにひどい身体的症状を表し始めてようやく、それはもう続けられないことが分かり、僕自身の中に病的なものがあることに気づいた。（p. 258）

7　Arnold Geulincx, *Ethics, with Samuel Beckett's Notes*, trans. Martin Wilson, eds. Hans von Ruler, Anthony Uhlmann, and Martin Wilson (Leiden: Brill, 2006).

ベケットがここで言及している危機、つまりひどくなった汗と震えは、一九三三年に訪れた。その年、父親の死の後で、彼の心身の健康が損なわれ、家族が心配するほどになったのだった。心臓の動悸に苦しみ、夜のパニックは兄が一緒に寝て落ち着かせてやらねばならないほど激しかった。昼は部屋に閉じこもり、壁に顔を向けて横たわりながら、しゃべることも食べることも拒んだ。

友人の医師が精神療法を勧め、母はお金を払うと言ってくれた。ベケットは同意した。精神分析はアイルランドではまだ合法ではなかったので、ロンドンに引っ越してウィルフレッド・ビオンの患者になった。彼はベケットより十歳ほど年上で、当時タヴィストック診療所の見習い療法医だった。一九三四年から三五年にかけてベケットはビオンに何百回も会った。彼の手紙からは、診療の中身に関してはほとんど何も分からないが、ビオンを気に入り尊敬していたことは明白にうかがえる。

ビオンはベケットと母親メイ・ベケットとの関係に集中して取り組んだ。ベケットは母親に対する鬱積した怒りで消耗していたが、他方で彼女との絆を断ち切れないでいた。ベケットはそれを、自分はまともに生まれなかったのだと独自に表現した。ビオンの導きで彼は晩年のインタヴューで「子宮内の記憶」と呼んだものへ退行した。「囚われ、閉じ込められ、逃げることもできず、出してくれと泣き叫んでも誰にも聞こえず、誰も耳を傾けてくれないという、あの感覚」[8]。

二年間の分析療法は、ベケットを身体的症状から解放したという意味では成功だったが、それらの症状はベケットが実家を訪れると再浮上する危険があった。一九三七年のマグリーヴィーへの手紙からは、まだ母親と穏やかな関係になっていないことがうかがえる。「僕は母にまったく何も望まない、いいことも悪いことも」と彼は書いている。

僕は母の野蛮な愛の産物だ。そして母か僕かどちらかがそれをついに受け入れるのはよいことだ。……僕は母に会いたくないし文通もしたくない。……電報が来て母の死を伝えたなら、僕は自分に間接的にでも責任があると考えて復讐の女神の願い通りにしてやるつもりはない。

　つまり、結局、僕はなんて駄目な息子なんだと言っているのと同じだ。それから、アーメン。

(pp. 552-3)

一九三六年に完成したベケットの長編『マーフィー』は、この慢性的な自己懐疑に取り憑かれた作家が、自分の創造性に一時的ではあれ真率な誇りを抱いた最初の作品だった（けれども、ほどなく彼はこれを「とても退屈な作品、丹精こめた、立派なものだが退屈」とけなすようになる）。これはロンドンの精神療法の経験と当時の精神分析文献を読んだ成果に依拠している。(p. 589) 主人公の若いアイルランド人は、世界から退却する精神的技法を探究していて、思いがけず自死して目標を達成する。軽い調子を持ったこの小説は、患者はより大きな世界に合わせる形でその世界と関わることを学ぶべきであるという療法の通説へのベケットなりの応答である。『マーフィー』において、またベケットの成熟期の小説ではなおさら、心臓の動悸とパニック発作、恐れとおののきあるいは意図的な忘却は、

8　Quoted in Knowlson, *Damned to Fame*, p. 171.〔『ベケット伝』(上)、二一七頁〕

われわれの実存的状況に対する完全に適切な応答なのである。

ウィルフレッド・ビオンはその後精神分析において顕著な業績を上げた。第二次大戦中は、前線での任務から戻った兵士のための集団療法を開拓した（彼自身が第一次大戦の戦場のトラウマを持っていた。「私は一九一八年八月八日に死んだ」と彼は回想録に書いている）[9]。戦後はメラニー・クラインの分析を受けた。彼の最も重要な著作は、分析医と患者の交渉の認識論についてのもので、それに関しては彼が「グリッド」と呼んだ奇妙な代数的表記法を考案した。だが彼は不合理な怖れや心の死を経験している精神病患者との仕事も続けた。

近年、文学批評家も精神分析家も、ベケットとビオンの関係、そして二人が与え合ったかもしれない影響に関心を寄せるようになっている。二人の間に実際何があったかに関する記録はない。それでも、ベケットがビオンから受けた類の精神分析――クライン派分析の祖形とでも言えよう――は、彼の人生における重要なエピソードだったと推論できる。それは、彼が苦しい症状から解放された（ように見えた）から、あるいは、母親から断絶するための一助となった（ように見えた）からという以上に、多くの意味で彼と知的に同等な対話者、尋問者、敵対者だった人物を通して、思考の新しいモデルと経験したことのない対話様式に直面させられたからである。

とりわけビオンは、ベケット――彼のデカルト派への傾倒は、私的で、不可侵で、非物理的な精神の領域という観念をいかに重視していたかを示す――に、純粋な思考に優先権を与えることを考え直すよう促した。ビオンのグリッドは、空想を精神活動において意味あるものと最大限評価するが、これは事実上、デカルト的思考モデルの分析的脱構築となっている。ビオンとクラインの精神の動物園の中で、ベケットはまた、彼の様々な地下世界に住まう、芋虫《ワーム》〔『名づけえぬもの』参照〕や壺に入った胴体のない首〔『芝居』参照〕などの人間の原型のような生物のヒントを得たかもしれない。

ビオンは、ベケットのような創造的人格が感じる、創造行為の準備段階として理性以前の闇と混沌に退行しようとする欲求に共感したようだ。ビオンの主要な理論書『注意と解釈』（一九七〇）は、患者に対する分析家の現前の様式を記述しているが、それはあらゆる権威と方向性も欠いていて、成熟期のベケットが彼を通して語る幻影的存在に対して取った態度と（ジョークを除けば）あまり変わらない。ビオンは書いている。


精神分析の実践に必要不可欠の心的状態に到達するために、私はいかなる記憶の行使も回避する。したがって記録は取らない。……もし私が患者が何をしているのか全く手掛かりがないと思い、解決の秘密は私が忘却したもののうちに隠されていると感じたい気持ちになっても、……想起したいというあらゆる衝動に抵抗する。

同様の手続きが欲望に関して取られる。すなわち、私は欲望を心に抱くことを回避し、心の中からそれを排除しようと試みる……

記憶と欲望の排除を通じて自分自身を「人工的に盲目に」［ビオンによるフロイトの句の引用］させることで……貫くような闇の矢を分析状況の暗い諸相に向けることが可能になる。[10]

9　Quoted in Mary Jacobus, *The Poetics of Psychoanalysis* (Oxford: Oxford University Press, 2005), p. 180.

★

一九三〇年代の十年間はベケットに閉塞と不毛を感じさせたかもしれないが、回顧的に見るなら、彼の内部の深い力がこの期間を使って、一九四〇年代後半から五〇年代前半にかけての創造力の大爆発の芸術的、哲学的——さらにたぶん経験的——基礎を築きつつあったことが分かる。ベケットは絶えず自分の怠惰を責めたが、大変な量の読書をした。だが彼の自己教育は文学的なものにとどまらなかった。一九三〇年代に絵画の恐るべき鑑賞家となり、特に中世ドイツと十七世紀オランダがお気に入りだった。六ヶ月旅行したドイツからの手紙には美術——博物館や美術館で、あるいは公的に作品を展示できない画家の場合は彼らのアトリエで、見た絵画——に関する記述が圧倒的に多い。これらの手紙は、「退廃芸術」と「美術ボルシェヴィズム」に対するナチスの攻撃が頂点に達していたころのドイツ美術界を間近から捉えている点で、特別な価値を持つ。

ベケットの美的自己形成《ビルドゥンク》における飛躍はドイツ旅行の間に訪れた。絵画との対話に入るのに言葉の媒介はいらないと悟ったのである。「かつて僕は絵が文学になるまでその絵に満足しなかった」と一九三六年にマグリーヴィーに書いている、「でも今はそういう必要はなくなった」。(p. 388)

ここでの彼の導き手はセザンヌである。セザンヌは自然の風景を「近づけないほど異質」、「原子の理解できない配列」と見なすようになり、その異質性に自分を侵入させない知恵を持っていた。セザンヌにおいては、「森への入口はもはやないし森との交渉もない。その広がりがそのままその秘密となり、コミュニケーションは成立しない」とベケットは書いている。(pp. 223, 222) 一週間後、彼はさらに洞察を深める。セザンヌは風景だけでなく――自画像から分かるように――「彼自身の中で作用する……生」とも自分が相容れないという感覚を持っている。ここにベケットの成熟期、ポストヒューマニストの段階の最初の真の音調が響いている。

アイルランド人サミュエル・ベケットが、現代フランス文学の巨匠の一人として生涯を終えることになったのはある程度偶然だった。子供のころ、フランス語と英語の両方を使うバイリンガルの学校に行かされたのは、彼が文学者になるための準備をするようにという両親の願いがあったからではなく、フランス語の格が社会の中で高かったからである。彼は語学の才能があったのでフランス語に秀で、勤勉に勉強した。そういうわけで、ドイツに住む従妹と恋に落ちたことを除けば、二十代でドイツ語を学ぶ強い理由などなかった。ところが彼は、ドイツ語の古典を読みこなせるだけでなく、硬いが正確な公式ドイツ語を自分でも書けるまでに学習した。同様にスペイン語も、メキシコの詩集の英訳を出版するくらいしっかり学んだ。

ベケットに関してしばしば問われるのは、なぜ主要な文学言語を英語からフランス語に変えたのかという問題である。この点でわれわれを啓蒙してくれるのが、ベケットが一九三六年から三七年にかけてのドイツ旅行で知り合ったアクセル・カウンという名の若者に宛てたドイツ語の手紙である。自

10　Wilfred Bion, *Attention and Interpretation* (London: Tavistock, 1970), pp. 55-6.〔『精神分析の方法II』、福本修、平井正三訳、法政大学出版局、二〇〇二年、二五二―二五四頁〕

分の文学的野心を語る率直さにおいて、この他人に近い人物に宛てられた手紙は驚くべきものである。マグリーヴィーに対してさえ彼がこれほど気安く自分自身を説明することはなかった。

カウンに対して、ベケットは言語をヴェールと見なし、現代作家がその彼方に行きたいのならそれを引き裂く必要がある、たとえ彼方にあるものが沈黙と無に過ぎないとしても、と書いている。この点で作家は画家と音楽家に後れを取っている（彼はベートーヴェンとその楽譜にある沈黙を引き合いに出している）。ミニマリスト的文体を持つガートルード・スタインは正しいが、ジョイスはかなり間違った方向、「言葉を神格化する」方向に動いている。（p. 519）

ベケットは、彼が期待する「無言語の文学」にとって、なぜ英語よりもフランス語の方がよい媒体なのか説明していないが、「公式の英語」、正式なあるいは洗練された英語を自分の野心に対する最大の障害だと特定している。（p. 518）一年後、彼は英語から離れ、フランス語で新しい詩を書き始めることになる。

パトリック・ホワイト『球形のマンダラ』

パトリック・ホワイトの最初の小説『幸せな谷』は一九三九年にロンドンで出版され、批評家たちに称賛された。オーストラリアでの反応はもっと控え目で、地方の生活の描写がおかしいとか、スタイルが不必要に難解だとか書評家は指摘した。二番目の小説『生者と死者』(一九四一)はまずアメリカで出版された。アメリカの出版社は強力に彼を支えようとした。ジョイス、ロレンス、フォークナーなど英語圏の偉大なモダニストの後継者だと予感したからである。しかしこの本はオーストラリアでは無視された。

三番目の小説『伯母の物語』(一九四八)が黙殺されるとホワイトは意気消沈し、何年も執筆しなかった。その後、神秘的啓示と思しき経験を経て彼は『人間の木』(一九五五)に取りかかった。

彼がそこで自分の中に再発見したオーストラリアの風景への愛着は、オーストラリアの社会にまで広げられることはなかった。社会の同調圧力、硬直した検閲システムと道徳に対する全般的な取り締まりに現れた事なかれ主義の精神、金もうけに一心不乱に没頭する中産階級、そういったものに絶望したのだ。芸術家と幻視家の小さな集団が、郊外の悪質な狭量さと外国人排斥にさらされる『古代戦車に乗る者たち』(一九六一)は、社会からの彼の疎外感を極端な形で表現している。

大衆が受け入れられない真実を語ることで嫌悪され、迫害され、追放される芸術家の孤独と苦悩はホワイトの作品で繰り返されるテーマである。最もよく知られた小説『フォス』〔邦訳題『ヴォス』〕(一九五七)は、彼が生きる糧としたロマン主義的神話を体現している。職業が探検家のヨハン・ウルリッヒ・フォスはオーストラリア大陸の禁断の奥地を探検し、そこで苦しみ死んでいく過程で、土地だけでなく人間存在の、そして人間の心の神秘への幻視的洞察を得るのだ。

孤独だがより高い運命のために選ばれたと自認する芸術家が、平等主義的エートスを自慢するオーストラリアに迎え入れられるなどということはほとんど期待できない。ホワイトの文業は祖国では認められなかった。イギリスでも同じだった。彼の散文の複雑な音楽と彼の思想の神秘主義的傾向が、戦後のイギリス小説の控え目な土着的リアリズムには疎遠だったのである。しかしアメリカでは、『人間の木』、『フォス』、『古代戦車に乗る者たち』によって、オーストラリアのウィリアム・フォークナーという評判を確保した。

ホワイトの作品は祖国では故意の冷淡さで遇されていたが、一九六〇年代には変化が訪れた。オーストラリアが文化的劣等感を振るい落とし、芸術においてイギリスからの一定の独立を主張し始めたのである。『古代戦車に乗る者たち』は広く読まれた。この時期以降、ホワイトは、愛されたとまでは言えないがしばしば称賛されるようになった。

けれどもホワイトの経歴のまさにこの時点で、影響力ある批評家たち、特にアカデミズム内の批評家たちが彼に関心を失い始めた。マルクス主義者にとって彼はエリート主義的な高等芸術を体現していた。文化的唯物論者にとってはあまりに観念的だった。フェミニストは女性嫌悪者だと感じた。ポストコロニアル批評家から見るとヨーロッパの正典と結託し過ぎていて、オーストラリア先住民の地位促進に無関心過ぎた。ポストモダニストは単なる時代遅れのモダニストと見なした。死後十年がたった二十世紀の終わりまでに、学校や大学でほとんど読まれることはなくなり、彼の名は国民の意識から消えていた。

それでもパトリック・ホワイトは、まず間違いなく、オーストラリアが生んだ最も偉大な作家である。『伯母の物語』以降のすべての小説は完全な達成の連続であり、凡作はない。彼自身は『伯母の物語』、『球形のマンダラ』（一九六六）、『トワイボーン・アフェア』（一九七九）を自分のベストとして挙げている。『フォス』を挙げなかったのは、おそらく、『フォス』の著者パトリック・ホワイトと認識されるのにうんざりしていたからだろう。

『球形のマンダラ』のウォルドー・ブラウンほど魅力に乏しい登場人物を思い浮かべるのは難しい。ウォルドーは嫉妬深く、意地が悪く、うぬぼれ屋である。自分は認められぬ文学の巨匠、隠れた天才だと確信しているものの、怠惰過ぎるか臆病過ぎて自分の中に宿っていると信じる傑作を書き始められない。人生において恵み深く寛大なものすべてに彼は疑惑と軽蔑のまなざしを向ける。公正で権威ある人物として自己呈示したいが、自分が笑い者になっていることには気づかない。現実の女性の身体的存在には嫌悪を感じるのに、ある若い女性に求婚し、断られると当惑する。自分が同性愛者であるという考えを一瞬たりとも抱かない。彼の過度の性的想像力の最も自然なはけ口は自瀆だ。

ウォルドーは大いに両親の子であり、二人の最悪の特質を体現している。つまり母親の社交における俗物性と父親の不毛な読書である。父親はドストエフスキーの『カラマーゾフの兄弟』を読んだ後、それを焼いてしまう。理由は説明されないが、イギリスで育ったことから彼が身につけたきちんとした合理的な宇宙観を切り崩しかねないからだろうと推測できる。ウォルドーはそういう父親の行為を完全に承認する。

子供時代のウォルドーは普通の意味で勉強がよくできるが、双子の兄アーサーは（数に関する不思議な才能を除けば）ついて行けず学校を途中でやめることになる。ブラウン家では、アーサーは世の中に対処できないので保護する必要があるという合意ができている。保護する義務はウォルドーにのしかかるが、彼はそれをいやいや遂行する。彼にとってアーサーは、否応なく引きずっていかねばならない湾曲足のようなものである。大人になると彼はアーサーを殺す妄想を抱く。双子の兄という重荷を取り除けば、安逸と快楽の人生へと彼は解放され、そこでは自分の優れた才能が認められ報いられるだろうと考えるのだ。しかし彼と兄とは、父親がシドニーの郊外遠くに建てたみすぼらしい小さい家の同じベッドに寝続ける。

『球形のマンダラ』のクライマックス（第三部の最後）は、双子の兄弟が六十歳をかなり越えたころに訪れる。自分は虚偽の人生を生きてきた、自分は天才ではない、天才あるいは少なくとも創造的な力が家族にあるとしたらそれはアーサーである、という事実に直面させられたウォルドーは、兄に襲いかかる。二人の間には抱擁か取っ組み合いかが起こる。アーサーは愛の精神で、ウォルドーは憎悪の精神でそれに参加する。双子の兄と組み合わさったままウォルドーは死ぬ。

あるレヴェルでは、『球形のマンダラ』は二人の非常に異なる心理構造を持った兄弟の親密な人生を描いた、完全にリアリスティックな物語である。二人はオーストラリアで完全に自信を持つことが決してないイギリス移民の子である。パトリック・ホワイトは、オーストラリア社会の多くの側面、特に精神の生活への敵意に対して批判的で、風刺的でもあった。彼は意味ある細部に鋭い眼を持ち、話し言葉に鋭い耳を持っていた。ディケンズを読んでいて、些細な特徴や言葉遣いの癖から喜劇的人物を創造するディケンズの技術の使い方を知っていた。『球形のマンダラ』は、二十世紀オーストラリアの変化する社会環境におけるある種の中産階級の運命を細かく描いた作品として読むことができる。ウォルドーとアーサーの父親ブラウン氏は、オーストラリアの国民的神話の基礎となる紋切型の一つを熱っぽく受け入れる。つまり、オーストラリアは影のない国だというものだ。『球形のマンダラ』を含めたパトリック・ホワイトの作品の多くが、オーストラリアの中の影、オーストラリアを覆う影を可視化しようとしている。このように、オーストラリアの陽気さに対する矯正として読むなら、『球形のマンダラ』は実際、嫌悪と絶望だけに駆り立てられたように見える非常に暗い本である。

だが、ホワイトがこの本にもっと大きな野心を抱いていたことを、注意深い読者なら誰でもすぐに意識するに違いない。彼がブラウン兄弟を双子にしたのは偶然ではない。ウォルドーの不毛な合理主義に、アーサーの不分明な形而上的熱望が対立している。また、身体とその欲望に対するウォルドーの堅苦しく臆病な態度に、人に触りたいというアーサーのしばしば不器用な衝動が対立している。（アーサーは最後まで童貞だが、女性たちとの親密で、実際肉体的な友愛関係を幅広く楽しむ。ホワイトの世界では、女性たちは男性たちよりも本能と直観に従って動く傾向がある。）さらにウォルドーの気難しい言語芸術（あまりに気難しいので筆をとるのもやっとである）に、アーサーの、パン生地とクリームを使った感覚的で愉快な手仕事が対立している。ウォルドーは自分をインテリだと思っているが彼の精神は閉じている。知ることへの衝動に駆られて人類の偉大な書物を熟読するのはアーサーである。互いのコピーであるどころか二人はこの上なく対立しているが、運命と、二人の内部にある深い力によって結びつけられている。

『球形のマンダラ』を書いていたときにホワイトが精読していた二人の著者があった。一人は『カラマーゾフの兄弟』のドストエフスキー、もう一人はカール・ユングである。

ほとんどの読者と同様、ホワイトも『カラマーゾフの兄弟』に圧倒された。だが、あの本でドストエフスキーが取り上げた主題、特に答えてくれるかどうか分からない、存在しているかどうか分からない神へ向かう人間の衝動――従ってもよいし拒否してもよい衝動――という主題は、ホワイトもまた作品ごとに向き合うことを余儀なくされたものだった。なので、特に『球形のマンダラ』において、ホワイトはドストエフスキーと対話しながら書いていると言ってもよいくらいである。

ホワイトのユングとの関係はかなり違っている。彼は、ウォルドーとアーサーの物語に使える洞察を求めてユングの著作――それはとりわけ秘教的知識の宝庫である――をあさった。ユングの中に彼は次の一節を見つけた。市立図書館でアーサーが発見し考え込む一節である。「太陽の下を歩く者に影がずっと付いて回るように、われわれの両性具有のアダムは、男性の形態を持っているように見えるけれども、イヴあるいは彼の中に隠された妻をつねに連れ歩いているのである[1]」。

アーサーはすぐに（そして正しくも）自分が両性具有のアダムだと考えるが、隠れたイヴを自分が親しい女性たちの誰かだと（誤って）考えようとする。象徴を厳密で明瞭な仕方で使うのはホワイトのやり方ではないが、アーサーは、双子の弟を自分の真のイヴと見なした方がよかったかもしれない。なぜなら、最も抽象的なレヴェルでは『球形のマンダラ』は人間の心についての本であり、ホワイトが考える人間の心においては、意識と無意識、男性と女性、湿ったものと乾いたものなど様々に呼ばれる二つの争い合う原理は、実のところ、変幻自在な外観をまとうものだからである。

ウォルドーは兄の保護者だと教えられているが、アーサーは二人の関係をかなり違った風に見ている。ウォルドーを保護しなければならないのは自分アーサーである、なぜならウォルドーは読書の世界に溺れていて、本当の世界に対処するのに必要な柔軟性を欠いているからだ、と。ウォルドーと違ってアーサーは保護の義務を愛でもって遂行する。それは学校で燃える天使のごとく現れてウォルドーをいじめっ子から救済したときに始まり、あらゆる努力にもかかわらずウォルドーを自分自身から救うのに失敗した――ウォルドーは取り返しのつかぬ仕方でドストエフスキー的な断罪された魂になってしまった――という身の毛のよだつ認識に達した、二人の共同生活最後の日まで続いた。

まだ思春期だったころアーサーは「全体性」という言葉に出会い、無邪気に父にその意味を尋ねる。狭量な合理主義に閉じ込められたブラウン氏は説明することができない。けれども、アーサーは、自分では気づかないが、その答えを彼のポケットの中に持っている。マンダラ（サンスクリット語起源の言葉である）は、宇宙、全体性を表す古代の象徴である。それは円に囲まれた正方形で、その四辺

1　Patrick White, *The Solid Mandala* (London: Penguin, 1969), p. 281.

は四つの神あるいは宇宙の力と同一視される。アーサーが持っているビー玉《マーブル》の中に四つのマンダラ——円ではなく球なので球形のマンダラだ——がある。そのそれぞれの中心には秘教的、神秘的な模様がある。彼のお気に入りのビー玉《マーブル》は中心に結び目がある。

（「マーブルを失う」は気が変になるという意味の慣用句である。どう見ても知的障害があると思われるアーサーがいつもビー玉《マーブル》を持っているのは、この本の中心的アイロニーである。）

アーサーの人生をかけた探求の中に、四つのマンダラの四人の正当な持ち主（聖なるものの四つの具現）を探し出すことがある。ウォルドーはその一人であることが分かるが、ターミナス・ロードのブラウン家の一番近い隣人もそうだ。その人ポウルター夫人はホワイトの神秘的唯物論の多くを体現している。オーストラリア生まれの労働者階級の普通の女性で、まったく知性がなく、どんな気取りもなく、世俗的に生きている。だが、彼女の手にかかると、水を持ってくるとか食事を準備するとかいった日常の俗事が神聖なものになるのだ。この本のすばらしい場面の中で、アーサーはポウルター夫人のために黄金のマンダラを踊る（なぜなら、彼は読書から学んだのだが、神秘は、言語という合理的媒体よりも、ダンスという身体的、直観的、非合理な媒体を通しての方が容易に探究できるからである）。

散文芸術家としてのホワイトの頂点を示すこのダンスの場面で、アーサーはこの本の真の精神的主人公として確立されるが、同時にホワイト自身にとっての悲劇的逆説も露わになる。それはつまり、彼が実践する芸術では人生の神秘の核心に行き着けないということだ。われわれを導くのは、作家ではなくダンサー、聖なる愚者であり、そのダンスはダンスによってのみ実践できるのであり、言葉によっては外部からしか実践できないのだ。ウォルドーは憎むべき人物だが、作家つまりパトリック・

ホワイトをこの本で象徴しているのはアーサーではなく彼である。ホワイトが次に出版した小説『生体解剖者』の主人公が作家ではなく画家なのは偶然ではない。その画家の芸術は、彼が年をとるに連れてますます狂気じみた反社会的なものになり、彼の心の深い所にある謎めいた形態を探究するようになる。

悪臭を放ち、一部が切断されたウォルドーの死体が発見され、ブラウン家が崩壊した後、アーサーは最後の助けを求める。ポウルター夫人に、彼の方が年上であるにもかかわらず、彼女が持たなかった息子として自らを差し出すのだ。理想世界では彼女はこの贈り物を受け入れたかもしれない。なぜなら彼女は、この本の中で魂が神聖なものに開かれた数少ない選ばれた人の一人だからである。けれどもわれわれの世界においては、彼女もアーサーも知っているように、これは可能でないし、「現実的」でない。そこでわれわれは彼に関して次のような望みを持つしかない。入ることになるだろう、「桃と梅」と婉曲に呼ばれる知的障害者のための施設で、彼にふさわしい――すべての神の子にふさわしい――愛に満ちた看護を受けること。だがそれもまた現実的な望みではない。

ソール・ベロウの初期小説

二十世紀後半のアメリカの小説家の中で、ソール・ベロウは巨人の一人として、いやおそらく唯一の巨人として屹立する。彼は一九五〇年代前半（『オーギー・マーチの冒険』）から一九七〇年代後半（『フンボルトの贈り物』）まで大活躍し、二〇〇〇年になってもまだ注目に値する小説（『ラヴェルスタイン』）を出していた。二〇〇三年、彼がまだ生きている間に、ライブラリー・オヴ・アメリカは彼を正典の仲間入りさせた。最初の三つの小説——『宙ぶらりんの男』（一九四四）、『犠牲者』（一九四七）、『オーギー・マーチの冒険』（一九五三）——を再刊し、その後の作品の再刊も予告したのである。[1]

『宙ぶらりんの男』と『犠牲者』は批評家に好意的に迎えられたが、いずれも着想がヨーロッパ的な、かなりの文学的努力の所産だった。大衆にも受けたのは、騒々しく長大な『オーギー・マーチ』が初めてだった。

主人公オーギー・マーチは、一九一五年——ベロウ自身の生年——ごろに、シカゴのポーランド人地区のユダヤ人一家に生まれる。父親は登場せず、その不在もほとんど言及されない。母親は悲しげな影のような人物で、盲目同然である。兄、弟が一人ずついるが、弟は知的障害を持つ。一家は、社会福祉とロシア生まれの下宿人ローシュばあさん（血縁関係はない）の家賃に頼って、不正も犯しながら何とか生きている。ばあさんのためにオーギーは図書館から本を借り（「ロマンと書いてなければ要らないって、何度言って聞かせなくちゃいけないんだい？……いやはや《ボーゼ・モイ》！」）、彼女からちょっとした教養を身につける。（p. 392〔『オーギー・マーチの冒険』、渋谷雄三郎訳、早川書房、一九八一年、（上）一五頁。以下、引用の後に同書の頁数を記す。〕）

マーチ家の男の子たちを実質的に育てるのはローシュばあさんである。彼女の甘い願望――彼らの一人が天才だと判明し、そのキャリアを彼女が管理する――が打ち砕かれると、彼らを善良な店員にすることにねらいを定める。だが、彼らは粗暴で無作法な男たちに成長し、彼女はがっかりする。実際は、もっと悪い。地域の他の少年たちと同様、オーギーはつまらない犯罪を犯すようになる。だが犯罪者として生きるには良心的過ぎる。初めて強盗の片棒を担いですっかり惨めになり、ギャングから離脱する。

われわれが今読んでいる物語を彼が紙に書きつけている三十歳代半ばの視点からこうした少年時代を回想して、オーギーは、詩人たちの描く「羊飼いのシシリー島」ではなく「大都市の深い焦燥感」の只中で育つことが自分にどんな影響を及ぼしたかを考える。（p. 477〔（上）一〇八頁〕）彼はそんな問いに頭を悩ます必要はない。彼の人生についてのこの本の最も力強い部分は、スペクタクルと社会経験に富んだ都会の子供時代を強烈に生き直すことで成り立っているのだから。今日のアメリカの子

1　Saul Bellow, *Novels 1944–53* (New York: Library of America, 2003).

供たちでこういう経験ができる者はほとんどいない。

大恐慌時代の若者となったオーギーは犯罪社会の周縁をさまよい続ける。その道のプロに習って本を万引きし、シカゴ大学の学生に売りつける。だが彼の良心は大して傷つかない。本の盗みは特殊な例、窃盗の無害な形態だと正当化するのだ。

埋め合わせとなる肯定的な影響もある。たとえば彼を雇う父親的人物がハーヴァード古典叢書のやや汚れたセットをくれたりする。オーギーはこれをベッドの下の木箱に入れ、気が向いたときに拾い読みする。後に彼は裕福な素人学者の研究助手にもなる。こうして、大学にはまったく行かないのに〔実際は断続的に大学に通う〕、彼の読書遍歴はあれやこれやの仕方で継続する。また彼の読書はシカゴ大学の基準から見ても高級である。ヘーゲル、ニーチェ、マルクス、ヴェーバー、トクヴィル、ランケ、ブルクハルト、そしてもちろんギリシア、ローマの古典と教父たち。小説家《ロマンシェ》はない。

オーギーの兄サイモンは、活力と欲望に満ちた男である。彼は俗物ではないが、オーギーの読書が自分の計画の主たる障害になっていると指摘する。その計画とは、オーギーが金持ちの女と結婚し、夜学で法律を学び、炭鉱事業で彼のパートナーになるというものだ。サイモンに従って、オーギーはしばらく、二重生活を送る。昼間はずっと炭鉱で働き、夜は成金たちのサロンにめかしこんで出かけるのだ。

サイモンの保護の下、オーギーは豊かな暮らし、特に高級ホテルの優雅な快適さを初めて味わう。「その壮大さに、ただ押し潰されるのはご免だ」と彼は書く。

しかし……最後に偉大になるのはこうしたもの
なのだ――ひねればまちがいなくお湯が出てくる無数の浴室、巨大なエアコン装置、精密機械類。これらに対抗する偉大さは許されない。これらを使うことによってこれらに奉仕しようとしない、あるいはこれらを享受したくないという意志表示によってこれらを拒絶する人間――こういうのが、人騒がせな、邪魔な人間ということになる。（p. 656〔(上) 三〇七頁〕）

これらに対抗する偉大さは許されない。オーギーは十分に明敏で実際的なので、偉大なアメリカのホテルに現れた力を拒否するものは誰でも、いかにハーヴァード古典叢書の権威を笠に着ようと、自分を片隅に追いやってしまう危険を冒すことを知っている。今書いているのは人生の総括ではなく中間報告であるという理由で、オーギーは、シカゴのホテルとそれが象徴する未来に賛成か反対かを言うのを拒む。彼はまた、事実上、判断を下す力がないことを弁明する。「しかしそれならば、人はどうやって、反対することにし徹底的に反対を続けよう、という決定をするのか？　いつその決定を選択し、逆に自分が選択されてしまうのか？」（p. 656〔(上) 三〇七頁〕）

オーギーの用心深い態度は、一八九三年のシカゴ万博の前のヘンリー・アダムズの態度と似ていなくもない。そしてアダムズ自身、ローマの廃墟を前にしたエドワード・ギボンの亡霊をアイロニカルに喚起している。「シカゴは一八九三年にはじめて、アメリカの人びとはどこへ運転していっているのか知っているのかどうかという質問をした」とアダムズは書く。その答えは、ノーであるように彼には思える。しかしアメリカ人はまだ、目的地が完全に分かる地点に向けて「無意識に操られ、また流されている」のかもしれない。観察者にとって――特に自分がアメリカ人である観察者にとって――最も賢明な立場は、まったく立場を持たないで、単に見て待つことだろう。[2]

オーギーのそばにいるもう一人の存在は、ものものしい思索ととりとめのない言語の比率が増すにつれ感じられるのだが、ベロウの偉大な先行者としてシカゴの生活を記録したシオドア・ドライサーである。キャリー・ミーバー（『シスター・キャリー』）やクライド・グリフィス（『アメリカの悲劇』）のような人物を通じて、ドライサーは、素朴な憧れを持つ中西部の魂を描いた。性質は善でも悪でもなく、オーギーのように大都会の贅沢に吸いこまれるそれらの人物は、贅沢な生活に入るのには、信用も、血筋も、教育も、合言葉も不要で、ただ金だけが必要なのだということをすぐに発見する。

クライド・グリフィスはドライサー的な意味での放浪者である。彼は自分の運命、つまりアメリカ版悲劇を選択するのではなく、ふらふらとそれに入っていく。オーギーも放浪者になる危険がある。ハンサムな若者である彼の奢侈の冒険を、裕福な女性たちが熱心に手助けしようとするのだ。オーギーがクライドとわずかに違う所――ロシアの小説とハーヴァード古典叢書に軽く触れていること――が高級ホテルの力への抵抗にならないなら、オーギーの物語は当時のあらゆる子供の物語とどこが違うというのか。

この問いに対してベロウはプルースト的な応答をするのみである。「ぼくはシカゴ生まれのアメリカ人だ……自然に身につけた無手勝流、自由型で物事にぶつかって行く。きっと新記録樹立だ――ぼくなりの新記録だが」（p. 383〔(上) 五頁〕）という言葉で物語を始め、終わりではこうした言葉を書いたことを回想して自分をコロンブスと比較する――「コロンブスだって……おそらく失敗者だと思ったたろう。だからといって、アメリカが存在しないという証明にはならなかった」(p. 995〔(下)三二一頁〕)――若者は失敗者ではないのだ。アメリカの盲目的巨大志向に対抗する力を考案できなくても、書かれた回想録それ自体がそういう力を構成するからだ。文学は人生という混沌を解釈し、それに意味を与えるとベロウは主張する。容易に現代生活の諸勢力に振り回されるが、その後で「自由型」芸術という手段を通じて積極的にそれらと取り組み直すオーギーは、彼が分かっている以上に放浪のライフスタイルの誘惑に対抗する備えができていることをわれわれは理解するのだ。

ベロウが継承しなかったドライサーの要素は、運命の決定論的機構である。クライドの運命は暗鬱だが、オーギーのはそうではない。一つか二つの不注意な失敗のせいでクライドは電気椅子で果てるのに対し、オーギーは自分を取り巻くあらゆる危険を無事に切り抜ける。

主人公が無傷な人生を送ることがはっきりすると、『オーギー・マーチ』は、劇的構造の欠如、そればかりか知的構成の欠如のつけを払わねばならなくなる。この本は読み進めるにつれて着実に面白くなくなる。一つ一つの場面が生き生きした場面設定の力業で始まる、場面ごとに構成する方法は機械的に感じられてくる。たとえば、鷲を調教してイグアナを捕まえさせるという突飛な計画でオーギーがメキシコに滞在する部分に多くのページが費やされているが、創作のための才知の絢爛さにもか

2　*The Education of Henry Adams* (New York: Modern Library, 1931), p. 343.〔『ヘンリー・アダムズの教育』、刈田元司訳、八潮出版社、一九七一年、三六二、三六三頁〕

かわらず、ほとんど効果を上げていない。オーギーの戦時中の主な冒険は、船が魚雷に襲われ、アフリカ沖で狂った科学者と救命ボートで漂流するというものだが、これなど単なる漫画である。

とはいえ、オーギー自身が知的にゼロであるわけではない。彼は信念の上では、哲学的観念論者であり、過激な観念論者でさえある。世界は、人間の心の数と同じ無数の観念世界が複雑に組み合わされたものである。われわれ一人一人が、他の人間を勧誘し自分独自の観念の中で役割を演じさせることによって、その観念を推進しようとするのだと彼は信じている。半生の間に形成されたオーギーの習性は、他人の観念の中へと勧誘されるのを拒否することである。

彼自身の世界モデルは、単純化せよという命令から形成される。彼の考えでは、現代世界は悪無限によってわれわれに負担をかけ過ぎている。「あらゆるものがあふれている……歴史、文化があふれすぎて……詳細がいっぱい、ニュースがいっぱい、範例がいっぱい、影響力がいっぱい……どれを、だれが、解釈することになっているんだ? ぼくが?」(p. 902〔(下)二一八―二一九頁〕)あふれかえるあらゆるものに対する彼の対応は、まずは「自分という人間になろう」とすること(p. 937〔(下)二五七頁〕)、次いで、土地を買い、結婚し、身を固め、学校で教え、家庭大工をやり、車の修理を覚えることである。友人の一人が言うように、「幸運を祈るよ」と言うしかない。(p. 905〔(下)二二一頁〕)

彼自身が言っているように、ベロウは『オーギー・マーチ』を楽しんで書いた。実際、最初の数百ページでは、彼の創作上の興奮がはっきり伝わり読者にも伝染する。読者は大胆で、高速で、生彩ある散文に、また、的確な語《モ・ジュスト》が次々と繰り出される自在さ(「カラスが、シャークスキンのダブルを着て、ひげそりと髪とかしの厄介さを出し抜いたぞ、という顔で来ていた〕に、うきうきする。（p. 498〔（上）一三二頁〕）アメリカの作家が庶民の言葉をこれだけの活気でもって操ったのはマーク・トウェイン以来だった。この本は、多様性、絶えず変化するエネルギー、お行儀のよさの拒否で読者を魅了した。とりわけアメリカに対して大いなるイエス！を言っているように思われた。

今日の視点から回顧するなら、そのイエス！には、ある犠牲が払われていたと見ることもできる。つまり、批評意識という犠牲である。『オーギー・マーチ』はある意味で、ベロウの世代の成熟の物語である。だがオーギーはその世代をどれだけうまく代表しているのだろうか。彼は左翼学生と付き合い、ニーチェとマルクスを読み、組合の勧誘員として働き、メキシコでレフ・トロツキーのボディガードをやりかけさえするが、より広い世界像が彼の中に定着することはほとんどない。戦争が始まると彼は圧倒される。「バーン！　戦争が勃発した。……気が触れたみたいになって、敵が憎くて、戦争へ行くのが待ち切れなかった。」（p. 905〔（下）二二一―二二二頁〕）彼の今ここへの没入はどの地点で愚鈍に転化するのか。

ライブラリー・オヴ・アメリカ版には、ジェイムズ・ウッドによる十五ページの注がついている。これらの注は、名前とアリュージョンが紙吹雪のように散らばる『オーギー・マーチ』に関してとりわけ有益である。ウッドはオーギーのさりげない言及対象を数多く突き止めているが、やり残されたものも多い。たとえば、泣く姉妹たちに馬に乗せられてボゴタにギリシア語を学びに行く者とは誰か。（p. 477〔（上）一〇八頁。同頁の訳注によれば、コロンビアの小説家ホルヘ・イサークスの『マリア』への言及〕）どの国のどの大使が、さび止めのために、リマの水道管にシェラック塗料を吹き込んだのか。

(p. 658〔(上) 三一〇頁〕)

ベロウがほぼ十年前、戦時中に書いた『宙ぶらりんの男』は、日記体の短い小説である。日記をつけているのは、ジョウゼフという名の若いシカゴの男で、歴史学の学位を持つが失業中で、働いている妻に養われている。ジョウゼフは日記を通じて、どのようにして彼が今の状態になったのかを探究し、とりわけ、書いていた哲学論文をおよそ一年前に放棄し、「宙ぶらりん」になり始めたのはなぜなのかを理解しようとしている。当時の俗語で徴兵選抜委員会からの召集を待つことを意味するこの「宙ぶらりんでいる《ダングル》」という単語に、ベロウはもっと実存的な意味を与えている。

現在の自分と、真面目で無垢だった過去の自分とのギャップがあまりに大きく感じられるので、日記をつけるジョウゼフはときどき、今の自分は過去のジョウゼフのお下がりを着た分身だと考える。以前の自分は社会の中で機能し、旅行代理店での仕事と学問の探究の間でバランスを取ることがまだできていた。だが、そのころでさえ、厄介な予感、世界からの疎外感があった。彼は窓辺から都会の風景を見渡す——煙突、倉庫、広告板、駐車場の車。こういう環境は魂を歪めないだろうかと彼は自問する。「この窓の外には、過去において、ほかの土地において、人間に味方したものの断片さえ見いだすことができぬ。……もしゲーテが、この窓の外を眺めたとしたら、どんな言葉を洩らしたであろうか。」(p. 〔14〕, 55〔『宙ぶらりんの男』、太田稔訳、新潮文庫、一九七一年、一二六、一〇五頁。以下、引用の後に同書の頁数を記す。〕)

一九四一年のシカゴでこんな大げさな物思いに耽っているなんて滑稽に思えるかもしれない、と日記をつけるジョウゼフは言うが、われわれ一人一人に空想的な要素は備わっているのである。このような哲学的思索を滑稽だとからかうことで彼は事実上、よりよい自己を否定しているのである。

以前のジョウゼフは抽象的には人間は本性上攻撃的だと認める用意があったが、自分の心の中を覗くとそこには穏やかさしか見出せなかった。彼の気ままな野心には、悪意と残酷さが禁止されているユートピア的共同体を創始することも含まれていた。それゆえ、彼らしくない暴力の発作に思いがけず襲われてしまうことが、今のジョウゼフを激しく動揺させる。彼は癇癪を起こして思春期の姪を叩き、彼女の両親にショックを与える。家主には暴力を振るう。銀行員をどなる。彼は自分を「安全ピンをはずした人間手榴弾」のように感じる。(p. 107〔二〇六頁〕) 彼はどうしてしまったのか。

芸術家の友人が、周囲の怪物的都会は本当の世界ではないのだと彼を説得しようとする。本当の世界は芸術と思想の世界だ、と。抽象的には、彼はこの主張を尊重し、その有益な効果を認めようとする。自分の想像力の産物を他者と共有することを通じて、芸術家は孤独な個人の寄せ集めをある種の共同体にすることを可能にする。だがジョウゼフは芸術家ではない。彼の潜在的志向は善人になることだ。けれども「孤立し、疎外感にさいなまれ、猜疑心の虜」になっている彼は、牢獄にいるのと同じだ。(p. 65〔一二三頁〕) 独房で善人になることに何の意味があるのか。善は他者のいる所で実行されねばならず、愛を伴っていなければならない。

ある力強い一節で、彼は自分の暴力的発作は現代生活の耐え難い矛盾のせいだと考える。われわれ一人一人が個々の運命と測り知れない価値を持つ個人だと、また、自分たちが達成できることには限界がないと信じるよう洗脳され、われわれは一人一人、個人の偉大さを求めて出発する。当然ながらそれに失敗する。すると、「ぼくらは自分自身を、あるいは仲間を、節度もなく憎み、たがいに罰しあう。遅れをとるのではないかとの危惧にとり憑かれ、狂気の状態に陥っていく。……そしてそれが、暗黒の気候をかたちづくり、ときどき、嵐が、憎悪が、人を傷つけようとする雨が、ぼくらの内部から発生する。」(p. 63〔一二〇頁〕)

つまり、人間を宇宙の中心に据えることによって、啓蒙主義、特にロマン派の段階のそれは、われわれに不可能な精神的要求を押し付けたのだ。その要求は、彼の場合のようなつまらない暴力の発作や、犯罪を通じての偉大さの追求のような道徳的逸脱(ドストエフスキーのラスコーリニコフを見よ)だけではなく、おそらく世界を消耗させている戦争としても現れる。こういうわけで、日記をつけるジョウゼフは、逆説的にも、内省に終止符を打ち、ペンを置き、軍隊に入るのである。二重の疎外――個人主義というイデオロギーによって押し付けられた疎外、そして、自己精査という疎外――が、自分を狂気すれすれにまで追いやったと彼は信じる。哲学から学べなかったことをおそらく戦争が教えてくれるだろう。彼は次のような叫びで日記を終える。

規則ずくめの時間、万歳！
そして、監視つきの精神にも！
画一化よ、永遠にあれ！(p. 140〔二七一頁〕)

ジョウゼフは、彼自身のように自分の思想と格闘する単なる自己に取り憑かれた個人と、想像力という造物主の能力を通じてつまらない個人的な問題を普遍的関心に変容させる芸術家を区別する。しかし、彼の私的な格闘が彼の眼にだけ向けられた単なる日記の記述であるという見せかけは、かろうじて維持されているに過ぎない。なぜなら、大体が都会の情景の描写かジョウゼフが出会う人々のスケッチで占められている記述の中には、読者を必要とするだけではなく、読者に手を差し延べ読者を創造するような詩的想像力の産物だということが、高邁な言語表現と隠喩的創意によって明らかになるページも含まれているからである。ジョウゼフは挫折した学者だと思われるのを願っている振りをしているかもしれないが、われわれは彼が生まれながらの作家だということを知っているのだし、彼もそういうわれわれの認識を見通しているに違いないのである。

『宙ぶらりんの男』は内省の部分が長く、プロット展開の部分は短い。本格的中編小説と個人的随想あるいは告白の間の不安定な場所を占めている。様々な人物が登場して主人公と言葉を交わすが、新旧二つの姿でスケッチ風に描かれる二人のジョウゼフを除いてまともな登場人物はいない。ジョウゼフという人物の背後には、ゴーゴリやドストエフスキーの、孤独で屈辱にまみれ、復讐をたくらんでいる事務員を探知できる。また、世界から自分を疎外する奇妙な形而上的危機に見舞われる学者である、サルトルの『嘔吐』の主人公ロカンタンも。さらに、リルケの『マルテの手記』の孤独な若い詩人も。この小さな最初の本でベロウは、自分が向かおうとしている種類の小説に適した手段をまだ発展させていない。それは、実人生の世界のリアルな闘争と感じられるものへの関与を含む、通常の小説らしい満足を与えるけれども、同時に、現代生活とその不満を探究するために作者がヨーロッパの文学と思想の読書経験を自由に利用できるような小説である。ベロウがその段階に進展するには、

『ハーツォグ』（一九六四）まで待たねばならない。

短い小説『犠牲者』の、犠牲者なのかもしれないしそうでないかもしれないエイサ・レヴィンサールは、マンハッタンの小さな業界誌の編集者である。職場で彼は何気ない反ユダヤ主義の棘に耐えねばならない。彼が深く愛する妻は今留守中である。

ある日、通りでレヴィンサールは誰かに見られている感じがする。男が近づき声をかける。ぼんやりとその男の名前を思い出す。オールビーだ。なぜ遅かったんだ、とオールビーは尋ねる——待ち合わせを忘れたのか。レヴィンサールはそんなことは知らない。ではなぜここに来たんだ、とオールビーは尋ねる。（繰り返しオールビーはそんな論理的柔術でレヴィンサールを投げる。）

レヴィンサールを捕まえるとオールビーはうんざりするような昔の話をし始める。オールビーは自分の上司とレヴィンサールが面接できるように取り計らったが、レヴィンサールが（わざと、とオールビーは言う）無礼に振る舞ったため、オールビーは職を失ってしまったというのだ。

レヴィンサールはそういう出来事をぼんやりと思い出すが、面接がオールビーを陥れる陰謀だったとは認めない。面接室から怒って飛び出たのは、オールビーの上司が自分を雇おうとしなかったからだと彼は言う。

それでも、自分は今無職で、家もなく、安宿で寝るしかないんだ、とオールビーは言う。君はどうしてくれるんだ？

こうしてオールビーによるレヴィンサールの迫害が始まる——あるいはそのようにレヴィンサール

には感じられる。自分はひどい目にあわされたのだから貸しがあるというオールビーの主張に、レヴィンサールは頑固に抵抗する。この抵抗のすべては彼の内面から提示されているので、どちらの側につくべきか、どちらが犠牲者でどちらが迫害者なのかに関して作者は役に立つヒントを与えてくれない。道徳の領域に関しても作者はガイドとなってくれない。レヴィンサールはだまされることに注意深く抵抗しているのか、それともわれわれ一人一人が互いをかまい合うべきだと認めたくないのか。なぜぼくなんだ？——とだけレヴィンサールは叫ぶ。なぜこの他人は私を責め、憎み、償わせようとするのか。

　レヴィンサールはあるパーティーで初めてオールビーに会ったときのことを思い出す。ユダヤ人の娘が民謡を歌ったが、オールビーは彼女に民謡ではなく聖歌を歌うべきだと言った。「そういう歌［アメリカ民謡］は生まれたときから自然にしみこんでいなければいけない。そうでないのに歌おうとしてもだめだ。」（p. 174〔『犠牲者』、大橋吉之輔、後藤昭次訳、白水社、二〇〇一年、四四頁。以下、引用の後に同書の頁数を記す。〕）このときレヴィンサールは無意識のうちにオールビーを反ユダヤ主義者だとマークして、仕返しをしようと決意したのか。

　いやいやながらレヴィンサールはオールビーを自分のアパートに泊めてやる。だが二人の共生は惨めな失敗に終わる。オールビーの生活習慣は下劣で、レヴィンサールのプライヴェートな書類を勝手に見たりする。（オールビーは言う、きみがぼくを信用しないのなら、なぜデスクに鍵をかけないんだ？）レヴィンサールは癇癪を起こしてオールビーを殴るが、オールビーはすぐに戻ってくる。

　オールビーはレヴィンサールが、ユダヤ人であるにもかかわらず理解できるはずの（と彼は言う）

教訓を垂れる。つまりわれわれはみな悔い改め、新しい人間にならねばならないという教訓だ。レヴィンサールはオールビーの誠実さを疑い、そのように言う。すると、きみはユダヤ人でぼくはそうでないからぼくを疑うんだ、とオールビーは答える。だが、なぜぼくなんだとレヴィンサールは再び問いたてる。「なぜだと?」とオールビーは答える、「十分な理由がある。最もすじのとおった理由だ。……きみが公平な態度をとれる機会をぼくはきみにあたえようとしているんだ、レヴィンサール。正しいことをする機会をきみにやろうというのだ。」(p. 328〔二三七頁〕)

ある晩帰宅するとレヴィンサールはドアがロックされていて、オールビーが娼婦と寝ている——ただのベッドの中ではなくレヴィンサールのベッドの中で——のを発見する。レヴィンサールの憤激はオールビーを楽しませる。「ベッドがいけないとしたら、どこならいいんだい?……きみならどうする? もっと気のきいた、ちがう方法があるのかもしれないな。きみたちは、ほかの人間と同じだといっているんじゃないか?」(p. 362〔二七八頁〕)

オールビーとは何者か。狂人か。周到に偽装した予言者か。犠牲者をランダムに選ぶサディストか。オールビーには自分の物語がある。自分は鉄道の到来のせいで昔ながらの生活は終わりだと予期する平原のインディアンのようだと彼は言う。彼は新しい秩序に加わる決意をした。新しい主人であるユダヤ民族の一員レヴィンサールは彼に、未来の鉄道の職を見つけてくれなければならない。「ぼくは馬に乗るのをやめて、その汽車の車掌になりたいのだ。」(p. 329〔二三八頁〕)

妻が戻ってくる日が近づき、レヴィンサールはオールビーにアパートを出て行くよう命じる。夜中に目を覚ますとアパートにガスが充満している。オールビーが台所でガス自殺を遂げようとしていたのだ。

オールビーはレヴィンサールの人生から消える。何年かが経つ。徐々にレヴィンサールは、「うまくやった」という感じを持たなくなる。後ろめたく感じる必要などまったくなかった、と彼は振り返る。オールビーは彼の良い仕事、幸福な結婚をうらやむ権利などなかったのだ。あのような羨望は、われわれ一人一人に約束がなされているという間違った前提に基づいている。そのような約束などわれわれの誰に対してもなされていない、神によっても国家によっても。(p. 372〔二九〇頁〕)

するとある晩、彼は劇場で偶然オールビーに出会う。オールビーは盛りを過ぎた女優に付き添っていて、酒臭い。ぼくは列車のなかの居場所を見つけた、と彼は言う、車掌ではなく、ただの乗客だが。「経営していく人たち」とうまくやるようになったのだ。「いろんなことを経営する人間とは、どういうことだ？」とレヴィンサールは尋ねる。(p. 379〔二九九頁〕) だがオールビーは人込みの中に消えた。

ベロウのカービー・オールビーは見事な創造物で、滑稽で、哀れで、胸をむかつかせ、威嚇的である。彼の反ユダヤ主義は率直で愛想よく感じられることがある。また彼自身がユダヤ人風刺に支配されてしまって、彼の内部に住みついた反ユダヤ人がしゃべっているように見えることがある。きみたちユダヤ人は世界を支配している、と彼はめそめそ言う。ぼくら哀れなアメリカ人はちっぽけな片隅に居場所を見つける以外やることがない。なぜぼくらをこんなに犠牲にするのだ？　ぼくらがきみたちにどんな悪いことをしたというのだ？

オールビーの反ユダヤ主義にはアメリカの貴族主義の面もある。「ぼくの先祖の一人にウィンスロップ総督〔十七世紀の北米植民地開拓者〕がいた」と彼は言う。「〔現状は〕ばかげているじゃないか？

まるでキャリバン〔シェイクスピア『テンペスト』に出てくる醜い怪物〕の子孫が何もかも支配しているようなものだ。」(p. 259〔一五三頁〕)

とりわけオールビーは恥知らずで、イド〔本能的衝動の源泉〕のようで、不潔である。機嫌を取ろうとするときでさえ不快である。髪に触らせてくれと彼はレヴィンサールに頼む――「まるで動物の毛だ。」(p. 323〔二三二頁〕)

レヴィンサールは厳しい環境の中で、良き夫で、良き伯父で、良き兄で、良き働き手である。賢明であり、厄介者ではない。アメリカ社会の主流の中にいたいと思っている。彼の父親は、金さえ払ってもらえれば非ユダヤ人にどう思われようと平気だった。「これは彼の父親の考えだった。彼の考えではなかった。彼はそういう意見をしりぞけ、そこから逃げ出した。」(p. 232〔一一七頁〕)彼には社会に関する判断力がある。アメリカでは特に、人がいかに容易に「迷えるもの、浮浪人、敗残者、日かげもの、破産者」に転落するか知っている。(p. 158〔二四頁〕)彼は良き隣人でさえある――結局オールビーの非ユダヤの友人たちは誰も彼を引き取ろうとしないのだから。彼にこれ以上何を要求できるというのか?

すべて、が答えである。『犠牲者』はベロウの最もドストエフスキー的な書物である。プロットはドストエフスキーの『永遠の夫』を翻案している。ある男が昔関係した女の夫に突然呼びかけられ、その夫の当てこすりと要求がどんどん耐え難いほどぶしつけになっていく話である。だがベロウがドストエフスキーから借りているのは、単にプロットだけでも、嫌悪される分身というモティーフだけでもない。『犠牲者』の精神そのものがドストエフスキー的なのだ。われわれのきちんとした秩序ある生活への支えはいつ崩れるか分からないし、非人間的な要求が突然、思いもよらぬ所から降ってくるかもしれない。ならば抵抗する（なぜぼくなんだ？）のはまったく当然だ。だが救われたいなら、すべてを捨てて従うより他に選択の余地はない。けれどもこの本質的に宗教的なメッセージが、むかむかするような反ユダヤ主義者の口から出てくるのだ。レヴィンサールが尻込みするのは不思議だろうか。

レヴィンサールの心は閉ざされておらず、彼の抵抗は完全ではない。われわれみなの中に、日常のまどろみと戦う何かがあることを彼は認識している。オールビーと一緒にいるとき、ふとしたはずみに、彼は自分の古いアイデンティティの囲いを逃れ、世界を新鮮な眼で見そうになる感じがする。彼の心の領域で何かが、ある種の予感が起こりつつあるような気がするのだ。それが心臓発作の予感なのかもっと高尚なものの予感なのかは分からないが。あるとき彼はオールビーを見、オールビーも彼を見返すと、二人は同一人物のように見える。また別のとき――ベロウの見事に抑制のきいた散文で書かれている――われわれはレヴィンサールが啓示を得る寸前にいることを何となく確信する。ところが大いなる疲労が彼を襲ってしまう。荷が重過ぎるのだ。

自分のキャリアを振り返るベロウは『犠牲者』をけなす傾向がある。『宙ぶらりんの男』が作家としての卒業論文なら、『犠牲者』は博士論文だったと彼は言う。「私はまだ修行中で、信頼を得ようと努めていました。シカゴ出身の若者が世界の注意を引く権利があることを証明しようとしていたのです。[3]」彼は謙遜し過ぎである。『犠牲者』はもうほんのわずかで『ビリー・バッド』とともにアメリカの中編小説の最上級に加われる所にいる。弱点があるとすれば、できばえではなく野心の弱点である。

ベロウは、レヴィンサールを重量級知識人にし、改悛への要求というキリスト教的モデルの普遍性についてオールビー（そしてその背後のドストエフスキー）と討論させることもできた。だが彼はそうしなかったのだ。

3　1979 interview, in *Conversations with Saul Bellow*, ed. Gloria L. Cronin and Ben Siegel (Jackson: University of Missisippi Press, 1994), p. 161.

アントニオ・ディ・ベネデット『サマ』

年は一七九〇年、場所は遠方ブエノス・アイレスの支配下にあるパラグアイ川沿岸のある辺境の植民地。ドン・ディエゴ・デ・サマは、妻子と離れて十四ヶ月間ここで行政の仕事をしている。サマは一地方を自分が管理する代官《コレヒドール》だった時代をノスタルジックに回顧する。「ドクトル・ドン・ディエゴ・デ・サマ！……〔原文中略〕力強い行政官、インディオの制圧者、剣を使うことなく正義を成す戦士。……スペイン人の血を一滴も無駄にすることなく先住民の反抗を鎮圧した」[1]。だが今は、スペインによる植民地統治を強める新たな中央集権化された統治システムの下で、主要な行政官はスペイン生まれでなければならない。サマはスペイン人長官《ゴベルナドール》に副官として仕えている。クリオーリョ、つまり新世界に生まれたラテンアメリカ人である彼にはそれ以上の地位は望めない。三十歳代半ばの彼のキャリアは停滞している。勤務地の変更を願い出て、ブエノス・アイレスへの異動を命じる副王からの手紙を夢見ているが、それは来ない。

波止場をぶらつく間に彼は水上を漂う死体に気が付く。大胆にもジャングルを離れて流れに飛び込

1 Antonio Di Benedetto, *Zama*, trans. Esther Allen (New York: New York Review Books, 2016), p. 15.

んだサルの死体だ。だが死んだ後でさえ、サルは波止場の杭に引っかかって下流へと流れていくことができない。これは悪い前兆だろうか。

文明に戻ることの他に、サマは女を夢見る。妻を愛しているが妻ではなく、若くて美しいヨーロッパ生まれの女である。彼女は、性的に貧弱で社会的に疎外された現状からだけでなく、何か分からないものに憧れる漠然とした実存的状況からも彼を救い出してくれるだろう。彼はこの夢を通りで眼にした様々な若い女に投影するが、ほとんどうまく行かない。

エロティックな幻想の中で、愛人は彼が今まで味わったことのない、ヨーロッパ独自の繊細な性の技法を知っている。どうしてか。なぜなら、こんなに暑さがひどくないヨーロッパでは、女たちは清潔で決して汗をかかないからだ。だが、何ということか、彼はここ、「フランスやロシアの無数の女性たち——世界中の無数の人々——が聞いたこともない国で」女なしでいるのだ。そういう人々、ヨーロッパ人、現実の人々にとって、アメリカは現実ではないのだ。彼自身にとってさえアメリカは現実感を欠いている。それは、特徴のない平地であり、その広大さの中に彼は消え去っている（p. 34）。

男の同僚が売春宿に誘うが、彼は断る。スペインの白人女としかやらないのだ、としかつめらしく弁明する。

手近にいる少数のスペインの白人女性から、彼は著名な地主の妻を選んで、愛人にする可能性を探る。ルシアーナは美人ではない——彼女は馬面だ——が、魅力的な身体つきをしている（彼は彼女が裸で水浴しているのを盗み見たことがある）。彼は、既婚女性をどう誘惑するか自信がないまま、「予感、歓び、そして大いなる逡巡」を胸に彼女を訪問する。そして実際、ルシアーナはなかなか手ごわいことが分かる。彼女は、屈服させようとしてもいつも彼の一歩先を行くのだ（p. 43）。ルシアーナの代わりに、家主の娘でスペイン生まれのリタがいる。だが彼が彼女と関係を深める前に、彼女の現在の愛人である邪悪で粗暴な男が、公衆の面前で彼女にひどい屈辱を与える。彼女はサマに仇を討つよう頼む。復讐者という役柄には惹かれるが、彼は強敵に立ち向かうのを避ける理由を見出す。（ディ・ベネデットは、サマが強い男を恐れていることを説明するために分かりやすいフロイト的夢を彼に見させる。）

スペイン女とうまく行かないサマは街の女に手を出すしかない。一般に彼は混血女《ムラータ》を避けるがそれは「彼女たちの夢を見て、影響され、堕落することのないよう」にするためである。ここで彼が言う堕落は間違いなく自瀆だが、社会のはしごを一段降りるというもっと重要な意味もある。そうなればクリオーリョと混血は同じようなものというスペインの決まり文句を確証することになるのだ。（p. 10）

ある混血女《ムラータ》が流し目をくれる。彼は彼女に付いて街の薄汚い界隈に行き、犬の一団に襲われる。彼は短剣で犬どもをやっつけ、「大いばりで、主人のように」（彼自身の言葉）女をものにする。事が終わると女は事務的な口調で、愛人として同居したいと申し出る。彼はムッとする。「この出来事は愛に埋没する私の権利に対する侮辱だった。情熱から生まれるどんな愛にも、何らかの牧歌的魅力は必要である。」後に、自分の剣で血を流した生き物がまだ犬だけであるという事実を振り返って、自分を「犬殺し」と呼ぶ。（pp. 57, 58, 66）

サマは怒りっぽい性格である。彼は人文学の学位を持っていて、地元民がちゃんと敬意を表しないと機嫌が悪い。人々が陰で彼を嘲っているとか、彼を侮辱する陰謀が企てられているとか想像している。彼の女性関係——それが小説の大半を占める——は、一方で粗雑さ、他方で臆病さを特徴としている。彼はうぬぼれ屋で、不器用で、ナルシシストで、病的なほど疑い深い。情欲や暴力的衝動に駆られやすく、自己欺瞞の能力には限りなく恵まれている。

彼はまた、二重の意味で自分自身の作者である。まず第一に、彼についてわれわれが知ることはすべて彼自身の口から出ており、そこには「大いばり」とか「犬殺し」のように、ある種のアイロニックな自意識を示唆する軽蔑的形容句も含まれる。第二に、彼の日々の行動は、無意識あるいは、少なくとも内的自我の促しによって規定されており、そこに意識的なコントロールを及ぼそうという努力を彼はしていない。彼が自分自身に感じるナルシシスティックな快楽の中には、次に何をするかを決して知らない、したがって行き当たりばったりに自分を自由に創造する快楽も含まれている。他方で——彼がときおり認識するように——自分の深い動機への彼の無関心は多くの失敗をもたらしている可能性がある。「何かもっと大きなもの、何かは分からないが、目には見えない一種の強力な否定、……私が動員するどんな強さや反抗よりも優れたもの」が彼の運命を支配しているのかもしれない。

(p. 97)

自分に対してただ一人好意的な同僚を自分からナイフで襲い、その若者が非難を負わされて失職するのに何もしないのは、彼が普段から自分で抑制を欠くようにしてきたせいである。

サマが自分の暴力的衝動に無関心で、不道徳でさえある態度を取ることから、彼の初期の読者の中には、アルベール・カミュの小説『異邦人』のムルソーと比較する者もいた(『サマ』が最初に世に出た一九五〇年代のアルゼンチンでは実存主義が流行していた)。だがこの比較は有益ではない。短剣を持ってはいるが、サマが選ぶ武器はナイフである。彼の誘惑者としての洗練の欠如と(ディ・ベネデットが後に暗示する)道徳的未熟さと同様に、ナイフは彼のラテンアメリカ人としての素性を暴露してしまう。サマはアメリカの子なのである。彼はまた高揚した一七九〇年代という時代の子でもあるので、男の権利——具体的にはセックスをする権利(彼が好む言い方では「愛に埋没する」権利)を引き合いに出して乱脈な性を正当化する。こうした文化的、歴史的状況はラテンアメリカのものであって、フランス(あるいはアルジェリア)のものではない。

影響源としてカミュよりも重要だったのは、ディ・ベネデットの年長の同時代人であり彼の時代のアルゼンチンの知的状況を支配していたホルヘ・ルイス・ボルヘスである。一九五一年にボルヘスは「アルゼンチン作家と伝統」という重要な講演をしていた。この中で彼は、アルゼンチンは独自の文学伝統を発展させるべきかどうかという問題に応答して、文学的ナショナリズムに軽蔑をぶちまけた。「アルゼンチンの伝統とはいかなるものであろうか?……アルゼンチンの伝統は全面的に西欧文化であり……われわれの伝承すべきものは世界である」[2]

ブエノス・アイレスと地方の間の摩擦は、植民地時代にさかのぼる、アルゼンチン史の常数である。ブエノス・アイレスはより広い世界への門であり、コスモポリタニズムを代表するのに対し、地方は

2　Jorge Luis Borges, 'The Argentine Writer and Tradition', trans. James Irby, in *Labyrinths* (New York: New Directions, 1962), pp. 184-5.〔『論議』、牛島信明訳、国書刊行会、二〇〇〇年、二三九、二四一頁〕

より古い、土着の価値観に固執する。ボルヘスは純然たるブエノス・アイレス人であるが、ディ・ベネデットは地方に愛着があったので、アルゼンチンの西の奥にある生まれ故郷メンドサに住み、そこで仕事をすることを選んだ。

地元への愛着は深かったが、若いディ・ベネデットは、地方の文化制度を牛耳っていたいわゆる一九二五年の世代の偏狭さに我慢がならなかった。現代の巨匠――フロイト、ジョイス、フォークナー、フランスの実存主義者――に没頭し、映画には批評家、脚本作者として職業的に関わった（戦後のメンドサは映画文化のかなりの中心地だった）。最初の二冊の本、『動物の世界』（一九五三）と『五角形』（一九五五）は決然としたモダニズムで、地方色はない。カフカの影響が特に顕著な『動物の世界』では、カフカの「ある学会への報告」、「ある犬の探究」の路線で人間と動物の区別をあいまい化している。

『サマ』はアルゼンチンの伝統とアルゼンチンの性格という問題――それらがどんなものであり、どんなものであるべきか――を直接扱っている。そして沿岸部と内陸部、ヨーロッパの価値観とアメリカの価値観の間の溝を主題化している。主人公はナイーヴに、またやや哀れに、到達できないヨーロッパに憧れている。だがディ・ベネデットは、主人公の滑稽なスペインびいきを使って、地方の価値観とそれに結びついた文学形式、つまり古臭いリアリズム小説を擁護したりはしていない。『サマ』の舞台である河港はわずかに描写されているだけで、人々がどんな服装をしどんな暮らしをしているのかほとんど分からない。また、この小説の言語はときどき十八世紀の感傷小説を、パロディになるくらい喚起するが、もっと頻繁に呼び起こすのが二十世紀の不条理演劇である（ディ・ベネデットはウジェーヌ・イヨネスコと、その前のルイジ・ピランデルロを称賛していた)。『サマ』がコスモポリタン的憧れを風刺するのは、完全にコスモポリタンな、モダニストのやり方によってである。

しかしディ・ベネデットのボルヘスとの関わりは、単にディ・ベネデットがボルヘスの普遍主義を批判し、ボルヘスの貴族主義政治に疑念を持った(ボルヘスは自らをスペンサー的アナーキストと呼び、あらゆる形態の国家を侮蔑していたのに対し、ディ・ベネデットは自分を社会主義者と考えていた)だけでなく広範囲に及び複雑だった。他方、ボルヘスは明らかにディ・ベネデットの才能を認め、実際、『サマ』出版の後、自分が館長をしていた国立図書館で講演をするよう彼を首都に招いた。

一九四〇年、雑誌『スール』と関わりのある二人の同僚作家とともに、ボルヘスは、ラテンアメリカ文学に広大な影響を与えた『幻想文学アンソロジー』を編集していた。序文の中で編者たちは、幻想文学は格下げされた下位ジャンルであるどころか、古代の、文字以前の世界の見方を具現化しているのだと論じた。それは知的に立派なものであるばかりでなく、ラテンアメリカ作家の中に先行する伝統を持ってもいて、それはまたより大きな世界的伝統の一分枝なのであった。ボルヘス自身の小説も幻想的なものの印の下に現れるだろう。そして、幻想的なものは、地方文学に特徴的なテーマの上に展開され、ウィリアム・フォークナーの語りの革新が重ね合わされると、ガブリエル・ガルシア＝マルケスの魔術的リアリズムを生み出すだろう。

ボルヘスと『スール』の作家たちの提唱した幻想文学の啓示は、ディ・ベネデットの成長に不可欠だった。死のしばらく前のインタヴューで証言しているように、幻想は、精神分析によって提供された道具と組み合わされて、彼が作家として新しい現実を探求する道を開いた。『サマ』第二部では幻想的なものが前面に出てくる。

物語は一七九四年に再開する。植民地には新しい長官がいる。サマは一文無しのスペイン人寡婦を肉体的欲求を満たすために手に入れたが、同居はしていない。彼女は、泥の中で毎日遊ぶ病弱な息子を産んだ。彼女とサマの関係には愛情めいたものは一切ない。彼女は彼が金を持ってきたときだけ「家の中に入れてやる」。(p. 102)

官庁の事務員マヌエル・フェルナンデスが勤務時間中に本を書いているのが見つかる。長官は彼を嫌い、サマに彼を解雇する口実を見つけるよう要求する。サマはいら立ちながら応じるが、そのいら立ちは長官に対してではなく、この不運な若い理想主義者、帝国の辺境に消えているこの「本を書く小人《ホムンクルス》」に対して向けられている。(p. 107)

サマに対しフェルナンデスは無邪気にも、自分は自由の感覚を得るために書くのだと打ち明ける。検閲によって出版は許可されないだろうから、孫の孫が掘り出せるよう原稿を箱に入れて埋めるつもりでいる。「そのころは状況が違っているでしょう。」(p. 106)

サマは返済できない借金を背負う。親切心からフェルナンデスは、サマの変則的な家族を支えようと――はっきり言えば、愛されない寡婦と結婚し子供に彼の名を与えようと――申し出る。サマは彼らしい疑いで応答する。もしすべてが彼に負い目を感じさせるための陰謀だったとしたら?

金のないサマは、ソレドという男の家の寄宿人になる。ソレド家にはときどき姿が見えるだけの女がいて、あるときは(使用人によって)ソレドの娘と、別のときは妻と言われる。またもう一人の謎の女もいて、それはサマが通るたびに彼を窓辺でじろじろと見つめる隣人である。第二部の大半が、女たちの謎を解こうとするサマの試みに関わっている。家には二人の女がいるのか、それともすばやく着替える一人の女がいるだけなのか。窓辺の女は誰か。この謎かけ全体が彼をからかうためにソレドが企てたものなのか。どうやったら女たちに性的に接近できるのか。

最初サマはこの謎を自分の才能への挑戦として受けて立つ。〔『サマ』英語訳の〕翻訳者の一押しもあって、なぜ世界がこうなっているのかを説明するために次から次へとこじつけの仮説を繰り出す、純粋知能と化したサミュエル・ベケットの主人公のように聞こえる部分がある。けれども徐々にサマの探究は緊急性を増し、実際熱を帯びたものになる。窓辺の女は正体を明かす。彼女は身体的魅力がなく、もう若くもない。半分酔ったサマは、自分勝手に彼女を地面に投げ倒し、「激しく彼女をものにする《テイク》」、つまりレイプする。そして事が終わると金を要求する。彼はおなじみの心的状況に戻っている。つまり、一方で、軽蔑しつつも性的に利用できる女がおり、他方で、「恐るべき魅力」によって彼の欲望の到達しえぬ（そしておそらくは存在しない）対象であり続ける女（あるいは二人の女）がいるのだ。（pp. 149, 150）

『サマ』は構想に時間がかかったが、急いで書かれた。執筆の性急さは第二部で最も顕著で、ソレドの家の夢のような空間構造は、自分が求めているものが何かを理解しようと部屋から部屋へ暗い中をさまようサマにとってと同様、読者にとっても分かりづらいだろう。分かりづらいが魅惑的でもある。ディ・ベネデットは語りの論理の手綱を手離し、精神が好きな所へ主人公を連れて行くがままにさせている。

ドアを叩く音がする。みすぼらしいはだしの少年で、彼はサマの人生に現れたことがあり、また再び現れるだろう謎の使者である。少年の後ろでは、あたかも絵の中のように、三頭の奔馬が少女を踏みつけ死に至らしめている。

私は闇を収穫するかのように、また自分を外側から知覚する新しい能力――そのように思われた――を獲得して、自分の部屋に戻った。自分が徐々に、喪に服する人物に転換していくのを見ることができた。コウモリの羽毛のように柔らかい影がどこにでも私について回る。……私は何かに、誰かに立ち向かうつもりで、それを選ぶかそれが死ぬのを選ぶかしなければならないと理解した。(p. 152)

女の存在がふと通り過ぎる。サマはその顔にろうそくを上げる。彼女だった! だが彼女は誰なのか。彼の感覚は混乱する。霧が部屋に入り込んだようだ。よろめいてベッドに入り、起きてみると女が窓から自分を注視している。「同情のこもった愛情、恋する者の自己否定的な憐憫がその眼には浮かんでいた……謎はなかった」。苦々しく女は彼が「ちらりと見えるあのもう一人の女」の虜になっていることを言い、幻想の危険について説教を垂れる。(pp. 153, 154)

ようやく病床から起き上がったサマは、「闇を収穫する」ことに関する出来事全体が、病熱の産物として説明すべき――そして片付けるべき――だと結論づける。彼は幻覚によって導かれた曖昧模糊とした領域から引き返し、弱々しい自己探求で尻込みをし、自分が崩しつつあった幻想(病熱)と現実という二項対立を再び打ち立てるのだ。

　ここで問題になっていることを理解するには、カフカに戻る必要がある。カフカは直接的に、またボルヘスの媒介を通じて、ディ・ベネデットの芸術を形成するのに最も貢献した作家である。文学ジャンルとしての幻想的なるものを再興するプロジェクトの一環として、ボルヘスは一九三〇年代半ばに一連のカフカ論を発表した。その中で彼は、解釈に開かれているのを特徴とする夢と、あたかも解読不能な言語を通して伝わってくるかのようなカフカの悪夢（『審判』のヨーゼフ・Kの長い悪夢が最良の例だ）との間に重要な区別をつけた。ボルヘスが言うには、カフカの悪夢の独自の恐怖とは、自分が経験しつつあることが現実でないと（知るという単語のある意味において）知っていながら、幻覚のような経過《プロセソ》（過程、審判）に捕まえられて逃げることができないことにある。

　第二部の終わりで、サマ、すなわち歴史的幻想と言っていいものの中の登場人物は、自分が経験した非現実的幻覚を無意味だと退ける。現実的なものを選択する偏見によって、彼は自己を認識することができないまま生き続ける。

　五年を隔てて物語は再開する。異動を確実にするためのサマの努力は実を結んでいない。情事も過去のものとなったかに見える。

　ビクーニャ・ポルトを探して荒野を駆け巡る兵士の派遣隊が出発しようとしている。それは神話的地位を持った山賊で——誰も彼の外貌すら定かに知らない——植民地のすべての問題の元凶とされている。

サマは代官《コレヒドール》時代にインディオの反乱を扇動したビクーニャ・ポルトを思い出す。派遣隊のリーダーは無能で頑固なパリリャ隊長だったが、燦然たる成功が自分の地位を向上させることを願って、サマは加わる。

捜索途中のある暗い晩、得体の知れない兵士がサマに内緒の話をする。それはビクーニャ・ポルトその人である。パリリャの部下に成りすまし、事実上自分自身の狩りに加わっていたのである。彼は山賊をやめて社会復帰したいと打ち明ける。

サマはポルトの打ち明け話をばらすべきだろうか。社会の慣例はノーと言う。だが、慣例に従わず、衝動に身を委ね、天邪鬼になる自由はイエスと言う。そこでサマはポルトをパリリャに告発し、すぐに自分の「存在の全細胞が清められた」感じがする。

だがパリリャはいささかのやましさもなく、サマとポルトの双方を捕縛する。手を縛られ、顔を蝿に刺されて腫らしたサマは、さらし者になって街に戻り行進させられる自分を想像する。「山賊ビクーニャ・ポルトは、共犯者サマと同様、打ちひしがれておらず、いとわしくもなく、惨めでもないだろう。」(p. 187)

ところが山賊は仕返しをする。冷酷にパリリャを殺害し、サマに自分の一団に加わるよう誘う。サマが断ると、ポルトは彼の指を切断し、そのまま荒野に打ち棄てる。

この絶望的状況で、救済が、サマに過去十年間取り憑いて来たはだしの少年という形で訪れる。「彼は私だった、過去から来た私自身……父親のようにほほえみながら私は言った、「お前は成長していないね……〔原文中略〕」するとどうしようもない悲しみを浮かべて彼は答えた、「あなたもね」」(p.

198）

こうして『サマ』の第三部すなわち最終部は終わる。主人公＝語り手がわれわれに引き出すように誘う何となく安易過ぎる教訓において、ビクーニャ・ポルトがやっているような振りをしているような自己の探求は、「外にあるのではなく、各人の内部にある」自由の探求ときわめて似ている。われわれが本当に心から求めるものは内部にある。それはつまり、われわれが自然な無垢を失う前の、ありのままの自己である。（p. 180）

第一部と第二部で悪しきサマ、うぬぼれた夢に惑わされ情欲に混乱したサマを見た後で、第三部では良きサマがまだ回復可能であることが分かる。指を失う前のサマの最後の行動は、無限に忍耐強い妻に手紙を書き、瓶に入れ、川に流すことだった。そこには「マルタ、僕は破滅していない」と書かれている。「そのメッセージはマルタにも外にいる誰にも宛てられていない」と彼は打ち明ける。「私はそれを自分自身のために書いたのだ。」（p. 196）

エデンを回復する夢、新しいスタートを切る夢は、コロンブスの時代から、ヨーロッパによる新世界の征服を活気づけた。一八一六年に誕生した独立国アルゼンチンにも、ユートピアを求める移民たちが繰り返し押し寄せたが、ユートピアは存在していなかった。希望の挫折がアルゼンチン文学の大きな潜在的主題なのは驚くべきことではない。荒野の中の河港にいるサマと同様、移民もエデンには程遠い場所に投げ出され、そこから逃げる術が定かでないことを知る。『サマ』には「期待の犠牲者」に捧ぐという献辞が付いている。

インディオの未開の土地でのサマの冒険は、ディ・ベネデットが映画台本を書くことで学んだ、テンポの速い、きびきびしたスタイルで語られている。第三部を大いに重視する批評家もいる。第三部から考えると、『サマ』は、ラテンアメリカ人が旧世界の神話を捨てて、架空のエデンではなく、驚異の現実に満ちた新世界にコミットしていく過程を描いた物語として読める。この読みはディ・ベネデットがテクストに豊富にちりばめた細部によって支持される。異国的な植物と動物、現実にはありえない鉱物層、奇妙な食料、野蛮な部族とその風習などがそれに当たる。まるで、生まれて初めてサマが大陸の豊かさに眼を開いているようだ。こうした知識のすべてはディ・ベネデットの個人的体験からではなく――彼はパラグアイに行ったことがなかった――彼が読んだ古い本から来ており、その中に、一七五三年に生まれ、インカの最後の皇帝〔の末裔を自称する〕トゥパク・アマル〔二世〕の反乱のときに代官《コレヒドール》だったミゲル・グレゴリオ・デ・サマリョアなる人物の伝記があったことは、皮肉だが深く考える必要はない。

アントニオ・ディ・ベネデットは一九二二年に中産階級の家庭に生まれた。一九四五年に法律の勉強を放棄して、メンドサで最も権威ある新聞『ロス・アンデス』に加わった。やがて名前だけの編集長となったが、オーナーが保守路線を指令したのを束縛だと感じた。一九七六年の――その束縛を破ったかどでの――逮捕まで、彼は自分を暇なときに小説を書くプロのジャーナリストだと考えていた。『サマ』(一九五六)は初めてのまともな長さの長編小説で、批評家も適切な関心を払った。ヨーロッパの文化的飛び地と自らを見なす国では不自然ではないが、この小説にヨーロッパの影響が指摘された。作者はまずラテンアメリカの実存主義者とされ、次いでラテンアメリカのヌーヴォーロマン作家とされた。一九六〇年代にいくつものヨーロッパの言語に翻訳されたが英訳はされなかった。アルゼンチンでは『サマ』はカルト的古典であり続けている。

この影響関係をめぐる議論に対し、ディ・ベネデット自身は、もし彼の小説、特に短編がカメラアイで記録されたかのように空白で、注釈を欠いているように見えることがあるとすれば、それはアラン・ロブ゠グリエの実践を模倣しているからではなく、二人とも映画に積極的に関わっているからだと指摘した。

『サマ』の後にはもう二つの長編といくつもの短編集が続いた。これらの中で最も興味深いのは『沈黙させるもの』で、これは本を書こうとするが街の騒音のせいで自分が考えることを聞き取れない（決して名前が与えられない）男の物語である。騒音に対する強迫観念は彼を消耗させ、しまいには狂気に追いやる。

一九六四年に初版が出たこの小説は一九七五年に大々的に改訂され、騒音をめぐる省察にはより深い哲学性が付与され（ショーペンハウアーが顕著に出てくる）、どんな単純な社会学的読解も拒むようになった。改訂版では騒音は形而上学的次元を獲得し、主人公は、世界を生み出した神の言葉《ロゴス》以前の原初的沈黙をむなしく求めるのである。

『沈黙させるもの』は、語りを推進するための夢と幻想の連想的論理を『サマ』以上に使用している。小説の組み立て方についての思想を含む思想小説として、また神秘的傾向において、『沈黙させるもの』はディ・ベネデットが、もし歴史の介入がなければ作家としてたどったであろう方向をかなり正確に表している。

一九七六年三月二十四日、アルゼンチンでは軍部が政権を掌握した。市民政府との共謀によるもので、政治的暴力と社会の混乱にうんざりした多くの人々が安心した。将軍たちはすぐに彼らの基本計画あるいは「国家再編成プロセス」を実行に移した。ブエノス・アイレス州知事になったイベリコ・サン゠ジャン将軍は、それが何を意味するかを次のように語った。「われわれはまずすべての破壊運動分子を殺す、次にその協力者を殺す、つぎに無関心のままだった者を殺す、そして最後の臆病者を殺す。[3]」

クーデターの初日に拘留された多くのいわゆる破壊運動分子の中にディィ・ベネデットもいた。後に彼は（ヨーゼフ・Kのように）なぜ逮捕されたのか分からないと主張したが、それが『ロス・アンデス』編集者としての活動への報復だったのは明白である。彼は右翼の暗殺団の活動に関する報告を公表することを認めていたのだ。（彼が逮捕された後、その新聞の所有者たちは即座に彼と手を切った。）

拘留はいつも一定期間の「戦略的尋問」で始まった。これは拷問の婉曲表現で、情報を引き出すだけでなく、拘留された者が新しいルールによる新しい世界に入ったことを明確にするためのものでもあった。多くの場合、最初の拷問のトラウマは、他の囚人の拷問を見たり聞いたりせねばならないことで強められ、一生消えないとエドゥアルド・ドゥアルデは書いている。よく用いられた拷問器具は電流棒で、それで突くと激しい痙攣を引き起こした。その影響は、激しい筋肉の痛みと麻痺から、リズム障害、慢性頭痛、記憶喪失となって現れる神経の損傷まで広範囲に及んだ。[4]

ディィ・ベネデットは十八ヶ月間囚人として過ごし、そのほとんどは悪名高いラ・プラタ刑務所第九部にいた。国際ペンクラブの後援を得たハインリヒ・ベル、エルネスト・サバト、ホルヘ・ルイス・ボルヘスによる体制への嘆願により彼は釈放された。その後すぐに彼は亡命者となった。

釈放後に会った友人は、彼の老け込みようを悲しんだ。髪は白くなり、両手は震え、足を引きずって歩くようになっていたのだ。ディ・ベネデットは自分の刑務所体験を直接語ることは決してなかったが――彼の言う忘却療法を実践する方がよかったのだ――、記者会見では、悪意ある頭部殴打（「あの日以来私の考える能力は損なわれた」）、電流棒による拷問（ショックは強烈だったので自分の内臓が崩壊するかに感じた）、銃殺隊の前での偽の処刑（そのとき考えたのは、もし顔面を撃たれたらどうしよう、ということだけだった）について触れている。[5]

ほとんどが年下だった囚人仲間は、彼が野蛮な刑務所の体制に当惑しているように見えたと回想している。看守からの恣意的な暴力を理解しようとしたのだが、そういう暴力の本質とは、それが予測不可能で――カフカの悪夢のように――無意味であるということだった。

亡命中ディ・ベネデットは、フランス、ドイツ、そしてスペインに行き、スペインではラテンアメ

3　Quoted in Steven Gregory and Daniel Timerman, 'Rituals of the Modern State,' *Dialectical Anthropology* 11 (1986), p. 69.

4　Eduardo Luis Duhalde, *El estado terrorista argentino* (Barcelona: Argos/Vergara, 1983), pp. 155–9. ドゥアルデは、二〇〇二年から二〇〇三年までアルゼンチン大統領だったエドゥアルド・アルベルト・ドゥアルデと混同してはならない。

5　Quoted in Natalia Gelós, *Antonio Di Benedetto Periodista* (Buenos Aires: Capital Intelectual, 2011), p. 66.

リカからの何万もの他の亡命者と合流した。ブエノス・アイレスの新聞に毎週コラムを書き、ニュー・ハンプシャー州のマクダウェル・コロニー〔芸術家村〕にも滞在したが、亡命時代は、乞食のように暮らし、鏡を見るたびに恥の念に苦しんだ時代だったと回想している。

一九八四年民政が復帰したアルゼンチンにディ・ベネデットは帰国した。祖国は彼の中に、近過去から足を洗って新たなスタートを切りたいという国家的願望の具現化を見るつもりでいた。しかしその役割を果たすには彼はあまりに老い、打ちひしがれ、苦々しく思っていた。刑務所と亡命が彼から奪った創造的エネルギーは回復不可能だった。「彼は死に始めたのです……逮捕の日に」とあるスペイン人の友人は言った。「ここスペインでも死に続けました。……そして祖国に戻る決意をしたのも、そこそこ品位ある終わりがほしかったからに過ぎません。」彼の晩年は祖国への非難で損なわれた。帰国して最初は歓迎されたのに、その後はスペイン時代よりももっとひどい貧困へと打ち棄てられたと彼は言った。一九八六年、彼は六十三歳で死んだ。[6]

スペイン亡命時代にディ・ベネデットは二つの短編集『不条理』（一九七八）と『亡命物語』（一九八三）を出版した。『不条理』のいくつかは刑務所で書かれこっそり持ち出されたものである。これら晩年の短編で繰り返される主題は、しばしば思い出すことのできない違反に関する罪悪感と処罰——たいていは自己処罰——である。最も知られているのは、独自の傑作である「アバリャイ」で、二〇一一年に映画化された。これはキリスト教の聖人シメオン〔柱の上に住んだというシリアの苦行者〕のやり方で罪を償おうと決意するガウチョ〔大草原《パンパ》のカウボーイ〕の話である。大草原《パンパ》には大理石の柱はないので、アバリャイは馬上から決して降りないことで悔悛するしかない。

長さが一ページにもならないものもある――イメージ、断片化された記憶だ――これらの悲しい、しばしば痛切な晩年の短編は、ディ・ベネデットが亡命を、祖国からの強制された不在としてだけでなく、何らかの形で彼に宣告され、深く内面化された刑として、現実世界から影のような死後の世界への追放として経験したことを明白にしている。

最後の作品『影、ただそれだけ……』（一九八五）は、最も好意的に見て、最後まで行かなかった実験の痕跡と見なすことができる。『影』を読み進めていくのは決して易しい仕事ではない。ここでは語り手と登場人物が、夢と現実のように交じり合っている。また、作品全体が自らの存在理由を見出そうと根気よく試みるが失敗している。失敗の一つの印は、ディ・ベネデットが作品の組み立てを説明し、読み方を案内する鍵を提供せねばならないと感じたことである。

『サマ』は主人公が指を切断されて書けなくなり、一世紀半後に彼の物語を語ってくれる男の到来を事実上待つところで終わっている。原稿を埋めるマヌエル・フェルナンデスのようにディ・ベネデットは――死の直前に書かれた短い遺言において――自分の本は未来の世代のために書かれたと断言した。この謙虚な自慢がどの程度予言的かは時間のみが言い当てるだろう。

6　Quoted in Liliana Reales, ed., *Antonio Di Benedetto: Escritos periodísticos* (Buenos Aires: Adriana Hidalgo, 2016), pp. 45–6.

V・S・ナイポール『ある放浪者の半生』

一九三〇年代に、イギリスの作家W・サマセット・モーム（一八七四―一九六五）はインドの精神世界に興味を持った。彼はマドラスを訪れ、ある男と会うために僧房《アーシュラム》に連れて行かれた。本名をヴェンカタラマンというその男は、沈黙、克己、祈りからなる隠遁生活を送っており、今や単に導師《マハリシ》として知られていた。彼との会見を待つ間に、モームはおそらく暑さのせいで気を失った。そして、われに返ったとき、話すことができなくなっていた（モームには生涯を通じて吃音があったことは言っておかねばならない）。導師《マハリシ》は「沈黙もまた会話です」と述べて彼を慰めた。[1]

モームによれば、彼の気絶のニュースはインド中に広まった。導師《マハリシ》の力を通じて、西洋からの巡礼者は短い間、無限なるものの領域へと移送されたのだ、という噂だった。モームは無限なるものへの旅など記憶していなかったが、そのときの会見は明らかに強い印象を残した。彼は『作家の手帳』（一九四九）で、さらに『作家の立場から』（一九五八）でも、それについて書いている。また、彼がアメリカで名を成すきっかけとなった小説『かみそりの刃』（一九四四）でもそのときの体験を生かしている。

『かみそりの刃』の主人公のアメリカ人は、よく日焼けしインドの装束を身につけるという準備をしてから、導師聖《グールーシュリ》ガネーシャを訪ね、彼の導きで恍惚とも言える精神的経験をする。「遠い昔から世界中の神秘主義者たちが体験してきたのと、まさに同じ種類の経験」である。聖《シュリ》ガネーシャの祝福とともに、このヒッピーの先祖はイリノイ州に戻り、タクシー運転手として生計を立てながら、「平静と、忍耐と、憐れみと、無私と、そして節制をもって」生きようとする。「あのインドの聖者たちが、すべて無駄な生活を送ってるなどと考えるのは、大まちがいです」と彼は言う。「闇に輝く光といってもいいんじゃないでしょうか」[2]。

聖者ヴェンカタラマンと作家モームが出会い、ヴェンカタラマンのおかげでモームはインド精神世界を広く市場に売り出すことができ、モームのおかげでヴェンカタラマンは有名になって急に仕事が増えた、という形で二人が幸福な共同作業を行ったという話が、V・S・ナイポールの二〇〇一年の小説『ある放浪者の半生』の発想の起源である[3]。

この小説の中でナイポールは、ヴェンカタラマンや謎めいた知恵の同じような伝達者が偽者であるかどうかという問題よりも――彼は当然偽者だと考えている――、自己否定を軸とした宗教的実践というもっと一般的な現象に関心を抱いている。なぜ人は――特にインドで――断食、独身、沈黙から

1　W. Somerset Maugham, *Points of View* (London: Heinemann, 1958), p. 58.
2　*The Razor's Edge* (London: Heinemann, 1944), pp. 267, 271, 272.〔『かみそりの刃』(下)、中野好夫訳、ちくま文庫、一九九五年、二三六、二四四、二四六頁〕
3　*Half a Life: A Novel* (New York: Knopf, 2001; London: Picador, 2002).〔『ある放浪者の半生』、斎藤兆史訳、岩波書店、二〇〇二年。以下、引用の後に同書の頁数を記す。〕

なる生活を追い求めるのか。なぜ彼らはそのために尊敬されるのか。彼らの聖性の模範からどのような人間的帰結が導かれるのか。

自己否定の特権を理解するためには、インドの禁欲主義を歴史的に見なければならないとナイポールは示唆する。大昔、ヒンドゥー教の寺院は聖職者カースト全体を支えていた。その後、最初はイスラム教徒、次いでイギリス人による侵攻の結果として、寺院は財源を失った。寺院の聖職者は悪循環に陥った。貧困によりエネルギーと欲望が失われ、受動的になり、それがさらなる貧困につながったのだ。聖職者カーストは没落寸前に思われた。しかし、寺院を捨て他に支えを見出す代わりに、聖職者たちは天才的な価値転換を思いついた。断食と、欲望一般の否定が、それ自体立派なこととして、尊敬そして供え物に値することとして、広められたのである。

ナイポールの爽快なくらい唯物論的な説明によれば、こうして、自己否定と運命論を特徴とするバラモン〔聖職者、最上位カースト〕のエートス、個人の営みと勤勉を嘲笑するエートスが、インドで支配的になったのである。

ヴェンカタラマンの物語のナイポールによる書き換えでは、チャンドランという名の十九世紀のバラモンが、勇敢にも寺院のシステムから離脱する。彼は小金をため、近くの大都市――イギリス領インドの形式上は独立した遅れた藩王国の首都――に旅し、藩王《マハラジャ》の宮殿の事務職にありつく。息子も彼に続いて公職に就き、出世してゆく。すべてはうまく行っているように思える。チャンドラン家は、もはや肉体をいじめなくても静かに繁栄してゆける安全な居場所を見出したのだ。

ところが、孫（もう一九三〇年代になっている）はちょっとした反逆者だ。ガンディーと彼の民族主義運動の噂がかまびすしい。大聖《マハトマ》は大学のボイコットを呼びかける。孫（これからは単にチャンドランと呼ぶ）は呼びかけに応じて、大学の庭でシェリーとハーディーを燃やし（いずれにせよ彼は文学が嫌いだ）、とんでもないことになるのを覚悟する。だが、誰も気づいていなかったらしく、何も起こらない。

ガンディーはカースト制は誤りだと主張する。ではバラモンはどのようにしてカースト制と戦うことができるのか。答えは、格下の者と結婚することによってだ。チャンドランはいわゆる後進カースト――日常語で「後進民《バックワード》」――に属する、醜く肌の黒い女子学生を教室で見つけ、ぎこちなく言い寄る。嘘と脅しを使って、たちまちその女子学生は彼に約束を守らせ、自分と結婚するようにさせる。

家族に恥辱を与えたチャンドランは、藩王《マハラジャ》の税務署で働かざるを得なくなる。そこで、怠惰と悪意が本当の動機に過ぎなかったのに、自分では市民的不服従だと考える違反行為を密かに繰り返す。それが明るみに出て法的措置が検討されると、天才的なことを思いつく。寺院に聖域を作り、沈黙の誓いを立てることで、彼が迫害と呼ぶものから身を守ることにしたのである。その誓いによって彼は地元のヒーローになる。人々が彼の沈黙の行を見に来て、供え物をするようになる。

インドだけが知っている深い真理を見出しに来た騙されやすい西洋人ウィリアム・サマセット・モームが足を踏み入れたのは、虚偽と偽善のこの泥沼だった。「幸せですか?」とモームは聖者チャンドランに尋ねる。鉛筆とメモ帳を使ってチャンドランは答える、「誓約に守られている間、私は自由です。これこそが幸福というものです。」（p. 30〔三九頁〕）何という知恵！　とモームは思う。大した喜劇である。チャンドランが享受する自由とは、主に刑事訴追からの自由なのだから。

モームはこの訪問に関する本を書き、チャンドランは祖国で突如——外国人によって書かれたということで——有名になる。（チャンドランはインドで有名になるだけではない。元の文学的環境から運び出されて他の本の中でより大きな役割を与えられるマイナーな登場人物が増えつつあるが——ローゼンクランツとギルデンスターン〔『ハムレット』の脇役二人組がトム・ストッパードの劇『ローゼンクランツとギルデンスターンは死んだ』の主役となった〕や『ジェーン・エア』のロチェスターの妻〔ジーン・リース『サルガッソーの広い海』の主人公〕が思い浮かぶ——彼もその列に加わるのだ。）外国からモームにならって人が彼を訪ねてくる。彼らにチャンドランは、公職の輝かしいキャリアを祈りと自己犠牲の生活のために犠牲にした話を繰り返す。やがて彼は自分の嘘を信じるようになる。バラモンの先祖に習い、彼も世界を拒絶しながら繁栄する道を見出したのだ。そこに彼は何らアイロニーを感じない。逆に彼は畏れを感じる。高い力が彼を導いているに違いないと。

カフカの断食芸人と同じように、チャンドランも、ひそかに簡単だと思っていること、すなわち欲望の否定を通じて生活してゆく（もっとも、彼の欲望は後進民の妻との間に二人の子を作るくらいは旺盛だったのだが）。カフカの小説では、断食芸人が逆の主張をするにもかかわらず、断食に、ある種のヒロイズム、ヒーロー以降の時代にふさわしいミニマルなヒロイズムが感じられる。チャンドランにはヒロイズムはまったくない。彼が乏しさに満足するのは真に精神が貧困だからである。

インドに関する彼の最初の、そして最も批判的な本、『インド・闇の領域』（一九六四）で、ナイポールはガンディーを、キリスト教倫理に深く影響され、二十年南アフリカに住んだためアウトサイダーの批判的視点でインドを見ることができる人物、そしてその意味で「最もインド人らしからぬインドの指導者」と記述している。だが、インドはガンディーに報復したとナイポールは言う。彼を大聖《マハトマ》、聖像に仕立て上げることで、インドは彼の社会的メッセージを無視できるようになったのだ。[4]

チャンドランは自分をガンディーの後継者と考えたがる。だが、チャンドランがつねに自問するのはガンディー的な「どのように行動すべきか」ではなく、ヒンドゥー教的な「何を断念するか」という問いである、とナイポールは暗示する。彼は世界で行動するよりも断念する方を選ぶ。なぜなら断念することは無償だからだ。

イギリスのパトロンに敬意を表して、チャンドランは最初の子をウィリアム・サマセット・チャンドランと名づける。若いウィリーは異なるカースト間の結婚から生まれたので、キリスト教系の学校に行かせるのが賢明だと考えられた。予想通り、ウィリーはカナダ人宣教師の先生たちの感化で、宣教師になること、そしてカナダ人になることに憧れるようになる。英語の作文の中で、彼は「ママ」と「パパ」がいて自動車のある普通のカナダ人家庭の少年だと夢想する。先生たちは高い評価を与えて彼に報いるが、父親は自分が息子の人生から締め出されているのに傷つく。

けれども、やがてウィリーは宣教師たちのやっていることの正体を見抜く。つまり、キリスト教に改宗させ、異教を破壊しているのだ。裏切られたと感じ、彼は学校に行くのをやめる。

4　*An Area of Darkness* (London: Deutsch, 1964), p. 77.〔『インド・闇の領域』、安引宏、大工原彌太郎訳、人文書院、一九八五年、一一六頁〕

昔の貸しを思い出して、チャンドランはモームに手紙を書き、息子のために一肌脱いでもらおうとする。するとタイプされた手紙が届く。「拝復。お手紙拝受いたしました。貴国のことを思い出し、懐かしい気持ちで一杯です。インドの友人からの手紙は有り難いものですね。拝答……〔原文中略〕」(p. 47〔六二頁〕)他の外国人の友人たちも同様に頼りにならない。そのうちイギリス上院の誰かが魔法の杖を振り、二十歳のウィリーは奨学金を得て海を渡ることになる。

時は一九五六年。ロンドンはカリブ海からの移民であふれかえっている。やがて人種がらみの暴動が起こるようになる。エドワード朝風の服を着た若い白人が、黒人をぶちのめそうと通りを徘徊するようになったのだ。ウィリーは大学の部屋に隠れる。隠れることには慣れている。故郷でもカーストがらみの暴動が起きたときにやっていたことだ。

ウィリーがロンドンで主に学ぶのはセックスだ。友人のジャマイカ人学生のガールフレンドが彼を憐れんで、童貞を捨てさせてやる。そして彼女は異文化交渉に関する有益な話をしてやる。インドの結婚は見合いなので、インドの男は女を性的に満足させる必要を感じない、と彼女は言う。だがイギリスは違うのだから、彼はもっと頑張らねばならない。

ウィリーは『性の生理学』というペーパーバックを読み、標準的な男性は十分か十五分勃起を持続できることを知る。動揺した彼は本を置き、それ以上読むのをやめる。セックスについて話されることがなく、誘惑術など存在しない国から来た無能でおくての彼は、どうやってガールフレンドを作ればいいのだろう。

どうやったらセックスについてもっと知ることができるだろうか、と彼はジャマイカ人の友達に訊く。セックスは野蛮だから、早くから始めなければならないと友達は答える。ジャマイカでは無理に少女とやることで経験するんだ。

ウィリーは勇気を奮って街娼に近づく。だがその性交は楽しくなく、屈辱的だ。彼がもたもたすると「イギリス人みたいにやんなさいよ」と彼女は命令する。（p. 113〔一五三頁〕）

偽の聖人《サードゥー》であるチャンドランとだめな恋人である息子。二人は喜劇にふさわしく見えるが、ナイポールの手にかかるとそうではない。ナイポールはいつも分析的散文の達人で、『ある放浪者の半生』の散文もナイフのように鋭く冷たい。チャンドラン父子は欠陥人間で、彼らの不完全さは笑いよりも寒けを引き起こす。後進民の妻と、うぬぼれた左翼になってウィリーと同様旅をする妹も、似たようなものである。

父子ともに他人を見抜いていると信じている。しかし二人が周囲の他人に嘘と自己欺瞞を探知するとしても、それは彼らが自分たちと違う他人を想像できないからに過ぎない。彼らの洞察の鋭さの根拠は、自分たちを保護する反射的な疑いでしかない。つねに最もけちな解釈をするのが彼らの原則なのだ。ウィリーが愛に失敗するのは、経験のなさというよりは、自己陶酔としみったれた精神のせいである。

ウィリーの父に関して言えば、彼の生来の劣等性は、本に対する態度で分かる。学生のとき、授業が「理解」できず、特に文学が「理解」できない。（p. 10〔一一頁〕）彼がいやいや受けている教育は、機械的に教えられている英文学が主だが、もちろん日常生活に関係ない。けれども彼の中には、理解しない、学ばないという深い衝動がある。厳密に言えば、彼は教育不能なのだ。彼が古典を燃やすのは、精神を殺す植民地教育への健康な批判的応答ではない。そんなことをしても別のもっとましな教育へと解放されるわけではない。なぜなら彼にはよい教育とはどんなものかについて何の考えもないからだ。実のところ、彼には何であれ考えというものがまったくない。

ウィリーの精神も同様に空疎だ。イギリスに着くとすぐに自分の無知を意識させられる。だが彼らしい反射的行動で他人のせい、この場合は母親のせいにする。彼が世界に関心がないのは後進民の母親の子だからだ。遺伝する性格は宿命である。

大学生活で彼はインドの習慣とイギリスの習慣は同じように奇妙で不合理だと分かる。だがこの洞察は自己認識には結びつかない。僕はインドとイギリスの両方を知っているが、イギリス人はイギリスしか知らない、それゆえ僕は自分の国と来歴について好きなことを自由に言っていいんだ、と彼は推論する。そして、母親を古いキリスト教共同体の一員に、父親を廷臣の息子に作り変え、自分の新しいもっと立派な過去をでっち上げる。自分を再創造することで彼は興奮し、力を持った気になる。

この面白くない父子はなぜこんな風なのだろうか。彼らを生み出した社会に関して、二人は何を暴露しているのか――ナイポールの手によって何を暴露するよう意図されているのか。ここでのキーワードは犠牲である。ウィリーは父親のガンディー主義の核心にある喜びのなさをすぐに探知するが、それは、捨てられるとはどういうことか直接経験しているからである。インドの学校で彼が書く物語には、富のために「後進民」の子供を儀式で犠牲にし、最後には自分の二人の子を犠牲にすることになるバラモンに関するものがあった。父チャンドラン――自分が自己犠牲と呼ぶもので生きている男――が息子を外国に送ろうと決意するのは、自分に対する非難がかなり露骨なこの「犠牲の生」という題の物語を読んだからである。「あの子は私の余生を台無しにしてしまうだろう。どこか遠くにやらなければ。」（p. 42〔五四頁〕）

ウィリーが察知したのは、欲望を犠牲にするとは事実上、愛するべき人を愛さないことを意味するということだ。チャンドランはこの察知に対し、息子を愛なくして犠牲にする過程をもう一歩進める〔国外に送る〕ことで応じる。自分は克己の生のためにキャリアを犠牲にしたというチャンドランのフィクションの背後には、（ウィリーと母親が軽蔑する）ガンディー自身にではないにせよ、チャンドランのようなインド人が作り上げた国家の聖人としてのガンディー像には具現化された、ヒンドゥー教の伝統がある。それはもっと一般的には、最善とは最小であり、自己改善への努力は結局無益だと教える運命論的哲学に具現化されている。

勉強には退屈するウィリーだが、彼には明らかに文才がある。インドの学校時代に書いた物語を見せたイギリス人の友人の示唆で、彼はヘミングウェイを読む。「殺し屋」を主なモデルにし、ハリウッド映画の状況を漠然と構想したインドの状況に移し変えたり、ロンドンの物語を覚えているインドの物語に接合したりして、彼は猛然と創作に没頭する。驚いたことに、自分の経験から遠い状況や自分とまったく違う登場人物を使う方が、「びくびくしながら学校で書いたような半ば秘密めいた寓話」を組み合わせるよりも、自分の気持ちに正直になることができるのだった。（p. 82〔一一〇頁〕）

ナイポールはこれまでしばしば自分の人生の物語を小説に利用してきた。いくつかの点で、修行中の作家W・S・チャンドランは修行中の作家V・S・ナイポールに基づいている。チャンドランは同じ年齢のときのナイポールよりも読書の幅は狭かったかもしれない（ナイポールは文学上のモデルとして、イヴリン・ウォー、オルダス・ハックスリーを、また特徴的なイギリス的口調――「どこでも超然とし、驚くことがなく、測り知れない知識がある」――を持つサマセット・モームを当てにすることができた）[5]。他方、二人ともハリウッドから文学上の霊感を得る。そして、自分から遠いものを書くときが最も自分に正直だというウィリーの発見は、作家は自分の国籍、人種、ジェンダーの立場から書くべきだという定説にナイポールが時代錯誤な応答をしているように聞こえてならない。

何週間も連続でウィリーは小説の執筆に没頭する。だが執筆が自分が直面したくない問題にいやおうなく結びついてくると、彼はたじろぎ、書くのをやめる。人生で――少なくとも『ある放浪者の半生』でわれわれが読む人生で――彼がペンを取ることは二度とない。

嵐のような創作で二十六編の短編が仕上がり、彼はそれらを同情的な出版社に送る。出版された本はほとんど反響を呼ばないが、いずれにせよそのころまでに彼はその本を恥じるようになっている。ところがポルトガル人の名を持つ若い女性からファンレターが届く。「お書きになった物語を読んで、自分の生活のなかで体験するような場面をいくつも見つけることができた」のです、そんなことは初めてでしたと彼女は書いてきた。（p. 116〔一五八頁〕）自分の作品がどうやって出来上がったかを知るウィリーにはこれは信じがたかった。それでも二人は会うことにし、恋に落ちる。彼女はアナという名で、モザンビークの地所を相続することになっている。衝動的にウィリーはアナと一緒にアフリカに渡り、そこで彼女に養われて十八年間を過ごす。『ある放浪者の半生』の後半はそこでの経験を描いている。この後半は非常に面白いが、分析の深さという点では、チャンドラン父子の物語に匹敵するものが何もない。

ナイポールのインドは抽象的で、ロンドンは素描されるに過ぎないが、モザンビークの描写は十分な説得力を持つ。植民地時代のモザンビーク〔一九七五年ポルトガルから独立〕は重要な作家を生み出さなかった。今日最もよく知られているモザンビークの作家ミア・コウトは独立以降の世代だし、いずれにせよ魔術的リアリズムの影響が強過ぎて彼の国の過去の記録者としては信頼できない。そういうわけでナイポールは独立戦争以前のモザンビークを自分なりに自由に空想して作り上げることができるはずだ。ところが彼はそうしない。リアルなもの、現実の人々が生きたリアルな歴史に忠実なのだ。『ある放浪者の半生』の後半はジャーナリズムの趣きが強く、ウィリー・チャンドランは植民地生活の代表的な断片を伝える手段のように使われている。実はこの部分はナイポールが何年もかけて完成させた小説様式に従っている。それは、歴史のルポルタージュと社会分析が、自伝的色合いを持つフィクションと旅行記と混ざり合うもので、英文学への彼の主要な遺産と将来見なされるかもしれない混合様式である。

ポルトガル領モザンビークの末期（ウィリーは一九五九年から七七年まで過ごす）の描写は新鮮で驚かされる。アナはクレオール〔植民地生まれ〕で、アフリカ化したポルトガル人である。社会的等級で言うと彼女はヨーロッパ生まれのポルトガル人よりは下だが、メスティソ〔白人と黒人の混血〕より

5　Naipaul, *The Enigma of Arrival* (New York: Vintage, 1987; London: Picador, 2002), p. 135.

は上で、メスティソは黒人より上である。カーストにしばられたインド出身のウィリーにとって、血統による細かい社会階層の差異はもちろんおなじみのものである。

アナとウィリーが属する社会集団の成員はプランテーションの所有者と農園監督者である。社会生活は近所の人を訪ねたり、必需品を買いに町に出ることで成り立っている。ウィリーは（この点では作者と区別がつかないが）この植民者の生活を、良識ある西洋のリベラル派にありがちなわざとらしいへり下りなしに探究する。実際、彼はクレオール社会を、特に多様なセックスの機会を、容認する。ゲリラが迫り終わりが近づいたときでさえ、植民者の友人たちは「その時を楽しんでいた。心配事がないかのように、歴史と共に生きる術を知らぬかのように、話し声と笑い声で部屋を満たしていた」。彼は後に回想する、「このときほどポルトガル人をすごいと感じたことはない。自分もこれほど気楽に歴史と付き合えたらいいと思った。」（pp. 187-8〔二五一―二五二頁〕）

ここに表現されている、流れに逆らって泳ぐ自由は、ナイポール自身の植民地の過去への態度と一致している。つまり、年季奉公するインド人プランテーション労働者の子孫だからといって一生犠牲者の心理を持ち続ける必要はないということだ。ナイポールが歴史家の眼で帝国主義、植民地主義、奴隷制を振り返るとき、彼はそれらの西洋的形態だけを見るのではない。だからインドを、イギリスの支配以上にイスラム教のムガール帝国の支配に深く刻印されていると見るのである。ヨーロッパ人はアフリカに植民した唯一の外国人ではない。東アフリカ沿岸地域は、ヨーロッパ人だけでなくアラブ人やインド人をも吸収し、アフリカ化したのである。

ナイポールの複雑な自己認識と自己創造には、元植民地の民族によるイギリスの再征服に参加しているという要素がある。『到着の謎』で彼は書いている、「一九五〇年、ロンドンで、私は二十世紀後半に起ころうとしていた民族大移動に際会していた――それはアメリカ合衆国への移民以上に大規模な移動と文化的混合だった。」(p. 141)『到着の謎』自体が旧植民地からイギリスに到着して、最終的に、ロンドン周辺の州《ホーム・カウンティー》の一つウィルトシャーの田園に定住する男の物語である。

ナイポールが書いているような移民たちは、宗主国の基準からすれば滑稽なくらい古臭い植民地教育を受けている。けれども、その教育こそが彼らを「母」国では廃れてしまった文化の保管者にしたのである。「インド人はイギリス人の唯一の生き残りである」というマルカム・マガリッジ〔イギリスのジャーナリスト、一九〇三―九〇〕の有名な言葉がある。[6] ナイポールが自分の本で採用するしばしばいかめしい態度は、どんな土着のイギリス人にもできないくらいヴィクトリア朝的である。

ウィリー・チャンドランのアフリカでの冒険は結局セックス中心である。アナとの情熱的関係は長くは続かない。やがて彼はアフリカ人娼婦を訪れるようになるが、西洋の基準では彼女たちは児童である。児童買春を卒業するとグラーシャという名のアナの友人と情事に耽り、グラーシャは彼にセックスの野蛮さを教える。「もしこの深い満足を、たったいま出会ったばかりのもう一人の自分を知ることなく死んでいたかもしれないと考えただけでも恐ろしくなった」と彼は後で考える。彼らしくない同情心が遅れたインドの両親、「このような瞬間を経験することのなかった親父とお袋」に向けら

6　Quoted in Ashis Nandy, *The Intimate Enemy* (Delhi: Oxford University Press, 1983), p. 74.

れる。(pp. 190, 191〔二五五、二五六頁〕)
ウィリーはセックスの階段をもう一段上る。微妙に間接的なやり方でアナは彼に、グラーシャは精神が不安定だということを理解させる。実際、軍隊が撤退しゲリラが入ってくると、グラーシャは狂ったように自分を貶め始める。ウィリーは宗教が極端な性を断罪する理由を理解し始める。いずれにしても彼は植民地の冒険に飽き飽きしている。四十一歳で、人生の半分は終わった。彼はアナと別れ、雪のドイツにいる妹の元に退く。そこでこの本は終わる。

『ある放浪者の半生』は、愛のない始まりから孤独な終わりに至るある男の進展の物語である。その終わりは終わりではなく、単なる休息と回復の安定状態だと判明するのかもしれない。彼の進展をもたらす経験は性的な性質のものである。相手の女性たちは、欲望、嫌悪、魅惑の対象――ときにはこの三つすべて――で、容赦ない明晰な眼で記述される。

この本のロンドンの部分でわれわれは、一九六七年の『模倣者たち』以来ナイポール作品で三度目か四度目に、若い男が最初のセックスを経験する、裸電球と床の新聞紙の上に敷いたマットレスのある階上の部屋を訪ねる。この情景は出てくるたびに改訂され、だんだん野蛮で絶望的になる。あたかもナイポールが、なかなか出てこない最後の意味を搾り出すまでこの情景を手離したくないかのようである。

アフリカで最初に児童買春をするとき、ロンドン時代の女たちの亡霊が彼の前に現れる。たじろぎかけると、「命令と攻撃と要求の入り混じった尋常ならざる表情が〔少女の〕目を満たした。その体はたちまち緊張し、僕は彼女の手足によって力ずくで押し込まれたような恰好になった。まるで照準器を覗きながら引き金を引く決心をするときのようなほんの一瞬の思考のなかで、僕は「これがアルヴァロ［彼を売春宿に連れてきた友人］の生き甲斐なのだ」と悟り、ようやくよみがえった。」その経験の後で「僕は新しいセックスの観念に……目覚めた。それはまるで新しい自分自身と出会ったかのようだ。」（p. 175〔二三五、二三七頁〕）

少女と経験するこの瞬間は、ウィリーがアフリカで発見した、現実離れした別の情熱、すなわち銃への情熱を喚起している。照準を定めて引き金を引くことは彼にとって、理性による制御を超えたレヴェルで、意志の真実を実存的に試験することである。彼が寝るアフリカの女たちは、同様にむき出しの仕方で彼の欲望の真実を試験する。

セックスを自己の真実の究極の試験場と見なすことにおいてこそ、ナイポールは、ウィリー・チャンドランの精神の旅の性質を明確化すること、そして、欲望の否定を悟りへの道だとする生活様式――父親がパロディ的にであれそれを代表している――からの距離を計測することに最も近づいている。ウィリーのアフリカ人女性たちとの性的関係は個人的なものではないかもしれないが、それらを通じて初めて彼はロンドン時代の亡霊を祓うことができるのだ。だがこれらのアフリカ人女性はどこが違っているのか。客たちの前で挑発的に踊る若い女たちの一群を見ながら、彼は答えを得る。彼女たちは個人的自己を超えた何か、何か測り知れない「深遠な魂」を体現しているのだ。「僕はそれまで思いもよらなかったことに気がついた。アフリカ人の心のなかには、ほかの人間にはけっして触れることのできない何かが、政治を越えた何かがひそんでいるのだ。」（p. 173〔二三三頁〕）

ナイポールはアフリカをよく知っている。東アフリカに住んで仕事をしたことがある。『世のならい』（一九九四）の「故郷再び」はそのときの経験に基づいている。『自由の国で』（一九七一）と『暗い河』（一九七九）はいずれもアフリカに「ついての」ものである。全体として、ナイポールのアフリカ観は並外れて一貫しており、頑固と言ってもいいくらいだ。アフリカは、理解に抵抗し、理性とそれが生み出した技術的産物をなし崩しにする、夢のような恐ろしい場所である。西洋の周縁からやって来てイギリス文学の古典となったジョウゼフ・コンラッドはナイポールにとって生涯の師匠の一人だった。さびた工業機械が森のツタに覆われているといったイメージで描かれるナイポールのアフリカは、よかれあしかれ、『闇の奥』から来ている。

『ある放浪者の半生』は注意深く書かれた感じがしないし、結果的に生じた技術的弱点も看過しがたい。すべてがウィリーによって語られているかのように提示するのがナイポールの計画である。父チャンドランの物語でさえ、ウィリーが彼の口から聞いたことに基づいているはずである。ところがこの計画はいい加減にしか実行されない。父子関係は冷たいにもかかわらず、ウィリーは、妻への身体的嫌悪を含めた父の最も秘められた感情にもアクセスできる。ウィリーが物語のガイドであるという見せかけが捨てられて、古臭い全知の語り手が介入することもある。

弱点は他にもある。ロンドンの文学サークルの情景は、ほとんどの読者が解読の鍵を持たない風刺的モデル小説のように読める。若いウィリーのアナへの愛は紋切り型になりかけている。最もまずいのは、ウィリーの物語が解決なしに終わるだけでなく、解決がどんなものかの糸口さえなしに終わることである。『ある放浪者の半生』は『ある放浪者の一生』と名づけられる本が前半で断ち切られたかのように読める。

このような批判をナイポールは気にしないだろう。彼の考えでは、創造的エネルギーの媒体としての小説は十九世紀に絶頂に達したのであり、非の打ちどころがないほど精巧に作られた小説を今日書くことは骨董趣味に耽ることでしかない。彼がそれに代わる流動的で半フィクション的な形式を開拓した功績に鑑みれば、これはまじめに受け取るに価する考えである。

それでもやはり、『ある放浪者の半生』の最後で読者は、ウィリー・チャンドランだけでなくナイポール自身も次に何が起こるのか分かっていないと感じる。実際、働いた経験がなく、成し遂げたことと言えば数十年前に出た一冊の短編集だけという四十一歳の亡命者に何ができるのだろう。そもそもウィリー・チャンドランとは何者か。なぜ多産かつ著名な作家ナイポールは、ありえた文学的経歴に背を向けたことが特徴の、自分と反対の主人公にエネルギーを注いでいるのだろうか。

ナイポールが自分の人生について語る物語の中の一貫した要素の一つが、彼は純粋な意志的努力で作家になったというものである。彼は空想力に恵まれていなかった。頼りになるのは、取るに足らぬポートオヴスペイン〔トリニダード＝トバゴの首都〕の子供時代だけで、それ以上大きな歴史的記憶はなかった（この点でトリニダード、そしてその背後のインドは彼の役に立たなかった）。主題を持たないように思われたのだ。何十年にも及ぶ書くことの労働の後で初めて彼は、実は自分の真の主題をずっと知っていたというプルースト的認識に到達した。その主題とは彼自身――彼自身そして、彼には属していない（と言われた）、歴史のない（と言われた）文化で育った植民地人として世の中を生きていく彼の努力――であった。

ウィリーはナイポールではないし、ウィリーの人生の概略はナイポールのものと部分的にしか対応していない。それでも、自己否定について探究し、また自己否定自体が否定された場合そのしみついた遺産が何に転化するかをも探究するとき、『ある放浪者の半生』は緊張感ある、間違いようのない個人的真実の調子を帯びる。[7] ナイポールが二十代、三十代で成し遂げた膨大な自己構築は、振り返ってみると彼の身体とその欲望に高過ぎる代償を、人間の一生の半分にも値する代償を、払わせたようだと言うことは可能だろうか。

父チャンドランを通じてナイポールは、自己否定を愛のない精神がたどる弱さの道として診断した。それは、欲望自体を抑圧することによって、欲望する自己と抵抗する現実世界の間の自然の弁証法において勝利を収めるという、本質的に魔術的なやり方である。息子チャンドランの人生を通じてナイポールは、そのような自己否定の文化で育てられることの不幸な帰結を追った。

ウィリー・チャンドランの物語を、アニタ・デサイが小説『素食、飽食』（二〇〇〇）で語る、同じようにインドから欲望が支配する国へ移動する若者の物語と並べて読むのは有益である。[8]

ウィリーと同様、デサイのアルンは、父親の支配下で育てられるが、その父の基準を満たすことは決してできない。ウィリーと同様、アルンは奨学金を得て、外国の街、この場合はボストンで、方向性を見失う。彼はキャンパスの外の、パットンというアメリカ人家族の家に寄宿する。そこの父親は、家の中庭でバーベキューをするのが好きな健啖な肉食家だということが分かる。食事は困った儀式となる。なぜなら彼のカーストの決まりでは肉食は禁じられていて、インドの家でそのタブーは守られていなかったものの、アルンにとって肉は不快だからである。彼の食習慣はやがてパットン家内の争いの口実となる。パットン夫人は菜食主義に転向したと宣言し、アルンに、レタスとトマトのサンドウィッチ、シリアルとミルクなど彼女なりの肉抜き料理を提供する。悲しみつつ彼は義務的に食べる。「自分の消化器官は［この食べ物］を栄養に変える方法を知らないのだ、とどうやって［彼女に］言おうか」。彼女は彼に料理するよう説得しさえする。そして陰鬱な若者——インドでは召使いと姉妹に給仕されていたので台所の中を見たことがなかった——が作るまずそうな食べ物のごたまぜをおいしい振りをして飲み下す。(p. 185)

パットン氏と息子ロッドは当惑してバーベキューへと引き下がるが、娘は寝室に閉じこもり、チョコレートをむさぼっては吐いてずっと自己嫌悪に陥っている。この過食症の娘を見てアルンは、てんかんが持病の自分の姉と無気味に似ていると思う。その姉は「自分の独自で固有の存在とその飢餓」が無視されることへの抗議の言葉が見つからず、口から泡を吹くことに訴えざるを得ない。「これだけ多くが与えられ、自由も豊かさもある」アメリカで同じ種類の飢餓に遭遇するのは何と奇妙だろうと彼は考える。最初到着したとき、彼は匿名性を喜ぶ。「過去も家族も……国もない。」だが結局彼は

7　以下に収められた並外れて率直なインタヴューによると、ウィリー・チャンドランのロンドンの物語は自伝的色彩が強いようだ。*Conversations with V. S. Naipaul*, edited by Feroza Jussawalla (Jackson: University of Mississippi Press, 1997). 特にスティーヴン・シフとの一九九四年のインタヴューを見よ。

8　Anita Desai, *Fasting, Feasting* (Boston: Houghton Mifflin, 2000; London: Vintage, 2000).

家族を逃れられず、家族の「作り物の表象」を見出したのだ。インドにあったものは「地味で、醜く、不格好で、悩み多く、損なわれて」いた。彼が代わりにアメリカで見出したものは「きれいで、明るく、輝いているが、風味も栄養もなく」、同じくらい愛がない。（pp. 214, 172, 185)

アルンがアメリカで遭遇する、食べ物のはなはだしい過剰とパットン家の食習慣の機能不全は、デサイの小説のタイトルの「飽食」と明らかに関係――皮肉な関係だが――がある。素食の方はどうか。アルンは、パットン家が代表する生活様式を拒否するには若過ぎるし、自信がない。義務的に彼は、ロッド・パットンと運動競技で張り合おうとする。だが、「野菜カレーとレンズマメのシチューを食べて育った、ガンジス平原出身の小柄で発育不全で喘息持ちの若者」が、栄養十分のアメリカの男と張り合うのはとうてい無理だということがすぐに分かる。この状況を打開する一つの方法は、インド的食習慣からアメリカ的食習慣に変えること、素食をやめて飽食することだ。けれども彼にはこれはできない。アルンは、宗教的でも倫理的でもない理由で、そして、明らかに社交とも無縁の理由で、菜食主義を貫く。気質的に、またおそらく単に生理的性質上、彼は肉食ができない。肉体と（パットン夫人が水着を着るときの）肉付きは不快なのだ。それは彼の食事上のタブーが侵害されたからでも彼が道徳的清教徒だからでもなく、ちょうどてんかんの姉がその存在において宗教心が厚いのと同じように、彼もその存在において禁欲主義者だからである。この若者の悲哀――これを悲劇と呼ぶのは難しい、デサイの筆致は決然として抑制的だからだ――は、彼が自分の惨めさを表現する言葉をほとんど見出せず、ましてそれが持つ広い意味合いを明確化することなどまったくおぼつかないことにある。その意味合いとはつまり、インドの現代的側面を含めた現代世界は、素食に向かう気質をますま

す締め出そうとしているということだ。(p. 191)

インドの故郷でもアルンの菜食主義は争いの種だった。父親は彼に男らしいスポーツをやってほしかったし、もっと全般的に、人生の成功者になってほしかった。それは、運命論的ではなく積極的に、受動的ではなく能動的に、女性的ではなく男性的に、インド的ではなく西洋的になってほしいということだ。牛肉を食べさせてアルンに力をつけようとして失敗した父は、息子の肉嫌いを忌まわしい隔世遺伝だと解釈する。「人生で何も成し遂げなかった、大人しくてつまらない先祖たちの生き方」への逆戻りということである。(p. 33)

意識的にか無意識的にか、アルンと父親は、国民性に関する論争の伝統派と進歩派の両面を体現していることになる。それは、ヒンドゥー教改革者スワーミー・ダヤーナンダ・サラスヴァティー(一八二四―一八八三)とスワーミー・ヴィヴェーカーナンダ(一八六三―一九〇二)が開始した十九世紀にさかのぼる論争である。サラスヴァティーもヴィヴェーカーナンダも、当時のヒンドゥー教は先祖の持っていた男性的で軍人的な価値を失ったと考えていた。そこで二人は「アーリア的」価値への回帰を唱えた。植民地支配者の文化の特質――最も明白な例で言えばイギリス人に力を与えたような特質――をも必要なら取り入れようという回帰である。宗教で言えば、ヒンドゥー教は、内部統治の系統が明確なキリスト教の教会のように組織される必要があった。哲学のレヴェルでは、歴史は円環的ではなく直線的で、それゆえ進歩は幻想ではないということが受け入れられる必要があった。もっと世俗的なレヴェルでは、食事のタブーが緩められる必要があった。歴史家アシス・ナンディーが「ひどい敗北主義」と呼ぶ時期に、ヴィヴェーカーナンダは三つのBに救済を求めることを唱えた。それは『バガヴァッドギーター』〔ヒンドゥー教の聖典とされる宗教叙事詩〕、二頭筋《バイセップ》、牛肉《ビーフ》である。[9]

そういうわけで、バラモンの牛肉禁止をめぐるアルンと父親の争いは、単なる家族のいさかい以上のものである。二人は、ヒンドゥー教徒――とインド人――が、現代世界で活動するためにどんな代償を払う用意をすべきか――何を断念するよう要求されているのか――に関する対立する見解を代表しているのである。パットン氏が皿にぴしゃりと置く牛肉をまごつきながらまったく格好悪く断ること、他人には自己否定に見えることを否定したくないこと、においてアルンは、最小限の個人的誠実さを保持するだけでなく、世の中を渡っていくためのウィリー・チャンドラン的処方箋を複雑化し、疑ってもいるのである。文化以前の、身体そのもののレヴェルで、彼は同化の圧力に抵抗する。この「発育不全の」インドの身体はアメリカの身体ではないし、決してアメリカの身体になることもないだろう。

9 Nandy, *The Intimate Enemy*, p. 47.

訳者解説

本書『続・世界文学論集』は、二〇一五年に翻訳刊行した『世界文学論集』の続編で、J・M・クッツェーの最近の評論を収めてある。二〇一七年、クッツェーは書評を中心とした評論集としては二〇〇一年の『見知らぬ岸辺』(*Stranger Shores: Literary Essays 1986–1999*)、二〇〇七年の『内部の作動』(*Inner Workings: Literary Essays 2000–2005*)に続く、『晩年のエッセイ』(*Late Essays 2006–2017*)を刊行した。『世界文学論集』では初期の学術的論文から『内部の作動』まで幅広くカヴァーして主な評論を総覧できるように編集したが、今回の『続』では『内部の作動』と『晩年のエッセイ』だけから選び、クッツェーの世界文学論の最近の展開が分かるようにした。『世界文学論集』では、『見知らぬ岸辺』所収の二十六編から八編、『内部の作動』所収の二十一編から一編を選び、『続』では『内部の作動』から五編、『晩年のエッセイ』所収の二十三編から十一編を選んだので、三冊の書評を中心とする評論集からは、全体の三分の一ほどを翻訳紹介できたことになる。今回も、言語、時代、ジャンルなどがなるべく偏らないように選んだ。前回まったく選ばなかったアメリカ文学論から三つを選んで埋め合わせもした。

『晩年のエッセイ』には、『見知らぬ岸辺』、『内部の作動』と同様、『ニューヨーク・レヴュー・オヴ・ブックス』に寄せた書評が数多く収められている。しかし、この最新評論集の目玉は、何と言っても、クッツェーが二〇一三年から一五年にかけてアルゼンチンの出版社「アリアドネの糸」から刊行したスペイン語版「個人ライブラリー」全十二巻への序文である。この「個人ライブラリー」は、最晩年に百巻の個人ライブラリーを企図したボルヘスをも意識しながら、クッツェーが自分の作家としての自己形成において重要な意味を持った世界文学の古典を選んだもので、その全容は以下のようである（出版社のホームページに配列されている順）。

フランツ・カフカ『短編集』
サミュエル・ベケット『モロイ』
フォード・マドックス・フォード『かくも悲しい話を……』＊
パトリック・ホワイト『球形のマンダラ』＊
『五十一人の詩人のアンソロジー』
ダニエル・デフォー『ロクサーナ』
レフ・トルストイ『イワン・イリッチの死／主人と下男／ハジ・ムラート』
ローベルト・ヴァルザー『助手』＊
ギュスターヴ・フローベール『ボヴァリー夫人』
ローベルト・ムージル『三人の女／合一』
ハインリヒ・フォン・クライスト『O侯爵夫人／ミヒャエル・コールハース』＊
ナサニエル・ホーソーン『緋文字』＊

このうち、カフカ、詩のアンソロジー、ムージルに関するものを除いた九編の序文が『晩年のエッセイ』に収録されており、そのうち五編（＊を付けたもの）をこの『続』に訳出した。

このラインナップを見ると、カフカやベケットを始め、クッツェーの文学において明らかに重要な先行作家が多く取り上げられていて、なるほどと思わせる。その一方で、ホワイトやホーソーンなどやや意外な選択もあるし、ドストエフスキーが入っていないのは不思議でもある。クッツェーは「個人ライブラリー」に関する講演で、カミュとフォークナーを入れたかったが版権の問題で入れられなかったと語ってもいる。いずれにせよ、これらの古典について再び考え論評することは、「晩年」を意識しているかもしれないクッツェーにとって自分のキャリアを振り返る総括の意味を持ったことだろう。

クッツェーはこの「個人ライブラリー」がスペイン語圏で最初に出ることに興奮しているとも述べている。彼がこのところ、文学出版におけるロンドンとニューヨーク中心の北半球のヘゲモニーと英語中心主義に反旗を翻して、自分の作品の英語での出版をわざと遅らせ、オランダ語、スペイン語、日本語（『モラルの話』の日本語訳は二〇一八年に出ているが、英語版は現時点で未公刊）などでの出版を先行させていることはよく知られている。この「個人ライブラリー」も南米のスペイン語圏を重要な拠点とする「南の文学」への彼のコミットメントの表れである。最近のイエス三部作（『イエスの幼子時代』（二〇一三）、『イエスの学童時代』（二〇一六）、『イエスの死』（二〇一九））において、主人公たちのいる国でスペイン語が話されていることも、これと関係しているかもしれない。

これらの「個人ライブラリー」序文はすべて短めで簡潔な批評であり、そのせいで『晩年のエッセイ』全体も、『見知らぬ岸辺』、『内部の作動』よりややあっさりした印象を与えるかもしれない。しかし、それは彼の批評的センスが衰えたことを意味するわけではない。むしろ、一筆書きのような簡素な筆致で対象のエッセンスを浮かび上がらせる巨匠の芸を見せられる思いをすることがしばしばある。クッツェーはポール・オースターとの往復書簡『ヒア・アンド・ナウ』（二〇一三）の中で、自分はエドワード・サイードと違って「晩年のスタイル」（late style）に関しては「時代遅れの解釈」にこだわっているとした上で次のように述べている。「文学における晩年のスタイルというのはそもそも、僕にとってはシンプルかつ抑制のきいた、文飾を排した言語という理想と、生と死の問題まで包含する真に重要な諸問題への集中から出発する」（くぼたのぞみ訳）。最近の小説（イエス三部作）と同様、最近の評論もまさにこの意味での「晩年のスタイル」で書かれていると言ってよいだろう。

以下、収録した評論の一つ一つについて解説を加える。

ヨハン・ヴォルフガング・フォン・ゲーテ『若きヴェルターの悩み』（『晩年のエッセイ』［以下 *LE* と略記］所収、初出二〇一二年）

かつての世界文学全集には必ず収録されたこのあまりにも有名な古典をクッツェーはどう読むのか。まずはオーソドックスに、ヴェルターとゲーテ自身の関係やモデル問題を丁寧に解説している。次いでトーマス・マンが『ヴァイマルのロッテ』でゲーテとロッテのモデルの女性の後年の出会いを小説化したことに短く触れている。この辺りの目配りの良さはさすがで、私のようなマンのファンとしてはうれしいところだ（ついでに言えば、『ヴァイマルのロッテ』はマンの長編の中でも屈指の傑作である）。しかし、クッツェーの真の関心は、ヴェルターがロッテとの最後の場面で朗読する『オシアン作品集』にあり、ゲーテ時代の汎ヨーロッパ的オシアン熱についてかなり長い解説が続く。『ヴェルター』の大半の読者が忘れるだろうこの朗読部分は異文化交渉と翻訳の問題を内包しているため、クッツェーは敏感に反応したのだ。ここでゲーテは、ジェイムズ・マクファーソンがゲール語を英語に翻訳したと称する『オシアン作品集』からドイツ語に訳して引用している。クッツェーは『ニューヨーク・レヴュー・オヴ・ブックス』に掲載された初出稿では、書評の対象になっているスタンリー・コーンゴールドの新しい英訳を含め、ほとんどの『ヴェルター』英訳が、マクファーソンの英語をそのまま引用していることを強く批判している。ゲーテが独訳する際に加えた変更を英訳は反映すべきだというのだ。おそらく専門的に過ぎると感じたのだろう、クッツェーはこの部分を削除したが、翻訳にはとことんこだわるクッツェーならではの関心の表れである。最後も、翻訳は必然的に時代と文化の価値観の限定を受けることを『ヴェルター』の最初の英訳の一単語を実例に確認して終わっている。

ハインリヒ・フォン・クライスト——二つの物語（*LE* 所収、「個人ライブラリー」序文、初出二〇一三年）

クッツェーの傑作『マイケル・K』（一九八三）の主人公マイケル・Kの名前の起源はカフカ以上にクライストの中編「ミヒャエル・コールハース」にある（「ミヒャエル」を英語化すると「マイケル」になり、「コールハース」の頭文字はKである）。この事実一つ取ってもクッツェーにとってのクライストの重要性は明白だろう。一九七九年、クッツェーが米国への長期滞在からケープタウンに戻ってみると、自宅が空き巣に入られ荒らされていた。そこで空き巣に入られたリベラル知識人が、当てにならぬ警察を尻目に、個人で無法な活動に打って出る小説を構想する。これが「ミヒャエル・コールハース」をモデルにした『マイケル・K』の最初期の構想である。その後構想が大きく変化する中で、正義のための個人的復讐のモチーフは消え、クライストの中編との関係は見えなくなった。しかし、クッツェーにとってのクライストの魅力はこうした主題内容というより、むしろ彼の散文の凝縮されたスタイル、読者を連れ去る駆動力、描写の直接性などにある。「個人ライブラリー」に関する講演でも彼はクライストの散文が持つ独特のエネルギーを特に称賛している。この形式の魅力を核にしながらクッツェーはクライストの人生と文学の総体について簡潔ながら洞察に満ちた解説を展開している。

ウォルト・ホイットマン（『内部の作動』［以下 *IW* と略記］所収、初出二〇〇五年）

クッツェーは詩についても多くの評論を書いており、特にドイツ語の詩に関しては、リルケ、ヘルダーリン、ツェランのような重要な詩人たちを取り上げ、その英訳について考察している。しかし、それらの詩人論を割愛せざるを得なかったのは、ドイツ語原詩の英訳についての論評を日本語に翻訳するのには特有の困難があるからである。したがって、英語で書いた詩人ホイットマンに関する評論を取り上げた。このホイットマン論で、クッツェーは、性表現に対する検閲も扱った『検閲論』（*Giving Offense: Essays on Censorship*, 1996）の著者らしく、『草の葉』の同性愛の表現を当時の読者がどう受け止めたのかに焦点を合わせる。なぜ当時は、同性愛の表現は見逃され、異性愛の方が検閲されたのか。これに関する現代の研究者の解釈を、すべてを性器の問題に還元し過ぎているとクッツェーは手厳しく批判している。こうしてわれわれ現代人の性に関する偏見（「単純な観念」）を明るみに出し、ヴィクトリア朝人が持っていた洗練された知恵、機転に思いをはせるよう促すのだ。その過程で抑圧に関するフロイトの観念を小気味よく一蹴しているのは興味深い。続いてホイットマンの生涯を振り返りながら彼の政治思想を検討し、最後の部分では『草の葉』の改訂過程について短く考察している。

ナサニエル・ホーソーン『緋文字』（*LE*所収、「個人ライブラリー」序文、初出二〇一三年）

この十九世紀アメリカ文学の古典が「個人ライブラリー」に選ぶほどクッツェーにとって重要だったとは意外に感じられるかもしれない。だが、たとえば『鉄の時代』（一九九〇）には主人公の語り手エリザベス・カレンが、自らを『緋文字』のヒロインになぞらえる場面がある。自分が自死するとして、人々にその意味を分からせるために車にAかBかCか一つの文字を書きつけることを考えた、と。ここでの『緋文字』への言及は実はあまり要領を得ないが、癌で余命いくばくもない彼女にとって、世界との最後のコミュニケーションを考えるとき、〈A〉の文字を身につけ続けるというヘスター・プリンの「示威行為」がある種のモデルとして念頭に浮かんだということだろうか。また『鉄の時代』では、戒律と自己犠牲を重んじる冷酷なカルヴィニズムがアパルトヘイト体制の背後にある精神としてしばしば槍玉にあげられている。清教徒の狭量さへの批判が込められている『緋文字』は、この意味でもクッツェーの関心を引いたのかもしれない。この序文でクッツェーは、メルヴィルやヘンリー・ジェイムズの批評を長々と引用しながら、『緋文字』におけるアレゴリー、希望と罪悪感の共存といった大きなテーマを簡潔に論じている。その一方で、娘パールの役割の犀利な分析、ディムズデールは芸術家の象徴であるという断定、ヘスターの髪の描写のようなディテールへの鋭い注目などにおいてもクッツェーの批評眼が光っている。

ヘンドリック・ヴィットボーイの日記（*LE*所収、初出二〇一一年）

世界文学に精通している人でもヘンドリック・ヴィットボーイの名は聞いたことがないと断言できる。なぜなら彼は文学とは何の縁もない、アフリカ南部の「オールラム」（オランダ系入植者と先住民の「混血」）の族長なのだから。これはヴィットボーイの書簡集フランス語版にクッツェーが寄せた序文である。なぜ、彼はこのような「資料」を論じ、それを『晩年のエッセイ』の最後に置いたのだろうか。これに関してはクッツェーの小説を多く翻訳しているくぼたのぞみ氏がブログ（「エスペランサの部屋」）で考察をしているので紹介しておく。まずクッツェーの第一作『ダスクランズ』（一九七四）後半の「ヤコブス・クッツェーの物語」が、ヴィットボーイの勢力範囲（現在のナミビア）とほぼ重なる地域を舞台にしていた。そこにはクッツェーの母方の曾祖父が（ポーランド人だが）ドイツ人宣教師団に加わってまさにこの地に布教に来たという背景もある（ポーランド人だったと判明したのは今世紀になってから）。つまり、ヴィットボーイの足跡には、クッツェーにとって自分の起源への遡行という重要な意味があったのである。さて、クッツェーの論の焦点は、植民者＝侵略者ドイツ人とヴィットボーイの戦いである。ヴィットボーイが士官の騎士道的作法を信じていて裏切られるところなど哀れを誘う。ヘンドリックが戦死した後、ドイツ軍は大量殺戮に向かって突き進んだ。このような、ヨーロッパによるアフリカの残虐な植民地支配、そしてその背後にある人種差別こそ、アパルトヘイトをもたらしたものであり、クッツェーがそのような歴史的背景を繰り返し作品で問題化していることは言うまでもない。なお、固有名詞の表記はクッツェーがこの評論を朗読している音源を参考にした。

イタロ・ズヴェーヴォ（*IW* 所収、二〇〇二年初出）

これはクッツェーによる、おそらく今までで唯一のイタリア文学論である。『ゼーノの意識』で文学史に名を残すがイタリアの外では今日あまり読まれているとは言えないイタロ・ズヴェーヴォの再評価を促す意図もあったのだろう、この作家の主要作品、人生、歴史的背景をじっくりと解説している。彼がトリエステのベルリッツ語学学校で働いていた若いジョイスに英語を習い、作品を高く評価され、『ゼーノの意識』もジョイスの尽力で国際的に評価されたことはクッツェーが述べている通りである。二十一歳も離れた二人の友情はズヴェーヴォが死ぬまで続いた。付け加えるなら、『ユリシーズ』の主人公レオポルド・ブルームはズヴェーヴォがモデルになっているという説があり、またジョイスはズヴェーヴォの妻リヴィアの長い髪に惹かれ、『フィネガンズ・ウェイク』のアンナ・リヴィア・プルーラベルとして形象化した。クッツェーは、トリエステという国際都市の状況、ショーペンハウアー、ダーウィン、フロイトなどの思想史的背景にもきちんと目配りしている。また、いつも通り翻訳の問題に強い関心を示しており、最後の *malato immaginario* の訳し方に関する議論などは、翻訳がいかに文学史的教養を必要とするかを実証している。『ゼーノ』に関してズヴェーヴォが言った「自伝だが、私自身のではない」という言葉は、クッツェー自身の「他伝」（*autrebiography*）という考え方と通い合う。またジョイスが示唆した『老人』の古い英訳題『ひとりの男が歳をとると』（*As a Man Grows Older*）は、クッツェーの近作『モラルの話』所収の短編「ひとりの女が歳をとると」（'As a Woman Grows Older'）にそっくりである（が、内容的関連はなさそうだ）。

フォード・マドックス・フォード『かくも悲しい話を……』（*LE* 所収、「個人ライブラリー」序文、初出二〇一五年）

フォード・マドックス・フォードはクッツェーの修士論文のテーマだった。ケープタウン大学を卒業した後ロンドンに出てコンピューター・プログラマーとして働いていた若いクッツェーは、同時に在外学生としてケープタウン大学大学院に在籍して修士論文を執筆した。この時代を描いた自伝的小説『青年時代』（二〇〇二）に、主人公がフォードの『かくも悲しい話を……』と『パレードの終わり』四部作を称賛するが、多くの作品を読むうちに退屈し、最後の方ではベケットの『ワット』に自分の求めていたものを見出して、フォードのつまらなさ（それは階級の価値観へのこだわりに由来する）を決定的に認識する過程が描かれている。この「個人ライブラリー」序文は、『青年時代』と同じで『かくも悲しい話を……』と『パレードの終わり』四部作を称賛し、その他の作品の退屈さを指摘している。フォードの文学史的位置づけは簡潔ながら正確である。最初と最後で触れている、フォードがイギリスの内部と同時に外部にいたという趣旨の指摘は、こういうポジションに、イギリスになじめなかったロンドン時代のクッツェーも共感していたかもしれないと思わせる。『かくも悲しい話を……』自体の分析も鋭い洞察に満ちており、クッツェーの並々ならぬ思い入れがうかがえる。『青年時代』にある通り、クッツェーは若いころまずイギリス・モダニズム文学の洗礼を受け、詩人ではエズラ・パウンド、小説家ではフォードが重要だった。いずれも職人芸的に作品を作るフローベールの系譜の中にある。クッツェーは現在なおこの流れを汲む稀有の作家である。

ローベルト・ヴァルザー『助手』（*LE* 所収、「個人ライブラリー」序文、初出二〇一四年）

クッツェーは『内部の作動』にもヴァルザー論を載せている。この「個人ライブラリー」序文は、前のヴァルザー論をダイジェストし（実際まったく同じ文章も多い）、新たに『助手』についての論評を付け加えた格好になっている。「個人ライブラリー」についての講演でクッツェーは、ヴァルザーがスイス人としてマイナーな存在であることを運命づけられていたこと、晩年に陥った狂気は決して文学活動の助けにはならず作家を惨めにしただけだったこと、を強調している。とりわけ前者の辺境性はクッツェー自身にとっての重大テーマであり、ドイツ語圏スイスという辺境から脱出すべく中心地ベルリンに出たが、挫折してスイスに戻ったヴァルザーの経歴は興味深かったに違いない。この序文もその点に触れつつ、『助手』の主人公ヨーゼフの不安定な心理を、階級意識を軸に綿密に分析している。だが最後にはヨーゼフが持つ自然に「動物のように」没入できる感性が示された部分を「生きてあることの神秘の礼賛」だとして最大限に高く評価している。これは動物の身体感覚への同一化に（のちに『エリザベス・コステロ』（二〇〇三）に組み込まれた『動物のいのち』（一九九九）の主人公エリザベス・コステロを通じて）関心を寄せるクッツェー特有の読み方に違いない。また自分のすべての散文作品が「自己自身の本」を成す（つまり自伝の試みである）というヴァルザーの考えも、自伝と虚構の関係に早くからこだわっていたクッツェーにアピールしたようだ。

フワン・ラモン・ヒメーネス『プラテーロとわたし』（*LE* 所収、初出二〇〇七年）

フワン・ラモン・ヒメーネス（一八八一―一九五八）は日本ではあまり知られていないが、一九五六年にノーベル文学賞を受賞したスペインを代表する詩人で、主人公とろばのプラテーロとの触れ合いをみずみずしく描いた散文詩集『プラテーロとわたし』（一九一七）は、特に知られている。この評論で注目に値するのは、やはり、人間と動物の交感の可能性に関するクッツェーの洞察である。彼はまずプラテーロのまなざしに注目し、主人公とのまなざしの交わし合いが深い絆を成立させていることを指摘する。次いで、プラテーロは人間化されてはいないが、詩人のヴィジョンがその障壁を乗り越え、われわれ人間がプラテーロの経験を直観的に把握できるようにする瞬間があると言う。このような考えは『動物のいのち』で、エリザベス・コステロが、共感的想像力によってわれわれ人間は動物であることがどんなことか理解できる、特に（テッド・ヒューズのような）詩人は動物の身体感覚に同一化させてくれると主張しているのと正確にパラレルである。ただし、コステロと異なり、ここでのクッツェーは子供の空想世界でこそ種の境界の乗り越えが強く求められることを強調してもいる。『動物のいのち』で大々的に展開された動物観に子供の視点という可能性が新たに加わったかに見えるこの評論は、非常に短いが、クッツェーの熱い思い入れが感じられ、感動的である。

ブルーノ・シュルツ（*IW* 所収、初出二〇〇三年）

これはポーランド人シュルツ学者によるシュルツ伝の英語訳への書評で、クッツェーによる数少ないポーランド文学論の一つである。ブルーノ・シュルツは日本では工藤幸雄の訳業によって知られており、世界でも熱心なファンが一定数いると思われる。だが、ポーランドの地方都市で美術教師をしながら作品を書き、最後はゲシュタポのユダヤ人狩りで殺されたこの作家の生涯は、いかにも地味で、クッツェーの記述からもそれは伝わってくる。絵画の個展をもくろんでパリに三週間滞在したが何の成果もなかったというエピソードなどは、当時パリが世界の文学、芸術の首都だったことを考えると、何とも哀れである。クッツェーは、この、自分とおよそ傾向が違う幻想的な作家にも真摯に向き合い、代表作『肉桂色の店』と『砂時計サナトリウム』を「独創的で驚嘆すべき作品」と賛嘆しながら論じている。その際、シュルツが自分の特異な世界観を説明した評論から多く引用して、シュルツ自身にシュルツの作品を語らせるという方法を取っているのが特徴的である。そこではしばしば比較されるカフカとの相違点の指摘が特に興味深い。カフカと違って、シュルツにとっては幼年期こそ創造の源泉だったたし、形而上学も何より物質に関わるものだったのだ。付け加えるなら、カフカはシュルツのような隠喩に満ちた華麗で濃密なスタイルを持っていない。シュルツによるカフカ論は途中からカフカを離れて自画像に転換するが、自分の力に自信がなければ「カフカを自分のイメージで作り変える」そんな作業はできなかっただろうというクッツェーの指摘は、シュルツが他の多くの点で自信なさ気に見えるため、印象に残る。

ユダヤ人作家イレーヌ・ネミロフスキー（*LE* 所収、初出二〇〇八年）

クッツェーはフランス文学論をあまり書いていないが、このネミロフスキー論は明らかに力が入っており、注目に値する。著者の死後六十年以上経った二〇〇四年に刊行され事件となった『フランス組曲』を始め、ネミロフスキーの多くの作品を丁寧に論じ、この長らく忘れられていた作家の全体像に迫ろうとしている。そこでの焦点は、ロシアのユダヤ人としてパリにやって来た彼女の意識の分裂である。つまり、一方でロシア人、ユダヤ人というレッテルを貼られるのを避けるために「純血種」のフランス作家として振る舞おうとし、実際完璧にフランス的な作品を書く。他方で、外国人としての経験も資源として文学市場で活用し、またユダヤ人としてのアイデンティティを探究する作品も書く。この二重性は辺境からパリという中心にやって来た作家が必然的に抱え込む問題であり、自らも辺境という主題を背負うクッツェーの特別な関心を引いたようだ。クッツェーは歴史的文脈も十分ふまえながら次々と作品を裁断している。欠点も厳しく指摘しているが、全体としては、歴史に翻弄されて最後はホロコーストの犠牲になったこのユダヤ人作家の作品――それは同時代への「批判的なコミットメントの記録」でもある――への深い関心が感じられ、味わい深い。

若き日のサミュエル・ベケット（*LE* 所収、初出二〇〇九年）

『晩年のエッセイ』にはベケット論が四本も入っていて、若いころ博士論文のテーマに選んだこの作家へのクッツェーの関心がまったく衰えていないことを感じさせる。その四本とは、『ワット』と『モロイ』のスペイン語訳に寄せた序文（後者は「個人ライブラリー」）、二〇〇六年に初来日したときの記念すべき講演「サミュエル・ベケットを見る八つの方法」、そしてベケット書簡集第一巻を書評したこの「若き日のサミュエル・ベケット」である。ケンブリッジ大学出版局は二〇〇九年からベケット書簡集を刊行し始め、二〇一六年に全四巻が完結した。第一巻は一九二九年から四〇年までの書簡を収録しており、ベケットが作家としての自己形成を遂げていく途上の苦闘を生々しく伝えている。とりわけ親友マグリーヴィーへの手紙は率直な告白が多く、貴重な人間ドキュメントとなっている。クッツェーはこのマグリーヴィー宛書簡を中心にして、若いころのベケットに起きた重要な出来事を万遍なく拾い、彼の人生を再構成している。とりわけベケットの精神分析医だったウィルフレッド・ビオンについては丁寧に語っており、ビオンの方法とベケット作品の類似点を興味深く指摘している。なお、今回訳出しなかった「サミュエル・ベケットを見る八つの方法」は、クッツェーの動物観と世界観を考える上で必読の重要な文献である。『ベケットを見る八つの方法――批評のボーダレス』（岡室美奈子、川島健編、水声社、二〇一三年）に拙訳と解説が入っているので合わせて読んでいただけるとありがたい。

パトリック・ホワイト『球形のマンダラ』（*LE* 所収、「個人ライブラリー」序文、初出二〇一五年）

このオーストラリア唯一のノーベル文学賞作家（一九七三年受賞）を、オーストラリアに移住し、「南の文学」に力点を置く今日のクッツェーが重視するのは理解できるが、果たして「個人ライブラリー」に入れるほど重要だったのだろうか。しかし、クッツェーは、第一作『ダスクランズ』の前半「ヴェトナム計画」に語り手が読んでいる本として『フォス』への言及があることから分かるように、かなり早くから彼を読んでいたらしい。『晩年のエッセイ』所収の二本のホワイト論は、両方とも「まず間違いなく、オーストラリアが生んだ最も偉大な作家」と評している。もっとも後期作品を論じたもう一方の論文では、ホワイトがイギリスで学校教育を受け、ケンブリッジを卒業し、ロンドンで青年期を過ごし第二次大戦でイギリス軍に従軍したという事実を挙げ、「オーストラリアが生んだ」と言えるか留保を付けている。ついでに言えば、彼は元々画家志望で、一九三〇年代のロンドンでフランシス・ベーコンと出会っている。今回訳出した『球形のマンダラ』論は、オーストラリアにおけるホワイトの評価の変遷を興味深く略述し、この小説がオーストラリア社会への批判を内包することを指摘した後、主人公の双子の兄弟の関係を詳しく分析して作品のドストエフスキー的深さとユングの概念の応用を照らし出している。ホワイトは日本ではわずかしか紹介されていないし、一般にはほとんど知られていない。恥ずかしながら私も今回初めてホワイト作品を読み、その重厚さと豊かさに魅了された。もっと読まれてもいい作家である。

ソール・ベロウの初期小説（*IW* 所収、初出二〇〇四年）

クッツェーの第一作『ダスクランズ』前半「ヴェトナム計画」で語り手は、パトリック・ホワイトの『フォス』と並んでソール・ベロウの『ハーツォグ』を「評価の高い本」として読んでいる。実際、一九七〇年代、クッツェーがまだ駆け出しの作家だったときにこの二人はノーベル文学賞をとった。また、クッツェーがアメリカで博士論文を書いていた六〇年代後半、ベロウはアメリカで最も活躍していた作家の一人だった。ベロウは一九六二年から九三年までシカゴ大学社会思想委員会教授を務めたが、クッツェーもまったく同じポストに一九九六年から二〇〇三年まで就いていたという縁もある。彼がベロウをいろいろな機会に意識したことは疑い得ない。この評論では、まず、いかにもアメリカ的にスケールの大きい『オーギー・マーチの冒険』（一九五三）を組上に載せ、シカゴを描いた先行作家ドライサーと比較しながら評釈し、前半は高く評価しながら、後半の構成の野放図さを批判する。この批判はクッツェーがサルマン・ラシュディにも向けるもので、逆にクッツェー自身の、緊密な構成の重視を照明している。ある種の「自由からの逃走」を描きその意味で今なお不気味な普遍性を持っていると言える『宙ぶらりんの男』（一九四四）に対しては、その詩的想像力を評価しながらも、まだ自分のヴィジョンにふさわしい手段を見出せていないと批評する。『犠牲者』（一九四七）にはドストエフスキー的作品として最大級の賛辞を贈っている。この作品のレヴィンサールとオールビーの関係は『鉄の時代』のエリザベス・カレンとファーカイルの関係にどこか似ている。招かれざる客（オールビー、ファーカイル）が主人（レヴィンサール、エリザベス）の住居に勝手に女を連れ込むところなどそっくりである。「他者の歓待」というテーマで両者は比較できるように思う。

アントニオ・ディ・ベネデット『サマ』（*LE* 所収、初出二〇一七年）

このアルゼンチンの作家は『サマ』も含めて日本語にまったく翻訳されていないようだが、『晩年のエッセイ』の中の唯一のラテンアメリカ作家論なので取り上げた。クッツェーは、この『サマ』の英訳の書評で、筋を丁寧に追いながら作品を細かく評釈している。その過程で、アルゼンチンの伝統と（ボルヘス的）西洋志向の関係をふまえつつこの作品をアルゼンチン文学史の中に位置づけ、終わりの方では、政治的暴力の犠牲になったディ・ベネデットの生涯と作品を概観している。『サマ』は一言で言えば不思議な幻想小説だが、実に多様な要素をはらんでいる。クッツェーはそれらの要素の一つ一つに応答しようとしている。辺境に赴任した官吏という設定は、もちろん『夷狄を待ちながら』（一九八〇）を想起させるし、性欲の処理の問題を抱えた中年を主人公にしている点では『恥辱』（一九九九）と通い合うところもある（サマはデイヴィッド・ルーリーよりだいぶ若いが）。『異邦人』と似ているという解釈もあったようだが、クッツェーがそれを退けているのは正しい。しかし、やはりクッツェーにとっての特別の関心は、中心と辺境の問題だったのではないか。ディ・ベネデットはボルヘスに対抗するように地方を拠点にした。サマにとってはまず首都ブエノス・アイレスが、そしてさらにその彼方には、ヨーロッパのスペインが憧れの対象としてある。サマのそういう憧れを、作者は（古いリアリズムのやり方ではなく）完全にコスモポリタンでモダニスト的なやり方で風刺しているとクッツェーは指摘しているが、クッツェー自身が（ポスト）モダニズムを完全に自家薬籠中のものにした上で、南アフリカとヨーロッパ、地方性とコスモポリタン性の関係を主題化する作家である。なお、『サマ』は二〇一七年にアルゼンチンのルクレシア・マルテル監督により映画化されており、日本でも同年の第十四回ラテンビート映画祭できわめて限定的に公開された。私はわざわざ横浜まで観に行ったが客が意外と多くて驚いた記憶がある。原作に忠実に筋を追う感じの映画だった。

V・S・ナイポール『ある放浪者の半生』（*IW* 所収、初出二〇〇一年）

クッツェーはこの小説の筋を異例なほど綿密に長々と紹介し、説明している。その過程でさしはさまれる評言はシャープだが、たとえばクッツェーがこの小説の喜劇性を否定し、冷たい分析の対象でしかないチャンドラン父子は「笑いよりも寒けを引き起こす」としているのは意外に感じられる。主人公がウィリアム・サマセット・チャンドランという名だというだけで十分滑稽だし、始めの方の父チャンドランのドタバタ騒ぎなど明らかに喜劇的な展開もある。クッツェーは、この小説の弱点をしっかり指摘しているものの、妙に点が甘いところもある。ナイポールのアフリカ表象は、「よかれあしかれ、『闇の奥』から来ている」とさりげなく書いているが、チヌア・アチェベの苛烈な批判以来『闇の奥』の人種差別的側面が問題視されてきたことを思い起こせば、「よかれあしかれ」という言葉はいかにも軽い。また、エドワード・サイードがナイポールのイスラム表象を激しく批判していたことを考えても、クッツェーはナイポールのインド観、アフリカ観を無批判に受け止め過ぎている感じがする。文学を政治に従属させる圧力が強かったアパルトヘイト下の南アフリカで敢然と文学の自律を唱えたクッツェーにしてみれば、あくまでも文学は文学として論じるべしということになるのだろうか。また彼は、第三世界からイギリスに渡った先輩作家としてのナイポールに敬意を抱いていたのかもしれない。実際、彼のロンドン時代を描いた自伝的小説『青年時代』は、イギリスにやって来て異文化の中で格闘する主人公を描くナイポールの小説と重なり合う部分を持つ。クッツェーとナイポールの関係はじっくり考察する必要がありそうだ。なお、ナイポールは『ある放浪者の半生』の続編に当たる『魔法の種』を二〇〇四年に出版している（斎藤兆史訳、岩波書店、二〇〇七年）。

前回の『世界文学論集』からはや四年が経過したが、実はこれほど早く『続』が出せるとは思っていなかったので、今回の翻訳刊行は望外の喜びである。研究休暇も利用して、ゆっくりとクッツェーの批評文を味わいながら翻訳作業に従事できたのも充実した経験だった。今回はクッツェー氏自身には特に相談はしなかったが、本のタイトルとして『世界文学案内』が浮上したときは彼が強い拒否反応を示した。「ガイドブック」のような生半可なつもりで書いているのではない、ということなのだろう。実際、彼のように文学の格調の高さを生真面目に維持しようとする作家は今日まれになっており、孤影すら感じさせる（その孤影を彼自身意識していることは『悪い年の日記』（二〇〇七）などにうかがえる）。最近の書評でも、一般受けしそうにないけれども文学的価値のある書物を積極的に取り上げて、現代における世界文学の価値の定立者、維持者として振る舞っているように見える。今回の『続』にも彼のそういうスタンスがよく表れているはずだ。論じる作家や作品の多様性にもかかわらず、どの評論を取ってもクッツェーは深く真摯に対象に向き合っている。もちろん「個人ライブラリー」所収のものには特別な思い入れが感じられる。『若きヴェルターの悩み』や『緋文字』のような広く知られた古典だけでなく『球形のマンダラ』や『サマ』のように邦訳がない作品についての評論も含めたが、読者には、知らない作品についての評論もぜひ読んで、クッツェーという現代最高の読み手の導きで自分の世界を広げてほしい。その意味では上質のガイドとして本書を利用してもらって構わないと思う。

最後に、いつもクッツェー関連の最新情報を惜しみなく提供してくださり、今回の翻訳作業も温かく応援してくださったくぼたのぞみさん、また、前回の『世界文学論集』に続いて再びお世話になったみすず書房の尾方邦雄さんに深い感謝を捧げたい。お二人のような頼りがいのあるヴェテランに支えられた私は幸運だった。本書に関しても、世に出てから様々な読者と幸運な出会いをしてくれるよう願っている。

二〇一九年八月十九日

田尻芳樹

著者略歴

(J. M. Coetzee)

1940年，南アフリカのケープタウン生まれ．ケープタウン大学で文学と数学の学位を取得．65年に奨学金を得てテキサス大学オースティン校へ．ベケットの初期作品の文体研究で博士号取得．68年からニューヨーク州立大学で教壇に立つが，永住ヴィザがおりず，71年に南アフリカへ帰国．74年，最初の小説『ダスクランド』出版．以降，ケープタウン大学で教えながら小説・批評を次々と発表する．83年『マイケル・K』と99年『恥辱』で英国のブッカー賞を2回受けた．2002年，大学退職後，オーストラリアのアデレードに移住．03年，ノーベル文学賞受賞．小説作品は上記の他に『石の女』『夷狄を待ちながら』『敵あるいはフォー』『鉄の時代』『ペテルブルグの文豪』『エリザベス・コステロ』『遅い男』『サマータイム，青年時代，少年時代』『イエスの幼子時代』など．

訳者略歴

田尻芳樹〈たじり・よしき〉 1964年生まれ．東京大学大学院博士課程中退．ロンドン大学で博士号取得．現在，東京大学大学院総合文化研究科教授．専攻はイギリス文学．著書に *Samuel Beckett and the Prosthetic Body*（2007），『ベケットとその仲間たち――クッツェーから埴谷雄高まで』（論創社，2009），編著に『J・M・クッツェーの世界』（英宝社，2006），共編著に『混沌と抗戦――三島由紀夫と日本，そして世界』（水声社，2016），『カズオ・イシグロ『わたしを離さないで』を読む』（水声社，2018）など，訳書にJ・M・クッツェー『世界文学論集』（みすず書房，2015）などがある．

J・M・クッツェー
続・世界文学論集
田尻芳樹訳

2019年11月10日　第1刷発行

発行所　株式会社 みすず書房
〒113-0033　東京都文京区本郷2丁目20-7
電話　03-3814-0131(営業)　03-3815-9181(編集)
www.msz.co.jp

本文組版　キャップス
本文印刷所　精興社
扉・表紙・カバー印刷所　リヒトプランニング
製本所　松岳社

Printed in Japan
ISBN 978-4-622-08854-7
[ぞくせかいぶんがくろんしゅう]